夜夜神

成向阳 著

晋军新方阵·第五辑

山西出版传媒集团
北岳文艺出版社·大原

图书在版编目（CIP）数据

夜夜神/成向阳著.—太原：北岳文艺出版社，2017.12
ISBN 978-7-5378-5508-2

Ⅰ.①夜… Ⅱ.①成… Ⅲ.①散文集－中国－当代 Ⅳ.①I267

中国版本图书馆CIP数据核字（2017）第324102号

书　　名：夜夜神
著　　者：成向阳
责任编辑：王宜青
书籍设计：张永文
印装监制：巩　璠

出版发行：山西出版传媒集团·北岳文艺出版社
地　　址：山西省太原市并州南路57号
邮　　编：030012
电　　话：0351-5628696（发行部）
　　　　　0351-5628688（总编室）
传　　真：0351-5628680
网　　址：http://www.bywy.com
E－mail：bywycbs@163.com
经 销 商：新华书店
印刷装订：山西人民印刷有限责任公司

开　　本：890mm×1240mm　1/32
字　　数：200千字
印　　张：8
版　　次：2017年12月第1版
印　　次：2018年6月山西第1次印刷
书　　号：ISBN 978-7-5378-5508-2
定　　价：32.00元

本书版权为本社独家所有，未经本社同意不得转载、摘编或复制

成向阳,山西泽州人。中国作家协会会员,山西省文学院第五届签约作家,鲁迅文学院第33届青年作家高研班学员。著有《历史圈:我是达人》《青春诗经》。诗文见于《诗刊》《诗选刊》《星星》《诗歌月刊》《汉诗》《天涯》《散文》《青年文学》《书摘》《万象》《黄河》《山西文学》等。

总 序

张锐锋

《晋军新方阵·第五辑》要出版了。这是山西中青年作家作品的又一次集中展示,无论是新方阵的阵容以及题材、体裁,还是作家年龄的层次结构,都充分体现了山西作家绵延不绝的创造力和几乎在各种文学体裁方面的开拓力。

这套丛书已经出版了四辑,这是第五辑。每一次从征稿到按照程序评审遴选,我们都是怀着既兴奋又担忧的复杂心情。兴奋的是,我们又要出版一套丛书,并集中检验作家们近年来辛勤劳作的成果,对将要出版的作品充满了期待。但也有一定的担忧,那就是,已经编选了几辑之后,是不是已经难以为继?还能不能选出质量上乘的优秀之作?我们的作家是否还有足够的潜能和上升的空间?事实上,从每年的编选情况看来,这一担忧似乎是多余的,作家们源源不绝的创作,不断为我们带来意外惊喜。

就本辑丛书而言,既有我们熟悉的、已经具有一定知名度的作家,也出现了许多新面孔。说明我们的事业薪火相传,新秀迭出,佳作泉涌。尤其是在创作形式上,出现了几个明显的特点:先锋性与传统性创作并驾齐驱,各种文学门类花枝繁盛。山西是一个具有深厚文化土壤的省域,不仅在历史上产生了众多风格各异的文学家,也在现当代文学史上产生了具有重要影响的作家,尤其是以赵树理为代表的

"山药蛋派",开创了独特的、可读性极强、传播力极大的以农村小说为主的现实主义流派,继之,20世纪80年代的"晋军崛起",又一次成为全国文坛的强光点。值得欣慰的是,今天的山西文学创作,已经呈现出多元并起的文学景观——小说、报告文学、散文和诗歌,以及其他文学体裁的创作,多边突进,打破了小说创作一枝独秀的格局,形成了门类齐备、梯队合理、结构完整、协调有序、面向未来的新局面。其中,一些具有先锋倾向的探索性作品登场亮相,反映了部分作家具有理想主义色彩的新追求、新探索,为现实主义主流创作添写了变奏曲。

俄罗斯作家茨维塔耶娃在一篇文章中谈道:"普希金是黑人"。这不仅是因为普希金有着黑人的血统,有着"比钢琴还黑"的眼睛,更重要的是,茨维塔耶娃眼中纪念碑上的普希金发黑的青铜塑像,是"各种血液汇合的纪念像","最遥远的而且似乎是最不能汇合的灵魂的交融的活生生的纪念像","站立在锁链中间的普希金,他的基座被石墩子和锁链环绕……是为挣脱锁链站立起来的普希金树立的纪念像",其有着非凡的象征意义。我们感到,眼前的这套晋军新方阵丛书,同样是一个汇合了各种血液和不同灵魂的纪念像,对于山西文学创作来说,同样具有不同寻常的象征意义。它意味着历史传统与现实境遇、才华与潜质、生活积累量与个体创造力,也意味着山西文学氛围的浓郁、创作活跃度的提升和创造力的不断增强,同时也寄寓了文学的无限希望。我们相信,山西文坛将更加兴盛,山西文学创作必将用事实说明,它不仅有光辉的过去,也会有光辉的未来!

2017年12月25日

目 录

001	**即兴其一**
002	飞行的韭菜
005	秋天午后的木鱼声
008	看古怪
011	一床蛙声里
014	仆人
018	南方的耳语
021	迟钝的春天与水罐上的杨花
025	雪在雪幔子里哇啦哇啦演说
028	落叶书
032	今晚月亮很胖
035	昨夜月亮贼瘦
038	春风里的事物，简简单单
041	惊蛰夜想起几句唐诗
045	西南来信
054	天桥上的男人
057	地下通道尽头的女子
059	故人钩

062	摔伞记
065	雨伞下
066	板桥霜
068	秋风辞
070	炮仗花
072	反对

075	**流水其二**

076	大箅考
084	摇铃铛的花鼠
089	别人的白马
094	侧身成鬼
106	1989年的酒窝
121	从李元霸到雪珂
126	启蒙者
135	远去的花儿
140	东头街
151	老鼠夹子与出走的蜂群
158	春德与福孩
163	白龙事件
170	担山者白
177	戏班记忆
184	五指山下
188	乡村税赋
191	夜夜神
201	我故乡的柿子树

204	苹果树下有人打铁
208	致一些呼啸而过的夜晚

215　幻梦其三

216	一方镜
219	明月荒城
222	雨迷宫
225	早晨的蜂蛹
228	提锤者
231	炉石游戏
233	白日梦
235	云好的时候
238	小丑
241	黑獾

即兴其一

飞行的韭菜

秋日天高,难免多想。想些无来由的事,想事当然最好就让它无来由,无来由即不必有去处,光想想就好,想明白了固然有喜,想不明白也没什么要紧,就搁它在桥畔、水边、书页里,或者一株梧桐树映在红墙上的黑影子之间,再想起来的时候,重想一遍就好。

这该多好,就像白日做梦,就像无目的地的飞行。

其实这些天突然间真的想飞行。不是想去买张票坐飞机,而是想像小麻雀那样突然就从我阳台的铁栏间一跳,朝对面的楼顶飞过去,半中间冷不丁拐个弯,兴冲冲地奔一只红色的花盆突袭而去。也许它是即兴想起了什么坏主意,也许它本就是曲线向那只花盆而去,这又有什么区别呢?我也想这样,想飞的时候跳起来就飞,从低处飞向高处,从高处飞向低处,从不高不低处平行着飞向另一个不高不低处,但要尽可能多地制造一些拐点,好让远处窗户后那个占卜者多一些谜团,多揪掉几根秋天的胡须。他常常夜晚不眠,点着灯等我站到午夜的窗前。一个夏天,他几乎成为我的一块心病,一块树影般漆黑的存在。

继续想飞行。我感觉自己已经是《北史》里那个没落而清瘦的王子，在被改了名的铜雀台上和一群剥光的死囚同列，身披芦席，被新朝的皇帝勒令从高台上一跃而下。在摔成一地的断臂残肢之前，我却高高飞了起来，像我的祖先踩在马背上一样向着群山飞越而去，像我祖先的祖先那样身体是一只鹰隼化成，天生就是要飞起来的。我果然在二十七丈的屋檐之上飞起来了，屋脊之上神兽额头的琉璃之光让我的双眼湿润。我想，人的没落首先是飞行本性的丧失。或者说，飞行是人最初的本性之一。天空多么高广辽阔，怎能只让那些鸟类占据？我相信我的祖先是从北方之北的最高处飞下来的一群，飞行的基因沉淀在我之族类的血液里，我的骨骼深处定有与鸟类相似的构造。所以，在族群消沉、腐朽、骄奢淫逸的下坠之间，像我这样的零余者，仍然在睡眠中掌握着飞行的秘技。当然，我是无意识的飞行者，我亦是双足行走的常人，只有当下坠成一具尸体的恐惧伴随倾斜的黑色大地即将击中我脆弱的头颅时，血液深处的翅膀才能像莲花一样洁白地张开。我一个身处阶下的王子，才能电光火石般重新幻化为白纹的黑鸟，在新朝的楼宇之上，在篡夺者的瞠目结舌之间，高贵而倨傲地飞行，在他们的酒杯之内，投下阴影。

他们当然可以在我落地的时候轻而易举地杀死我，像捻死一只掌心之间的蝼蚁。但钢刀怎能杀死隐秘的飞行？怎能磨灭囚徒飞行的渴望。当权力旁落成灰的时候，给我一张崭新的芦席就好，高处不胜寒，正是我飞行的体温啊。

继续想飞行。我感觉自己已从高寒的北朝飞到了温润的南朝。一棵老楝树伸展向小桥流水的疏枝正结出黑色的小籽，四百八十寺的诵经声里，我的翅膀像枯萎的莲花收拢，一阵迷离恍惚间我离开了天空，坠落为南方水田里的一滩本然的血肉。远处有两只鹭鸶陌生地看了看我这天上来客，尖叫一声就飞去了。我黑黑的魂魄被收进了南朝的一只魂瓶里。这宽大的坛子，装载我小小的身体实在是绰绰有余，还有上半截弧形的空间，供我幻想出两只必不可少的鸟翅与虚张的鸟尾。肉身之后，我还是要上天的，去做一个青色的传信者，在宽袍大袖、银髯飘飘的仙人之间传递春兰与秋桂。地上如水的姑娘如果求我，我亦不拒绝替她捎回两枝天堂的桃花。不过，出身匠人家的姑娘啊，一定替我请求你堆塑魂瓶的父亲，在装载我魂魄的坛子之上，堆出高高的楼宇，再点缀一群振翅的飞鸟，那中间的每一只，都是我要飞的样子，许我头颅向北。

继续想飞行，弟弟飞去北欧了，中途落地于阿姆斯特丹，看了看木鞋与风车。我总觉得木鞋与风车都与飞行有些说不清楚的关系，总觉得穿木鞋的人在山水之间走着走着就可以蹬掉鞋子忽忽地飞起来。而那些风车，不就是驭风飞行在空中的巨轮吗？轮子碾着风，像要碾出空中的大道，给后来想飞的人飞。而如今的荷兰人大概早已不会在大海之上飞行了。他们的木鞋里竟开出了红色的花来，穿木鞋人内心中的山水该有多么寂寞啊。飞行的弟弟后来又飞过了莱茵河，在科隆大教堂下落地。莱茵河的夜色里，科隆大教堂像一具暗灰色的巨人的骨骼，尖峻、高耸、冷漠而入于空玄，最适合幽暗的哲学从尖顶之上一飞而下。

继续想飞行，眼前却是母亲春天种下的韭菜。韭菜顶着一丛一丛的白花，在晚间的阳台上摇摆。如刀的叶子身还是碧绿的，头颅白色的深处却似有飞去之想。或者说，秋天开花结籽的韭菜已白发如新，但刀身不老，锋芒如绿，风声一来，竟要展翅飞去。

母亲很快就要从黑喜鹊飞过院庭的老家来了。在老家，有时候早上一睁眼，隔窗会觉得喜鹊的翅膀比小小的院子还大。母亲带着大喜鹊的影子就要来了，她一进门，我便可以稳稳落地，去做几件人间闲事。

秋天午后的木鱼声

　　城东崇善寺的木鱼声里,叶片疏落的枝头,总有一缕清气萦绕,让睡足早起的人觉得好时辰还有很长。像一个宋时得闲的书生那般在古槐树下四处仰望,见黑黑的枝头细瘦高悬,可供几尺想象藕断丝连,可送一匹白马脱缰过崖。

　　木鱼声里,海子边莲池,睡莲已成一段洁白记忆,而莲叶似水上青盘,仍载起柳叶晨光间一树相思。一阵风来,池畔柳叶婉转地飘下,落在水面的莲叶上,莲叶开裂的小口,轻轻就把一枚柳叶含住。一时金黄浅碧交集,多有金风玉露相逢意思。或说柳叶与莲叶之相遇,多像一个女子流浪多年之后遇到另一个同乡女子,水边闲坐,说起她们相望而不及相交的早年。

　　木鱼声里,我低低走在这秋日早晨,飘落的万物此时都显得甚高,甚空。北肖墙、南肖墙、起凤街、上官巷、皇华馆、崇善寺,都是好名字,都有一段好故事,都看得见此时的秋天伸着细长手指向着极远处点点画画。他画出许多,但还有更多更大的空白等待晕染,他的颜料将尽,他的纸张不够,他想喝一口清茶,向着未及凋谢的一丛丛菊花展一展腰。我于是能够大起胆子厚起面皮,想做一个替他送去几种颜料和宣纸的小厮。好在他饮完茶心情好时,在我裸露出的一片心间,点化几层深秋意思,好让我吹叶成金,大大方方施舍于门外一万丈秋风。

而我终究还是囊中羞涩,捉襟见肘,痴痴迷迷。木鱼声里,我看见一个走过银杏树下的淡蓝色少女在晚间变得一身洁白。她在一片白石下向晚吹笛,吹出一天秋月皎洁,吹出一个紧缩又开敞的空间。一只两只小鹿循声前来,借光在她双乳之间饮水。我是第三只晚到的笨拙的小鹿,我把干渴的双唇向天,向着一天秋月剪拂了,期待翻身一变,化出个晚来的人形。最好能化那个宋时身背书箧上京赶考的书生,头顶的发髻携几片黄叶,青袍下的鞋底翻一些秋日沾霜带露的风尘,好在晨光中行色匆匆,隔一层竹木篱笆,向早起扫落叶的这女子讨碗水喝。

至不济,也请让我化一个年轻的游方僧人吧,敲着秋天午后空空洞洞的木鱼,从她门前过,说声:"女施主,善哉善哉!"好一翻身,再化为五百年后秋日午后的情种,三千桥头,尺八吹奏,让珠帘后的女子推窗露一露梦中刚刚醒转的脸,看她脸上翻出清水涟漪。

而此时,我的肉身尚在秋天案头的厚厚书页之间行走,我像方才敲着一只木鱼四处化缘的小小僧人,在白纸黑字间山高水长,所遇皆为施主,所化都是善念,木鱼响处,前五百年,后五百年,万般布施都将于回程处敷于一位供奉多年的神佛金身,好成其宝象庄严。

但我毕竟还是一具庸俗浊物,内心孱弱不堪,配不起这干干净净光明磊落木鱼声里层层浮起的秋天。读书倦处,便伏案昏睡,便梦见自己是个追逐猛虎过涧的人,又追至羊肠迷途,追出月光之外,追到这黄金宝刀漫天舞出炫光的秋日的黄昏,木鱼声响处,梦忽然间一醒,猛虎像在窗外满天斑斓的落叶中翻身,虎尾又一剪处,风起,雨来,身凉。

木鱼声里,秋往深处去,惊心却往浅薄处游弋。而雨水无端送来一匹匹机杼上新织的悲凉，丝丝缕缕，寂寞难耐，不知多少次咀嚼方能尽其滋味。但我又决心做一个把寂寞坐穿的人，仿佛把寂寞坐出一个小小的孔洞来，就能把头颅伸出秋云之外，就能把肉身平铺在一剪秋叶之上，欸乃一声，满腹怀抱就荡向了芦花深处去。

看古怪

突然觉得古怪真是一个好词。古与怪之间,除互相修饰润色之外,还有一个隐含的递进关系。一个东西,古而怪,怪而古,古得怪,怪得古,那就是古怪了。很妙,也很不容易。不容易处在于,古怪后面其实还有古怪,且可以一直裂变出一串古怪分子链。

寻常日子寻常人,一朝看见古怪,就是修来的缘分了,得抓住机会饱饱地看一看。时光流水,古者多湮灭不可见,但自信古代什么什么都会有的人,遇见一个从来没见过的新东西,且觉得它很怪很有说不清的意思与趣味,就会想,古代也一定有这样的好东西吧。而眼前这个东西,莫不是从古代转回来的?这样一想,眼前这个远距离来的新东西,也就可以称得上古怪了。

佛教从印度来的路上,不但带来了沙门与经书,也带来了佛国的狮子。狮子是菩萨的坐骑,或者菩萨座下伏着护法的神兽。但狮子不像几卷经书一串佛珠,可以藏在包袱皮里背回来。东土最早的信徒们只是从远来的佛经中窥见了狮子金黄色的影子,而从未亲耳听闻狮子的吼声,所以最早的一批随佛像共生的狮子造像就显得有些古怪。在匠人们的手中,它犹犹疑疑地不确定,慢慢就变化成了中国上古传说中的神兽，比如天禄与辟邪。直到很多很多年之后，北朝的都城里来了异国朝贡的队伍，那被隆重送来的贡品，正是传说中的狮子，寻常巷陌里的寻常人才恍然大悟，原来这就是传说中的狮子啊。想必在朝贡者进城的那一天，看古怪的北朝人会把街道两旁的房子都挤破吧。

我常常想，送狮子来朝贡这件事本身就算得上一件古怪。一只庞然的狮子，从山林或草原上被捕获，被驯服，被装进新铸的铁笼，再从遥远的南方或者西方被搬运到东土之北的王城，究竟要费怎样的工夫？会走怎样的路线？究竟要使用怎样的交通工具？要配备多少专业的饲养员、驯兽师、兽医、警卫以及搬运开道的杂役？这样浩浩荡荡的搬运究竟要耗费多长的时间与资金？这样隆重而庞然的一支队伍在遥远而陌生的旅途之上，究竟要履行多少外交程序，签署多少文书，办理多少手续？他们究竟会遇到什么波折，会发生什么样的故事和命运的转变呢？而如果在某一段路途上，一点小小的气候突变或食物消化不良，那只被神灵一样侍奉与拱卫着的狮子突然间死掉了呢？如果他们所朝贡的那个王朝在他们抵达之前突然被颠覆而灰飞烟灭，那么这只原路而来的狮子，这些环绕着狮子而来的远人，又该做何打算呢？

这是多么古怪而费人琢磨的一桩古怪事啊。而向着辉煌的王权远来朝贡的不仅有狮子，还有驯象、孔雀、海冬青与汗血马。这些珍稀而古怪之物络绎不绝地构成了一段接一段的古怪史，让偶尔读史解闷的人想也想不明白，慢慢就生成心底一个古怪。突然之间会下个古怪的决心，如果自己身在史中，遭逢狮子那样的古怪，干脆就改头换面混入朝贡者的队列，以一个狮子奴或象奴的身份脱籍而出，去见一下更远处的古怪，去迎接一种新的命运，不也是一件后人眼中的古怪吗？

可这样的古怪究竟有没有发生过，就真的很难说了。而既然我相信古代之古能容纳一切古怪，那这样的古怪人古怪事就一定是有过的吧。

怀着这样古怪的想法独行于市曹，远古朝贡的狮子、驯象与汗血马当然是看不到的，但迎面也能遭逢一些有趣有味的古怪。比如海子边人群里迎面逆行过来的一个胖大男子，十米开外只见他剃得精光的大脑壳和肥肥的面目上挤满了花红柳绿的圆橡皮图章，且步姿矜持而尊贵，活像日本战国时代的大名们上洛朝见天皇，用那种特有的宫廷仪态举着纹丝不动的上半身缓缓而行。这就古怪了！在擦身而过时偷偷认真一看，哇，原来挤满脑袋的竟然不是橡皮图章，而是一脑袋大小不一、颜色各异的火罐儿啊！这样拔着一脸火罐儿出来悠然散步的奇人真的不多见吧！还有一位迎面过来的古怪，看腰身与臀部也是男子。为什么不看面目呢？因为面目和表情皆看不清楚。他捂在棒球帽里的脑袋是贴着地的，不但脑袋贴地，身子也贴地，两只戴着黑手套的手撑在前头，两只穿安踏运动鞋的脚蹬在后头，只有两瓣包在运动裤里的肥大的臀部高高撅着，朝向蓝天白云，在人流里一拱一拱地爬行。整个早上，他就这样绕着秋天的大湖爬了三圈，又以同样的姿态爬出了公园，终于消失于视野之外。

但这样的古怪，你是不能多看的，总觉得多看一眼，他们就会像铁笼里的狮子一样破围而出，或者就像传奇里倒骑毛驴的黑白双煞一样，朝你微微一笑，一个放出带毒的暗器，一个拔出柳叶尖刀。

一床蛙声里

蛙声像是一块好大的棉絮,一块巨大的湿淋淋的棉絮,悬着,跌下来,浮上去;跌下去,又浮上来。无论你躺在哪个角度,两耳都乱纷纷,纷纷乱。但云过来,蛙声是一块,风过去,仍是一块。一天两夜,还是这么一块,池塘大小,不多不少。

蛙声何时方散?你得到群蛙之阵中躺下去问问。

雨云层层之下,蛙声站得最高。蛙声里,高过人的玉米与高过玉米的杨树、槐树、椿树,都成了低头的侏儒。小草们不哈腰,不服气,一起来造蛙声的反,一夕都成了绿俘虏。蛙声里为奴,绿森森的像也自高三分。那么一个蛙声底处躺着读史的人,还有什么理由不向着池塘暗通款曲,输诚纳币?你快快的!

蛙声撼不动的只有梧桐。梧桐姓碧,临风时,梧桐每一株都是襟怀宽大的贵族。遇雨时,梧桐每一叶都是脉脉动情的贵族,啪嗒啪嗒落泪。

蛙声也姓碧,青蛙是碧梧纹章相似的贵族亲戚。天生属王子,长相悬殊莫怪,无非洪水中落了一回大难。不,每一叶梧桐都是一只蹲在树上的青蛙,迎风向云借来雨水。每一只青蛙都是下树的梧桐之叶，青绿肥大，催云叫雨，云哥云哥，雨姊雨姊，你来，你快来。

蛙声绿。一阵比一阵更绿。如风里看梧。等你看过了便信。

是的，蛙声只比雨声晚半支梦的长度。前半程淅淅沥沥，哗啦哗啦，恍惚间有人隔窗夜哭，哭成了一条越流越宽的河。后半程满床鼓噪，如群盗夜袭，呱呱哇哇烧出了满帐的火光。一惊，天便亮了，蛙声破壁摧墙，不远不近，正在屋后塘中。塘已废，点满玉米瓜豆。是蛙声，雨后一夜，让死塘睁开了睡眼，朦朦胧胧看清三十年前曲曲折折的往昔，湿漉漉间鼓角嘹亮，明火执仗。

蛙声里要大干一场。

床上听蛙，总感觉群蛙阵中，一定有只最明慧的。它肚子里点着月亮仁做的灯火，它披挂着整个夏天的青纱。它是领袖，它很强大，它为群蛙在雨声中扳稳意识形态的道岔。但它同时身兼文武，六艺皆通，故也是挥舞指挥棒的艺术家，就像童书里画的那个可爱而滑稽的小形象，善于在荷叶上蹦跳蹿跃着指挥合唱。但我想，在夜幕为它披挂上缥缈虚空的黑袍时，它更像所有神甫中最神秘的那个教父，谙熟一切仪式中最神秘的通灵之术。它暗中的一挥手，便有枝状的闪电照亮群蛙隐秘而激动的神经深处。

那么，蛙群之中，一定有朝阳的黄金之杯越举越高，也一定有暮色的黑铁镣铐越沉越低。那么，蛙声之中，就一定有金杯的宠儿，也一定有镣铐中的奴隶，在同声歌唱。蛙声疾，池塘一波一波膨胀。

群蛙阵中，一定还有一只最笨拙的，好作为对称。它总是喜欢一不小心，一不小心就咬破自己的上唇，或者下唇，最倒霉时还同时咬破上唇和下唇。当然了，它还很热衷十分不合时宜地饶舌，以把舌头烧红后锻打折叠的方式，饶舌，然后当众演讲或歌唱。因此，若从敌对者的实用角度来看，它最大的长处，便是能极其容易地把群蛙搞红搞乱，把蛙声搞衰搞散。

上次是它，下次还是它，每次都是它，总是它。它的笨拙使那只最聪明的青蛙深感头疼，但也暗自欣喜。有汝在，便有我在！那么，我们就需要立即重新调整蛙群整洁的秩序与一致的频率，必须重新开始，必须在欢乐昂扬中鼓舞起来走向高潮。

蛙声乱。蛙声一万年不散。蛙声也衰歇。

青蛙叫了一夜，一定是有人心碎了满地，又想着匆匆捏合起。

蛙声短，短而直。蛙声直，直而不忍。蛙声的愤怒里出了诗人。屈原和苏东坡听了蛙声会怎么想？卡尔和伊里奇听了蛙声会怎么想？青蛙毫不关心这些，它只管蹲下，叫起来，就叫响了。

一床蛙声。你躺在急流的筏上，追一朵白云变黑。

仆 人

读梅特林克的《蜜蜂的生活》,在漫长的篇幅中偶然发现一小段很让我心惊的史料。梅特林克在谈到史上那些伟大的蜜蜂研究者时,在这一领域的开山人物——荷兰博物学家司文模登之后,突然跳跃性地谈及一位"殿堂级的养蜂学大师"弗朗克斯·哈伯。

出生于日内瓦的哈伯能成为研究蜜蜂的大师,这并没什么可奇怪的。一个人在一个好的国家拥有好的教育环境和好的人生志向,再花一点力气是一定可以成为某一方面的专门人才的。但让我吃惊的是,哈伯却是一个盲人。一个刚刚进入青少年时期就成为失明者的男人,最终却成为研究蜜蜂的大师,这就很奇怪了。请注意,他成为的并不是操弄语言的写作学大师,也不是玩转脑细胞的思想学大师,甚至不是一切只要静静坐在那里闭着眼睛靠大脑冥想就可以成为的那种大师。他最终赖以成名的基础是蜜蜂,那种我们印象中始终在花丛中飞来飞去,必须用敏锐的眼睛去捕捉的小东西。在这种行动迅速且行踪十分神秘的昆虫面前,我们人类中视力最正常的那一部分人也会常常恨自己少生了一只眼。这让我很难想象一个眼前只有模模糊糊的微光而根本无法视物的日内瓦青年,是如何调动他生命的全部力量去对那些蜜蜂和构造复杂的蜂巢进行研究的。

在我的迷惑不解中,一个线索型的答案突然从哈伯的身后站出来,以一个仆人的身份给了我明朗的启示。原来这个叫弗朗克斯·比尔南的仆人,用他的整整一生充当了他主人哈伯的眼睛。梅特林克写道:"翻阅人类忍受痛苦获得成功的历史,没有什么比这段故事更打动人心,也没有什么发人深省的经历比他更让人心生敬意。"这种由衷的感叹确实是真实的,也道出了我知悉这段故事后最初的某些想法。但是,这远远不够。因为这种赞叹完全是发给哈伯的,而与那个仆人无关。但困扰我的是,我很难想象,一个人怎能把自己的一生仅仅当作别人的眼睛来度过,并从中寻求自己的价值。尤其是这个人,还那么机灵,而且拥有与他的仆人身份很不相称的聪明才智。从哈伯最终的成就中我们可以猜想,这个充当他眼睛的比尔南,绝对不仅仅是一个眼睛明亮的农夫。相反,他一定具有相当细致而全面的观察能力,以及描述他的观察结果的表达能力。而为了有效表达,他需要有分析总结、突出重点的超常思维能力。而最最重要的是,做这份工作不是一天两天,也不是一月两月,事实上,哈伯差不多用了二十年时间的研究才开始写他的《蜜蜂的新观察》的第一卷,而这本书的第二季要再等二十年之后才得以完成。这就意味着,充当那双眼睛的仆人比尔南,要用超过四十年的服务,才算完成了他的人生职责。在这四十年中,比他的观察能力、表述能力、思维能力重要一百倍的,是他的耐心与坚持,以及从这两者之中显示出的他对他主人的爱与忠心。

在我们的习惯性认识中,仆人通常都是十分奸狡的,总是想方设法要从主人那里占得一些便宜,并持续积累这些便宜,以便在某一天能彻底脱离他的主人而让自己成为新的主人。即使那些表面上让主子感觉忠诚无比的仆人,在背后却是他主人家产的盗贼。比如《末代皇帝》里那个能当着主子的面咕噜咕噜喝下一砚台墨汁的太监大脚,好像忠诚得不得了,但他和那个偷主子古董出去倒卖的贼其实是同一个人。

在梅特林克简要的讲述中，我无法判断这个叫比尔南的仆人是不是也有过类似于太监的表里不一。因为文中并无一语涉及这位仆人的私德。但我却认为，如果这个仆人是个有一星半点私心的家伙，那他盲目的主人是根本不可能完成他的那些已被人类史一再验证并反复推崇的蜜蜂研究专著的。即便主人再拥有天才的洞察力，如果充当眼睛的仆人一再捣鬼使坏，这项研究是无法完成的。即使完成，也有被奸仆拿出去倒卖的可能。

但《蜜蜂的新观察》的封面上，印刷的却是哈伯一个人的名字，而比尔南作为那个"亲眼"观察蜜蜂与蜂巢的人，却永远隐藏在了哈伯光辉耀眼的大名之后，以一个仆人的黯淡侧影消失在历史的云烟之中。

这多多少少让我有些叹息，又让我一再想起人类史上那些可以用伟大来作为前缀的仆人。这些资质非常的仆人也并不总是伏于尘土黯淡无光，只要历史敢于给一个微不足道的机会，他们就敢于翻江倒海，玩一把小人物的强势逆袭。比如日本幕末志士西乡隆盛，在他青年时代最为得意的那个时刻，也不过是藩主岛津齐彬脚下的一个仆人。"庭方役"是他的职责，每天就是在主人居室外面的园子里捞捞水草，翻翻花土，跑外送信，办一点杂务。但这个仆人却忠实得像条大狗，终生以曾经服务于那个主人为最大的荣耀。更重要的是，他在这位主人英年早逝之后，再也不承认这个世界上还有其他能值得自己效忠的人。而他继续效忠的方式，就是以他自己的命来延长主人已经逝去的命，去完成一个主人当年未圆的强国梦。但他却是以他自己多少带点粗蛮的方式去完成。在他的逆袭中，仆人西乡吉之助的卑微感渐渐消失了，代之而凸显的是越来越强大与威严的西乡隆盛，一个鹿儿岛火山般的强人。

而更让我心怀一份敬意的，还是那些虽然没有仆人名分，却以仆人的忠心与现实姿态，尽心侍奉一些大人物的小人物。比如诗歌史上那个著名的"图宾根木匠"。如果没有这个好心人,就没有大诗人荷尔德林阁楼上的后半生。这个已经完全疯癫不能自理的诗人,正是靠了这位木匠的好心肠,才苟延残喘活过了漫长而无觉的三十六年。而木匠同时也成为诗人后期诗歌作品与诗歌天才的记录者与见证者。

  而与这些相比,更有意义的还是,这个本来和木头打交道的男人,却用一种人性的柔软,让木匠这个操持铁器的职业,自此充满了技术性冷漠之外的人文之光。从此,那些刨子、凿子、锛与斧头之下流泻与喷溅出来的,再也不仅仅是刨花与木屑,还有某种灵魂的暖意。这一朵一朵的暖,就像冬夜里的烛光映照着很长很长的黑夜,以及更后面的黑夜。

南方的耳语

如果不做一朵杜鹃，不开成粉色、红色、蓝色或者白色，杜鹃能作为什么开放在春天里？能以什么样的形状喊出什么样的声音？

杜鹃也厌倦吧，厌倦她自己一出生就成为杜鹃，漫山遍野里的一朵。但也不羡慕那些桃花呀，绣球呀，长成什么，就有什么样的厌倦，有谁能够幸免？

但开在这园子里，的确让人恹恹地烦恼啊！这么大的园子，天天有人来，园子自己厌倦吗？水里的锦鲤厌倦吗？只见它们翻动着彩色的脊背，肥壮地挤压在一起，偶尔一翻沉下去，一翻再上来。嘴唇吞吐着，但谁能听见它们说什么。

柳絮一直在飞，飞在稀糖浆似的空气里。其实，也不是柳絮在飞，是风一直在暖暖吹。风厌倦它春天里二十度的暖吗？柳絮厌倦她在枝头的轻吗？飞厌倦飞的不停不驻与凌空漂浮吗？

生根的厌倦与不生根的厌倦是不是一样的？那一物生根或者不生根，又有什么不同呢？

一朵一朵的花，在园子里各种树木四处捧出的鲜艳里，我看见的只有一丛一丛着色的厌倦。深深浅浅，浓浓淡淡，各有各的厌，各有各的倦。风一吹,都想凋谢。

在一湾一湾的水里,我看出柳枝拂出了水的厌倦。水在厌倦她一轮一轮推出的涟漪吗?波光在厌倦它自身反射的一千种成色的绿吗?水草在厌倦她在水底的摇曳吗?有船来时,水就执拗地推着它们的木屁股,让它们千帆过尽皆不是。

岸上,一只周身洁白耳朵内里通红的猫,四爪蹲踞在鱼行街的门槛上,从漫射来的阳光中别过了长胡须的杏仁脸。它的眼充满了对游客对这个起风的午后深深的厌倦。它看向门槛里浓郁的黑,向它探出一爪,再伸回来。它最后合上了眼,叹息似的埋伏下身体。

一只黄毛黑须的扁鼻狗在十米之外,一直对着刻意斑驳的白墙壁,一直用毛茸茸的尾巴扫着屁股下的石板。在它上面,一些杂色的内衣晃荡在阁楼窗前的白光里,一些黑瓦密集地拥挤在屋檐上。

扁鼻狗厌倦它拖着的尾巴吗?内衣厌倦晾衣绳吗?屋瓦厌倦屋顶上游走的光与春风里又绿出一层的青苔吗?

我看见桥头一个卖糯米莲藕和藕粉汤团的扬州男人,低着头时对灶台里的莲藕和汤团皱眉。抬起头时,对他端盘子送碗筷的中年妻子皱眉。一朵一朵的柳絮从店门外的小河边送来一群一群戴口罩的男女,他目送那些背影的眉头皱成一只团子。他厌倦自己摆置七张桌子二十八把椅子的小吃店吗?厌倦自己的莲藕汤团狮子头和扬州炒饭吗?他厌倦自己的宫廷特色平民风格广告语吗?

我看见一个湖边的驼子,因扛一个硕大的提包奋力行走而看起来像是在最大限度地张口微笑。他厌倦自己的驼背吗?厌倦自己一吃力就张嘴的表情吗?但他一定看不见自己张着嘴笑着行走的样子,他不可能把湖水吊起来当镜子挂到自己面前。而低头面对湖水时,他的嘴紧紧地合拢了。他看见了自己的沉默和痛恨了几十年的驼背。

我还看见一个像我父亲那样年纪的三轮车夫的白头发,他脖颈后的汗水和他后背里蒸腾出的气味,他倒动着双腿不断蹬出的一圈一圈的圆。为了这十块钱,他拉着我在这条水乡上坡下坡的路上蹬出了多少个圆圈?他厌倦吗?而我对自己突然生出的厌倦,使我突然跳下来,让他推着空车上坡去。

膝盖疼的时候,我深深地埋伏下来,像那只猫在暗影里那样思想,究竟有什么东西,值得为之爱之而始终不厌呢?而为之不厌,有时常常找不到它的宾语,有时甚至不是一个词,也不是春天里舒展开来的万物。

而只像一个至低的人,向至高至敬至亲至爱之物一声长长的耳语。

迟钝的春天与水罐上的杨花

正月里从乡下回城之后，我就停留在一个相当迟钝的程度，总感觉像一座用旧了齿轮而难以精密咬合的座钟，对外界的律动再也难以准确报时。而早春二月里外界的一切都是突兀而敏锐的，一切都正以崭新的颗粒状在微妙而丰富地重组。那些被叫作春光的东西早早就活泛起来，并催发了大多数鲜润的事物。那些半月前远望中还一片混沌的柳枝突然就绿得分分明明，那些在睡下之前还在含苞的桃花，不等你一觉醒来就一枝一枝地开在微信的朋友圈里。这些令人惊愕的明亮，这些鲜艳的绿与红，反衬着迟钝的感觉，让我不禁深深地焦灼起来。

但我很清楚，这种迟钝并不是乡下生活带来的。相反，乡村风物对一个返乡的人会形成强烈而新鲜的刺激。那些正月里经受了雨水滋润而无声叫喊着生长的麦田，那些坐在槐树高枝上用十五种腔调向着远方歌唱的喜鹊，那些在正月天的暖阳里就飞出来闲逛的蝴蝶，都使看到这一切的你像一个完全崭新的人，能够迅速从大脑里扯出许多丝绸状的闪亮感觉。但一回到城市，一重新坐进写字间的转椅里，一开始每天重复无尽头的计算，迟钝便像一些黏稠的黑水，迅速地渗透了进来。

　　这种带来迟钝感的生活无疑是糟糕的，但又是你无法拒绝的，因为它披挂着一种被称作正常的端庄名号。这种正常的迟钝，不知是不是从一个天生感性的人努力营造的理性生活中蔓延出来的。但总之，它是一种深深的力不从心，是一种从里到外的无力，是一种对外界的微妙变化来不及有效反应的惊愕与无奈。而迟钝本身又是迅捷而尖锐的，它甚至有某种强大的裂变功能，能够以对一种事物的迟钝引发对一千种其他事物的迟钝。然后，反射在所有事物之上的迟钝之光包围并吞噬了你，你被这种黑光冻结，无以发力，无以感受，而只有那种被围困、被吞噬的感觉无比清晰。你就像是一个被装在黑袋子里扔下无限高度的人，清晰地感觉自己正在不断下落，身体越来越重，速度越来越快，而旋转在其中的那个空间，恰巧是一种叫春天的东西。它隔离在一层麻袋之外而不能被看见，但提供足够的深度与空阔，以及冷峻的气流，让你体验这种失足带来的压迫感。

　　只在半夜睡不安稳而起夜的时候，那种被迟钝冻结的感觉会片刻复苏。我能感知某种裸身不凉的温度，以及曦光过早来临时窗帘背面的亮度。重新躺下的时候，我会想起七年前的春天。那个二十九岁的春天，我的工作场所从这个城市一条河的东面转移到西面，而一场突然来袭的难言的疾病，又使我在每天两次过河时对河岸上的春光充满病态的敏感。那些河岸上的树，开出的花朵总像是被提取了其他的色素，无论是远望，还是近观，感觉中只有一种多瓣的白。而树叶也常常因过分浓郁而被我看成一种类似瘀青的青黑色，连那些桥下的水流，在逐渐拉长的白昼的黄昏里也会反射淡红色的光晕，像稀释后的血浆重新倒流回远方的一条暗蓝色血管里。

　　那个春天无疑是病态、多疑且惶惶不安的，你永远不知道自己会不会好起来，永远不知道好起来之后自己的身体会是怎样一种状态，你只能感觉到病态中的春天里颜色们是如此怪异而躁动。但即便是如此糟糕,现在想来,那个怪异的春天竟然因充满了众多犹如照相机失焦之后产生的空幻感而难忘起来。

只是因为它使一个春天里的人的感觉变得强大而细腻。那些触角强烈地伸展在空气中,仿佛连一颗过路的花粉,都不会错失。而在这个迟钝的春天,我肥胖而虚弱地蜷缩在东西穿行半个城市的公交车里,挤着上车,挤着下车,在一段无意识陷落的路程之上,我总是忘记看一眼玻璃窗外幻化的春天。

只有一个黄昏,我从中途经行的城市广场下车,因为我发现园林工人正在砍伐那些人行道两旁的加拿大杨树。准确说,是伐掉那些因过分生长而粗壮并下垂的旁枝。这两列加拿大杨树已经有三四十岁的树龄,它们巨大的树冠伸展出无数下垂并卷曲的枝条,在每一个有太阳的冬日黄昏,那些细密而优雅卷曲的树枝都会把夕光一条一条地折射在人行道以及对面的树干之上。而此刻,被锯断的粗大树枝横陈在黄昏时分的人行道边,一段一段像青黑色的尸体。我从它们中间穿过,走在回家的路上。但突然之间,一种异样的感觉又让我原路返回,在那些残枝中间俯身蹲下来。我忽然发现,这些杨树枝的末梢已经吐出了一些类似于花苞的骨朵。这些小骨朵从灰褐色的硬皮里挤出了软绵绵的细毛。于是我下意识地折了几枝带回家中,把它们斜插在窗台上一个闲置的玻璃水罐里。但我当夜就忘记了这件即兴的闲事。谁知道那些插在水罐里的杨树枝会怎么样呢?

但一周之后的周末清晨,当我睡眼蒙眬地一拉窗帘,在一片晃眼的晨光之中竟然看到了水罐上凭空升起的杨花。那些原来毛茸茸的骨朵在清水的滋养之下绽开了自己,这些暗红色的杨花一串一串倒挂着,远看像一条一条悬在晨光中想心事的毛毛虫,近看却是一团一团的橄榄状柔软花球。

母亲说,这些小球慢慢就会变圆,圆到一定程度就会涨破它们自己,就像分娩的妇人,产出它们长着白色翅膀的儿女。而那些白翅膀将要像杨絮一样飞啊飞,把杨树的子女们播散到盛大的春天里。而我,竟然是第一次如此接近地看见了杨花。我更想看一看不久之后,杨絮是如何从窗台的水罐上飞出窗外,飞向城市的春天。

感谢那股黄昏里使我原路返回的神秘力量,感谢那断枝堆旁一俯身的细小发现,竟使我跳出了迟钝长久的围困,将感觉的触角如此轻易地悬挂在春天行进的列车上。

雪在雪幔子里哇啦哇啦演说

今日头上又落了雪。今日雪,应算今年冬太原城里的头场雪吧,因为这雪城南城北的人竟都见到了,我从城东过汾河去城西,也见它忽东忽西下了一条长街。

城大了,雪的胆子就小。小到雪幔子张也张不开,小到填不满一城人在一朵雪花前同时睁开的两只眼。我常想,一个城市最合适的面积,就是一场雪的面积。雪大,雪小,只要雪幔子铺展开,刚刚好罩得住,这城就恰恰好。就像那时候的罗马,恰恰听得见一个人在广场正中间哇啦哇啦地演说。

今日雪幔子张开了,罩住了,雪在一城人刚刚睡醒的耳朵边上哇啦哇啦演说。各自听到的,却可能都不一样。

记得早上按点出门时,天色大异平日,几只垃圾桶四周仍然黑黢黢。大概是凌晨下开的雪,拉长了夜晚的光阴渐变线,该明的不明,不该暗的却更暗,以致早晨时分的天像紧缩在一条隧道里施展不开拳脚。街巷人却不受这天色绑缚,该做什么还按时做什么,该把买卖营生沿街摆开挡住车道还是要按时挡住车道。来往的车灯豁然一照,就见一丛一丛的雪,花枝般从轮下腾起来,亮晶晶的,像刚刚碾破的一段魂要翻着卷着，旋上天空去，远远逃开密匝匝的人间。

太原入冬以来，这雪一直像在远处喝得酒醉，一点都不守约，闹脾气，接连耽误了我几份好心事。有几时也城南城北远远地晃一晃，像年老的醉汉隔着窗子睡眼蒙眬地搔一搔头皮，就又沉沉睡到了一天雾霾里去。我好生期盼它清醒时，潮潮亮亮地开出一天的花来，让我长长伸一伸舌头，吃几朵下肚去。

但今日的雪却来得很不是时候，下得乱，下得急，下得我不喜欢。不喜欢完全是因为母亲起早在阳台上烧了三炉真香，保佑家里的人上东山去考驾照。但我梦醒后一撩窗帘，就看见那雪在母亲头顶升起的香烟上扑扑闪闪恶作剧似的飞下来。

我出门，做一个雪天里的行者，只觉这雪急匆匆，乱纷纷，好像要紧着压倒一座草料场，好像要催我这样深夜不寐的人趁早挑一支长枪上梁山。但这城里的地上却并没有一座归我照管的草料场，我也并没有几件奇耻大辱、深仇巨恨要等一场雪来洗个白茫茫真干净。更没有一座我看得见的梁山确定地高耸在一片八百里水泊中，可供我和怀才不遇者、有冤难申者、失家亡命者趁着一天夜雪去投奔。有的只是早晨时分的汽车，只有各式各样早晨时分的汽车，以及被汽车空间改造过了的活动人流，隔着车玻璃看一块一块的雪，看得厌烦便狠命按响一只一只喇叭，等终于给四只轮子按开了一段路面，便脱裤子似的甩出一股尾气扬雪而去。甩出的汽车尾气一股一股蒸扫着地面，雪下得再急也只能是颗粒无存，湿一湿地面就算尽了本分与兴致吧。

晚来过河回家，却见汾河初结的河冰上有团团残雪。十二月的汾河像闭了嘴的灯下美人，唇边是冰凉的事物，十二月的雪似乎只在冰凉事物的表面才得存留。那存留下来的残雪像一些天堂移民，在两岸灯的几番扑跌下灰灰地、静静地落寞，又像过河人眼睛里远远吐露的几米忧伤。年末岁尾，过河的人肚子里总是有一段段忧伤的吧，何况过河的人是这样的多。

多余地想起两日前的周末,太原城里亦有雪落。那雪却是落在城北的午后,落在一小半太原人的半梦半醒中。我睡醒后步行去桃园杏林二条一位故人家,到了地方却找不见人家的门号,看看时间离约定好的钟点还有三分钟,就闲闲地站定了张望。一溜相似的独家小院排成丁字小巷,红砖院墙头家家有一棵树从小小的后园伸出头角。十二月光光的枝丫映着灰灰的墙头上的天,让我只觉得它们光光的互相不一样,一时间却也分辨不出都是些什么树。怅惘间,只听见头顶上家家门头的遮阳篷上有沙沙沙的一片落雪声,细寻却若无物。连门头两边的红灯笼也摇摇摆摆的,依然是淡淡地红着,没有一星半点雪的痕迹。

那天的雪,缓慢细碎,丝丝缕缕,却也悠悠长长,正像我迈着碎步闲闲地到那位故人家里重续一份久远的恩义。正这么想着,眼前便忽然一亮,是故人呼着我的名字,穿一身红布袄裤奔到街口替我开门。几年不见,话语亲切,只是她的两条腿蹒跚得厉害,竟已完全是老年人的腿了。而她从电话里唤我来,是为她的孙子看一些文章。

而她问我是怎么过来的,我却抹一抹头上化开的雪水,笑着回她:"坐车来的。"

落叶书

小雪之后,城里的白天即短得可怜巴巴,只觉得一旦无事坐下,用矮矮的白瓷杯喝四五杯水的工夫,一天就白白喝过去了。最后一杯水里的茶还未冲破,还有楼头夕阳那么一抹苍黄,浓浓的早至的夜色就又落叶样飘到眼前了。

在这样短短的初冬白日,我竟开始留意那些街面上的落叶了。

其实,该留意落叶的季节早已过去,若是早些时候,黄叶红叶还些许在枝头时,赏叶最是容易得意。

比如我最喜欢的汾河岸上的银杏树,那些天里会瘦成一枝温侯的画戟,青天蓝天它都可刺破,而风一起,满天落叶之阵里就有一匹赤兔马在飞。

而此时,城里的街树在几夜摇落之后早已尽秃,未秃干净的也像遭逢大难悲怆难忍的老年地主,骨瘦如柴贫病交加了却还伸着一条细胳膊狠命抓住一把薄薄的黄铜制钱舍不得撒手。

只有那些垂柳,还像年老色衰的宫女,垂挂满头营养不良又懒于梳洗的辫发式的灰叶立在河畔上,对着冬日浅淡的流水痴痴做些早年盼宠的旧梦。

在这样短短的初冬白日的一个清晨,我偶然在河西街心公园里看到园林工人们收落叶。

其实也并没有看到落叶是如何被从四处清扫并归集到一处的,我看到的只有一大袋子一大袋子堆积在一处的落叶。袋子很大,很黑,很多,目测有百只以上,袋口又扎得草率松散,可以窥见其中大大小小红红黄黄的落叶。这样的落叶竟以袋子的形状堆积成一座落叶之山。

一刹那间,我想到的竟是一大座山寨已然攻破,被成群捉拿了的黄巾军与红巾军,有男儿,也有女儿,全伙被牵系绑拿到此,献俘阙下,即将行刑问罪。

是的,这些黄的红的青灰的落叶,它们是马上就要被园林车拉往别处集体焚烧的。城里人在一个肃杀摇落的季节之后,要给这些落叶一场火烧火燎的盛大葬礼,让它们这些曾在树上恣意招展过一季生命的叶子,纷披呐喊过的叶子,在摇落之后再以灰烬的形式重回一次天空,并最终魂落于别处的大地。想象的这样的场面,竟让我的一颗过路之心颇生一些悲寒意。

从落叶堆前走过几步,回头时我突然想,竟真的要这样烧掉了吗?也许,也许吧,在每一片落叶之上,竟有一封天空传给人类的书信呢,好供走过树下的有缘人在这落叶时节随机随缘,收取来自上苍的一丝半缕讯息,好从中读出天大的稍纵即逝的秘密。

而这些随风集体发出的落叶之书,可能只有极少的几叶被极少的有缘人乘兴一阅,而大多数未及拆封,即被如此打包如此付之一炬了。

那么有多少来自上天的隐秘在劫数般的火光中一闪即灭啊。那每一片落叶上独具一格的掌纹,可都是上天刻意写下的奇书啊,都记录有一段即兴时分的心事啊,它想被有缘的人细心窥破,并会心仰首朝天一笑。

我想，落叶定是不甘的，否则它们不会飘落人间，还延滞这么久。从一处，随风到另一处，这传信人在暗夜以及暗夜之后的清晨等待，等待来人一阅。我想，即便是在那冲天而起的大火中，那些落叶上的掌纹，也会在灰烬中做着最后的保留吧，恍然如烈火里的怆然一叹，等着最后的有缘人星夜跑马来看。

那些从树下落叶堆旁惶惶走过的人啊，你可曾想到落叶之阵中有一封本属于你的上天来书？可曾想到那落叶之书暗暗地等着你看一看它隐秘掌纹中藏匿的天意？

忽然又莫名地想到《水浒传》中招安后的活阎罗阮小七，举一只杀人无数的手巴掌给哥哥宋江看。他哭："哥哥，我此生命短，全写在这只手上，算命的先生早早便告我此生命不久长。"那因兄弟死伤殆尽的忠义宋三郎，竟于悲愤中拉住小七伸来的那只巴掌，提朱笔，在兄弟象征命数的掌纹梢头长长地一抹。

大风即是一场名正言顺却悲情无算的招安啊，招安就是一场横扫恩义收割人头的大风啊。无数结义兄弟，便于这风中一夜飘散尽。而大哥在小弟掌纹上的临别一笔，亦是一掌奇书，留给后世有聚义之心的人看，而在此时落地的一柄法国梧桐叶上，似乎可隐隐读得。

而我，在这短短的初冬满地落叶焚烧尽的白日，埋头喝一大口水时，竟觉得那远来的云南茶在你的杯底下坐着亦像一地落叶坐在青天下，而那喝茶时沉积纷乱的心事坐在你的心肝尖尖上亦像一地落叶坐在毛茸茸的黄昏里，只等一把火来烧。

又想起了在故乡的小时候，每当庭院里沉沉落满梧桐叶，小儿们就会一掌一掌收拾起，用叶柄相互绞缠在一处用力揪扯，看谁家的先揪断，以此决出惨淡微薄又兴致盎然的几分输赢来。

这是乡间初冬时无聊的游戏。但即使这般无聊游戏，那时却玩得津津有味，好似有许多奥秘可以借此参破，又可以得到许多甜头。故还不只玩梧桐叶，也玩杨树叶。杨叶虽小，其把柄却更为柔韧，两小儿紧紧纠缠撕扯半天,面红耳赤间才有一柄"砰"的一声断裂。那小儿甩一把鼻涕,用力吸溜着鼻子仰起脸看天,竟满脸都是读懂了天书的得意神色。

今晚月亮很胖

传闻今夜有月可看。夜行回家路上,就一路频频回首。我总觉得,猛然间瞭见的月亮才让人惊于一份清白,才会有白马破壁之思,才好看。

但十五里夜路,却并没有看见。

半程过桥时见一杆灯影远远从高处落下,明灭开合开合明灭之间,汾河一直暗流。而河上常见的月亮今夜却没有出现。汾河上早出的月亮,在黄昏过桥人的远望中总是浅浅淡淡的,有时一线,有时变作一团,并无温度,却时常能让行路人心窝一暖。

回家后我继续等,却久不见其上。我猜,等我观月的兴致悄悄败了,月亮就会胖胖地拍窗,吓我一跳。

传闻今夜月亮会超级大,它一定胖胖的。可惜我一向并不以胖为美,因为我总觉得胖大之物其气必虚,气虚则火旺,不能温和,阴柔之物不能温和则不宜久相处,即使它是月亮,应也如此吧。

写到此,有些言不由衷,兴致果然悄悄败了,转椅里一扭身,月亮果然就上到了五龙口,果然是胖胖的,白白的,不圆,也不椭圆,像颗晋东南秋后藤上吊着的白瓜,也像1970年代母亲少女时期青头巾里露出的一张脸。

它没有多余的表情,它此时寒光四射,冷冷的,好像要全部放弃自己占据的那份白。

至于彻底放空之后又会如何,它似乎不想,至少看不出它在想。这一点让我羡慕。

在等这胖胖的放弃似的月亮出来之前,我想起这一向来偶然看到过的几只月亮。

其实这一向来月亮一直很好,尤其昨夜,据说月亮在黄昏五点即放出第一只白鹤。一个打车的少女在汾河边看见它飞,她沿河飞快地追着看了一路。但我昨天从下午至深夜,一直在低头忙一件无聊事,偏偏并没有看见那些白鹤。

我看见的是两周前汾河湿地上的一钩月。那夜月亮出得也早,银银的像一枚钓钩悬在杨树梢上、枫树梢上、白蜡树梢上,以及其他我还不认识的树的树梢上,等青蓝的夜空一条小鱼游过。有人在湿地后的汾河里裸泳,赤身上岸时点起几堆野火,弦月便从那河畔的野火中钓起了暗红的火星。

我看见的还有一周前文瀛湖里的半片月亮。

那天黄昏走十五里长路,就走到天黑的文瀛湖上。听到湖畔风琴声里的众声合唱时,我驻足站了那么一小会儿。风琴声里,那么多男男女女老老少少在仪式般地歌唱,拖长的歌声里隐隐约约似有一条经年的红围巾飘飘荡荡,丝丝缕缕便拂到了我的脸上。一刹那,我竟来历不明地哽咽起来,继而泪如泉涌。我深知这样非常不好,须赶紧逃离这浩大起伏的声浪里危险的情绪,但那声浪里的温柔追着我走,终于将我压倒在湖岸的一块石头上。起不来,就蒙住脸痛哭了一回。

号啕间又甚觉无趣,又甚觉可悲可笑,猛一睁眼,就看见夜湖里朦朦胧胧荡着那半片明月,它清清白白的,风一吹就碎,风一吹,又聚成一片回来。

我收下了递上来的那半片银币,卖掉了心头蠢动的两条乌贼,揉揉脸继续回家。

昨夜月亮贼瘦

春风一夜窸窸窣窣,像忽然接了大生意的乡村厨师磨刀霍霍,摸着黑即兴收拾一席绿肥红瘦。约莫收拾得齐整,天也就微微放亮,一窝初生白云趁早吃了厨师的干饭,一抹嘴蜂蜂拥拥,上了五龙口的天上,大云,二云,小云,小小云,皆白白胖胖,大志向写在脸上,从里向外干净。但一转眼也就都无影无踪了。白云的身子像天上的流水。我就写了一句,"给白云买双布鞋吧!"(只是千万别买老北京牌儿的,要去找苏东坡问问,找徐渭问问,找车前子问问,他们的布鞋是哪里买来的。买给无影无踪的白云,它要随心所欲,去追那么大一片深蓝的前程了!)

紧赶这一句又写了几句:"白云不等睡回笼觉的人。春日喜睡回笼觉的人呐,大概都误以为是夹生的肉包子吧,还要在梦的笼屉里热腾腾蒸上几蒸,好去上班打狗。" 而白云从不夹生,也不认生,也不上班,也不打狗。清风送酒,白云的肉就熟了,在蓝天蓝蓝张开的一道深渊里入口即化。

云好的时候啊,早起的人就什么都不想做了,只想坐在门里隔窗看看云,只想出门站到汾河上看看云,想想云什么事情都不做,想想云光着一双脚要去哪，再想想，云的衣裳底下那些事。

而吹云的风仍然劲健，汾河上的风尤其劲健，呼啦呼啦要唤醒那些河岸沉睡的芦苇，呼啦呼啦要吹响那些芦苇下蛰伏的虫鸣和鸟叫。而可怜我身上衣正单，前日贪暖换下了棉衣，呼啦呼啦，流出了两孔清水鼻涕，于是春寒料峭了。我其实很不喜欢"春寒料峭"这个词，只因小时候总是把这个词认错，写错，在纸上涂涂抹抹。还因为我从不理解，春寒怎么会"料峭"呢？"料峭"究竟该是个什么样子呢？"料峭"嘛，大概就像一个穿拖鞋披大氅去爬假山的人呼啦一下踩了西瓜皮的样子吧？ 这是后来我才想到的。但我从小便喜欢"春寒"，春寒真是一个大好的词，不仅意思好，模样尤其好。如果有一天，我要给故事里某个相貌英俊且胸藏凌云大志的少年取名字，就叫它"春寒"好了。别人叫他一声春寒，他只要应一声，脸上就会英俊几分。一定是这样的，若不是这样，他怎么当得起"春寒"这两个好字呢？

我喜欢"春寒"这两个好字，更喜欢"倒春寒"这三个好字。倒春寒，总让我想起一个名叫春天的锦衣少年，在万众瞩目中和和暖暖登台亮相，又突然嘻嘻哈哈在人堆里泼辣辣来了个单手拿大顶儿！他头顶金冠上的粉红绒球儿，一时间还颤巍巍的。但他这一头下脚上不要紧，周遭万众打心眼儿里为它哆嗦起来了。而他又嘻嘻哈哈一个颠倒就站直了身子，他一站起身来，鸟语就催着花香了，捂着被子春睡的人痛感春眠不觉晓了。而我，正好与倒春寒勾起肩，搭住背，出门去玩一钩湖月了。

昨夜，湖上有一钩明月，照一个临波吹笛的人，他叫春寒，也照一个迎风流出两孔清水鼻涕的人，你没猜错，他好像就是我。

昨夜，湖上一钩明月，真明，像乡村里所有冒烟的煤油灯都睡了，只有一只还未剪毛的羊羔没睡，弯弯眯缝的眼睛闪烁出一波清光。

昨夜，湖上一钩明月，真明，像万籁俱寂时分金枪将徐宁举枪在水上扑哧地一钩,电光火石。

昨夜,湖上一钩明月,真明,像鼓上蚤乘夜卧在徐宁家尘灰扑落的房梁上,低头窥见娘子胸前,一角银锁薄薄地闪烁,我不信他真没多看两眼。

昨夜,湖上一钩明月,真明,明得像蒙面贼的一只眼睛。不,湖上一钩明月,分明就是一个不蒙面的贼,贼瘦,贼瘦,单足跃于高天,贼亮亮地偷走了,你想都想不到的两只眼。

昨夜。

春风里的事物,简简单单

大南门外,一担春风迎面前来。

这是新一周的早上,城市新的一天像一杯春茶,刚刚揭开一道缝隙的春茶一杯。起早的人,都正尝试着去开始,去揭开一道新生活微微的缝隙。有人骑电动车,载戴小黄帽背大书包的孩子,有人骑电动车,驮一大方塑料布遮挡的生猪肉,更多人在树下埋头走,或钻在汽车挡风玻璃后,带一身褪过毛的梦想朝前一冲,冲进眼前亮闪闪的春天。

这是初春,亮闪闪的早上在我的车窗外一闪而过。亮闪闪的早上让车窗里的眼睛亮闪闪。亮闪闪来到大南门外,一担亮闪闪的春风迎面前来。不,并不是一担春风,而是一担春天鲜嫩明丽的花木,在一位南方黑衣女子婉约柔韧的肩头,颤颤巍巍、绿绿红红迎面前来。早晨的过路之心不由得大好,早晨服过草药的身体不由得加了一味逍遥,好得像那女子正挑着满担摇曳的春风,替遥远的南方送来一函温柔信札。

很久之前,大南门外,春风也涌动。那时春风翻起那时春草,露出那时尾巴白白的羊群。春风啊千里,白白的羊群一晃就都化作今日街头笑容嫣然的少女。是的，惊蛰前后，吹过少女嫣然笑容的春风是绿油油的，像古时过江的信函，像倚门少女细嗅的一枝青梅。绿油油的春风里，绽开活活泼泼的一朵两朵红花，让一切简简单单的事物能简简单单地美。心头突然就泛起这么一句：春风里的事物，简简单单。或者说，简简单单的事物里，春风浩荡。

万事万物总是简简单单好，就像惊蛰前后，吹着你的春风简简单单地好。春风吹着的你也简简单单地好。春风里的人与事，就都这样，简简单单的，好着。

春风里，那喳喳喳喳的喜鹊是好的。喜迎春风暖融融，惊蛰前后，在移村南街的河边，在上官巷的午后，这些欢快的鸟儿啊，鹊声喑喑，探查着人间讯息。它们飞过整条巷子，飞过整条废水河，又一蹿跃上唐槐朝下伸展的树杈，一蹿跳上河岸的高压电塔。这还是我第一次发现鸟类在城市里也能这样既快乐又嚣张地飞行。这些鸟儿啊，一定是鸟类里最欢快的浪荡汉子，在春风里，简简单单，无忧无愁，喝醉了穿羽绒带翅膀的身体。

春风里，卖吊炉烤梨的汉子也是好的。这个戴火车头帽，披老棉袄的汉子，和他的吊炉烤梨一起以飒爽而傲然的形象飞驰而过！这是个驭着一匹春风的烤梨汉子，像领命下山的水浒人物，带着一座春山的响动、颜色与气场。他将自己覆满风尘的灰黑电动三轮车、大书"烤梨"两字的木牌、牌后的巨型铁火炉以及炉顶峨冠博带的甜蜜烤梨与烤红薯，一并搬进了万丈春风里。春风使他五脏六腑愉悦，使他浑身上下意气风发，使他襟怀开敞的黑棉袄鸟一样向后翻飞。一路高歌着，欢喜着，这个在春风里倒开一辆残破电动三轮车的汉子，就这样和他的烤炉烤红薯烤梨一起，在和平南路气化街口的快车道上轰轰然飞驰而去。

春风里，那一撩绛色风衣露出两腿春光的姑娘是好的，她在风里用方言向人问路的声音隔着凉凉春风听来也是好的。春风里她路过一片新建路口的橙色黄昏和我,我抬头就见淡淡的月亮在春风里早早出来,素素地坐在她的身后。真是这样的啊,春风好时,月亮近人,月亮像一只绒毛初生的小鸟,离人其实一点不远——它只不过比头顶上那个鸟笼似的储电柜高了一只鸟笼。而满街的柳枝像淡月长长的眉毛羞涩地垂下来,羞涩地绽开朵朵绿烟。

在这样黄昏的云下,春风吹,春风揉皱的春水是平的。水中的云,是一点墨跳进水里。它不甘,不散,不浓,也不淡。就那么着,墨在水里,它磨叽着,等着,等春风继续吹下去,吹过来。在此云下,背着春风过汾河的人,忽然想吃花生米,想吃豆腐干,想大吃大喝。可看一河好春水,想想都算了吧。吃喝无非是骗一回春风里瘪瘪的肚皮,让它生出春风一样的妄想。

惊蛰前后,春风吹我,春风窸窸窣窣吹动夜梦的枝条。梦里的月亮、女子和枝头水果都是带毒的。果子很乖,像生病时无力酣睡的小孩。月亮也很乖,像心满意足什么都会答应的少女。而梦里的女子不乖,她蹬着腿,蹬着腿,就将一个服药后早睡的人蹬醒,让他听见户外春风吹响一根细瘦的榆树,像有什么大事要来敲门惊扰。

春风吹醒我梦的时候,春风也吹花开的深夜。春风里,我友金森家的君子兰悄悄开花了。花开十朵,让五台山省亲归来的金森与美莲不知所措。金森沐浴,赤足,坐在君子兰前一夜,看十朵君子兰和春风耳鬓厮磨些什么。

春风里,金森简简单单,春风里,金森姓赵。

惊蛰夜想起几句唐诗

我学的第一句中国诗应该是:"春眠不觉晓,处处闻啼鸟。"

这是在1980年代中期的晋东南,小学课本上的这句诗带着春天的温度和一夜深眠之后惊觉春光在鸟声中抵达的明亮幸福感深深震动了我。这种震动是从幼小而朴素的乡村孩子的内心里一跃而起的,它不是作用于理性思考,而是作用于身体局部的直觉,像来自爷爷老友小卖铺里的太谷饼作用于味蕾那样,以甜滋滋的电流在我心中播下一个秘密。何况那句诗旁边还斜画着两枝桃花和一群仿佛要飞出课本边缘的燕子。

是的,春天来了,燕子从长江之南带来诗意的剪刀,晋东南的桃花里有铺展开的毛茸茸的好春光,一个小孩在十个字的诗句里,长大了。

后来,我就有了一本《唐诗三百首全译》的书。它来自于1997年10月山西大学北门外旧书店里一个黑沉沉的角落。它同时也是我1990年代所有藏书中仅存的几本之一。在这个夜晚,当我打着手电筒从家里四处堆积的书籍底层翻出这本书的时候,近二十年时光已从当年读诗少年的肩膀上漫流而逝。当我注视这本贵州人民出版社1990年出版的书时,我惊讶地发现它竟然是由陈敬容女士校订的。曾将波德莱尔的《恶之花》译进中国,并深刻影响1960年代中国一代青年诗人的陈敬容女士是我多么敬仰的人啊。但在1997年,我还不知道陈敬容是谁,更不知道波德莱尔是谁,我只知道唐诗是好东西,就像大学是好东西一样。而当年最吸引我的,还是这本书的封面上嶙峋的秋意。一些赭色的山石和焦墨点染的林木以及纵横交错的田畴构成了中国写意山水的模样,我相信那山水里有隐逸的诗人,以及他披发入山时内心的秘密。

我迅速地纵身跳进了这本书就像跳进了爱情的漩涡,迅速使它在不断的翻阅中变得更为古旧。我在无数的歌行与咏怀中像接吻一样乐此不疲,深深投入,我的血液里开始被植入中国伟大诗歌传统的血清,一种静而明亮的内燃之美开始看不见地在我体内噼啪作响。后来我恋爱了,与一个来自于晋南的女子。她说,我清楚地记住你,是我发现你在自习室的作业本上,不停地写着同一句诗,写满了整整的一页!

是的,在1998年春天大16开的作业本上,我反复写下的那一句是:"南朝四百八十寺,多少楼台烟雨中。"已说不清当年那个夜晚我为什么要反复用书写行为来向这句诗致敬,但今夜想来,我坚信是这个句子中庞大的诗意的秘密笼罩了我,使那一夜自习室里的我陷入了虔诚与迷狂。是的,从那时起我已经梦回杜牧诗中别有意蕴的南朝,开始梦想它温柔明艳的辉煌与烟雨般灰蒙蒙的颓废。后来,我就成为一个南北朝历史的迷恋者,一个总是喜欢不断南下寻找诗意的北方人。

2013年9月的下午,我从龟山上下来,在长江边上的武汉大桥下静坐,一直坐到看不见眼前江水翻腾只闻江声浩荡的深夜。大多数时候我闭着双眼,任一些星光闪耀的与长江相关的诗句在内心里浪花翻卷。唐诗里的长江啊,长江里的唐诗啊,总是这样让我的泪花忍不住在双眼里打转，那些漂泊而失落的北方人，从长安，从洛阳，从晋阳一路辗转，顺水南下。他要去往天涯，找一个地方等死，或者活埋他的下半身。无论是因为什么，他总是悲伤的。面对江水就是面对捉拿不住的命运，就是面对人世的生死两茫茫。家国、前途、友谊、爱情、父母兄弟、娇妻幼子在眼前的茫茫水汽里蒸腾。我闭着眼，但仍然能感觉得到那些唐人的夜行之舟，正橹声呀呀地打江心而过。

第二天上午，我弯腰在长江里洗了一把手，然后于正午乘坐广州铁路局的高铁北返，当天下午六点，我便在自家卫生间里用太原的自来水重新洗手。在水流绕行于十指的某个瞬间，一种巨大的失落感迅速击中了我。我觉得太快了，高铁太快了，生活太快了。太快的速度像吸毒者瞬间抵达的极乐一样扼杀了诗意缓慢的柔软。在钢筋水泥与高铁之间，我们怎能有唐诗中伟大的送别，怎能有两眼看不见，此生难再逢的大悲伤、大欢乐、大幸福？

尤其是，我们还能凭什么写出"渭北春天树，江东日暮云"这样既闪电般犀利又春风般柔软的伟大诗句。是的，"渭北春天树，江东日暮云"。这是一句我至今读来仍然会忍不住流泪的诗，就像从无半个字废话却字字直捣心扉的山西民歌总是一响起就让我流泪那样。这是春天的杜甫怀念春天的李白的诗，是一个诗人与另一个诗人在春天里伟大的惺惺相惜与牵肠挂肚。多好的春天啊，唐朝的春天，这瘦杜甫手中大蛋糕一般蓬蓬松松渭北的春天，他想双手捧起来绕过他绕不过去的百二关山与茫茫长江捧到瘦李白的眼前。朋友啊，兄弟啊，白啊。春天了，春风送酒，白云送肉，我送一句诗歌的蛋糕，你在江东黄昏的云下，吃一口可好？

这是诗人伟大友谊的见证，里面有中国古人滚烫的肚肠与心肝。它在我读到它的一刹那，以及后来漫长时间里每一次读到它的无数个瞬间，都能迅速将我塞入一把电椅式的装置，让我激动地颤抖。

在我喜欢的一部电视剧《人间正道是沧桑》里，一个身在中条山抗日前线的弟弟向远在上海孤岛沦陷区潜伏领导对敌情报工作的哥哥发去一封电报，电报上十个字："白毛浮绿水，黄掌拨清波。"弟弟的朋友说："拨清波的难道不该是红掌吗？"弟弟说："你就写黄掌吧。我的兄长，那个家伙在我很小的时候就是这么自作聪明地教我的！"电波抵达，兄长哭了。他拿着电报唏嘘感叹，不同阵营里的兄弟二人的十年恩怨情仇便在一句童诗中温软地化解。是的，中国诗歌，就是这样温软地作用于中国人的心理与日常，就是这样化为中国人的血液，成为情感之中隐秘的纽带，轻轻一提起，就能见到鲜血，见到泪水，见到血浓于水，见到你一个人出门远行而家总在这里，等你推开门回来。

后来，我在某一年的春天读起了《诗经》，然后写了一本薄薄的《青春诗经——出自国风的别样花事》，给我年轻的朋友，但主要是给我刚刚出生的儿子。我是多么希望，他在这个日渐刚硬与凉薄的人世，心里能有一份诗意的柔软，以及一副来自于中国古典传统的热肝肠。

今夜，我的诗人朋友汉家兄从太原老家回他客居的南方。我没有相送，但隔窗喊了一声，并在看得见火车站的阳台上站了一会儿。我相信他听得见，但绝不会回头。

是的，我的兄长，就像我们在海子边酒店凌晨对坐时所说：伟大的场景已经消失，但诗意的秘密仍可珍存。因为汉语，因为汉语诗歌已经如此茁壮地端坐在我们的骨髓里，并在我们滚烫的血液里不息奔流。

西南来信

我决定了,给吴小虫的诗写一篇散文。这是3月24日下午6点,一只喜鹊,黑翅白肚,坐在对面五楼顶上,呆呆的,两眼紧盯绿芽初吐的一棵榆树,好像榆树每颗绽开的芽苞里会突然飞出一只一只的喜鹊。

当白菜花细碎碎的花瓣扑簌簌跌落在吴小虫的诗上,我突然决定了,要给吴小虫的诗写一篇散文。白菜花是我母亲闲来种植在玻璃水罐里的,春分那天它灿灿地开放在阳台里一张小桌子上了,有点不务正业,也有点不怀好意,把酒后早起的我惊了一跳,一身夜酒都醒。

这是3月24日下午6点,春分过去四天了,雨后日暖云涌。阳台上一个拿着玩具兴奋跑来的孩子,拐弯抹角时撞到了桌子,惊动了桌子这一角的白菜花和另外一角上吴小虫的诗,跌落的花瓣和诗瞬间搅和在一起,有些触目惊心。我凭空大叫一声,就决定给吴小虫受惊的这些诗写篇散文。

吴小虫的这些诗,历历18首。我是悄悄委托单位排版的一个姑娘用8开校样纸四号宋体字打印出来拿回家里读的,数了数,用纸16张,也是假公济私一笔费用,但我觉得必须如此铺排,非如此不配读吴小虫的诗。大约半月前，小虫在微信里发诗过来，小小的一块，嘱我一读，并尽可能去谈论。我点开，真如压缩饼干，竟不能读下去。一方手机屏，竟找不出一条缝隙让我苍蝇样侧身进去，去看明白这写诗者的面目。而这些诗一旦搬移到16张大纸上，一旦借一个孩子的冒失和几朵白菜花于黄昏时分一撞，顷刻间明明白白了，明明白白映出一张叫吴小虫的人脸来。这张脸，我明明灭灭认识已七年半了。我就决定给这张人脸下的18首诗写篇无用的散文。说无用，是因为散文本就无用，更因为，庄家本是要吴小虫提供一篇诗歌评论来用的，而我一个因不会评论而发誓闭嘴不论的人，就只好写篇散文充数。但一付诸文字，所有本来想说的话突然间竟脱身飞去，连刚刚读过的18首诗竟也想不起一行半句。言不由衷，颠来倒去，我决定干脆干净地忘记那些诗，只留下一个清楚的念想。就像吹完一场认认真真、痛痛快快的二月春风之后，就忘掉那些吹过去的风吧，保留住半张清水鼻涕横流的脸就够了。

　　吴小虫的这18首诗，我看来就是一封西南来信，带些码头濛濛水汽和缕缕山城气色。句在齐散之间，齐整如文明晰，散开却如翅膀缥缥缈缈。在这些断句里，吴小虫拔宅而起，让词语飞出，隐匿，破碎，词语破碎之处，露出了一些机锋。但其实也并无多少惊人之语，只不过一个无奈跑去重庆安置肉身的人，在几年后重新被人记起，就老老实实写回来一封书信，也没别的，无非日常，日日常常，有些人情味，想让人看清楚他近来做些什么，想些什么，在意些什么，不屑些什么，难过些什么以及欢喜些什么，都是近来事，对于以前，他似乎不想旧事重提，只想能从今开始。总的看来，他是不快活的，不宽裕的，即使在吃着喝着、做着爱着的时候，也并不快活，并不宽裕。但这就对了，一个诗人，你要他宽裕快活做什么。一旦太宽裕快活了，他就是写不出诗来的一个"人"了。

　　但就是这些日常，这些不快活的日常偏偏让我动容，有点难过，有些失神，却也欢喜。难过失神却欢喜着，我就入戏了，就决定要给吴小虫的诗写篇散文了，就告诉乘夜去看一座小房子并在路上的吴小虫，我要给你的诗写篇散文了。其实，这念头就殊为可笑，你要给一个写诗的人写的诗写篇散文？这不是要给一道上好肉菜铺一层豆腐脑吗？不是要给一瓶杏花汾酒兑进二两烧烤啤酒吗？但，这些豆腐脑和淡啤酒在我又是必要。因为我就只会干这个，也只拿得出这个。像个穷人去另一个穷人家里吃杯水酒，肉没有，就画两棵青菜提上。总比空手好，总比带两张肉嘴皮过去，上下一碰什么都谈的泛泛而谈，要好。

读吴小虫的诗，才能理解、清楚、弄懂吴小虫这个写诗写到破落的"人"。这个感觉，我早几年前就有了，而今天读他的18首，这个感觉竟还是早几年前那个感觉，一点没有变。早几年开始有这个感觉的时候，又差不多是我最反感他、腻歪他，不想与他讲话的时候，而这样的时候，也差不多是他有理有据把日常过成一团糟的时候。说到这里我就一个没忍住，想起差不多七年前，我和吴小虫在太原新建路855公交站牌下的一个旧场景。都喝多了汾酒，我说你好好回去吧，不要乱想。他就笑嘻嘻地和我摆左手，这个左撇子，在酒桌上总是和他的上首磕碰胳膊肘。此刻他在马路牙子上趔趔趄趄地摆一只左手，亮着红嘴白牙说没事，真没事，我就掉头走。后来才知道，他回到前北屯，将出租房里的锅碗瓢盆和各种书籍彻底糟蹋了一遍。他在地上打滚，翻吐，哭泣，骂女朋友。而原因就是，我一个精于算卦的朋友，在午时的酒席上，给一张桌子的人挨个算了一卦。就是123456789，每人选个数，人家就给你讲讲今年运势利弊。轮到小虫，人家就给他说了几件今年明年可能遇到的要事，就都说到他心窝里去了。这些事，包括他母亲因病去世这种大事，后来好像就都应验了。而当时酒后，他好像心里就提前有了感应，就受不住。在我掉头走后，他就一个人在站牌下坐着吹冷风，回去前北屯就翻江倒海，就发魔怔。而那个时候，也差不多就是他写《前北屯系列》那个时候了。《前北屯系列》，很多人都说好，那个时候我就感觉，只有认认真真在黄昏或者晚上读他几首新写的诗，才能擦掉他脸上的鼻涕和尘灰，找回他这个从日常里走失了三魂六魄的人，才能在一个不务正业者的微茫影子之下，重新发现他的可爱、他的无辜、他崭崭新新让人大吃一惊的神性。没错，就是神性，附着在他肉身上和他前胸的胸毛一样真实，却又淹没在一地鸡毛中的神性。

说到这里，该另起一段时，我突然就觉得，吴小虫这个人，就像我母亲一不留神就让它变异掉的那半棵白菜。厨房里的这半棵白菜一夜之间像从没关紧的窗口领受了神谕，决定再也不当我母亲刀下任宰任割的一棵小菜了。它不再看菜刀脸色，不再往炒锅里跳舞。它翻身跳出了日常的海尔冰箱和油烟弥漫的旧厨房，它悄悄发芽了，露出了开花结籽的伟大气象来。我母亲，这个脾气不好的老太太，此时显现了我从没想到的宽容、大度与导师般的诗意，她给了这棵不务正业的白菜一个玻璃罐子，以及一点点的清水，让它彻底地、放肆地去阳台上开花了。而这白菜，也果然不负所望，果然就在半拉旧菜帮子上写诗一样开起了春分的花来。这个黄昏，暮光淡淡，我就觉得，这棵眼前开花的白菜正长着一副吴小虫的嘴脸。而回忆里的吴小虫其实也长着一副开花白菜不务正业的灿灿面孔。而那些年里的前北屯，真像是个乱糟糟收拾不起的电冰箱，太原城就是个异味翻滚通风不畅的破厨房。2009年，吴小虫风尘仆仆从西安跑回来，在破厨房一样的太原城里剑拔弩张写起诗歌，一时间写得风生水起，名声大噪，让天街小雨里的大佬们都爱他，写得后来我越来越崇敬的唐依兄弟在猛干三碗酒后拍案而起怒写名文《与吴小虫绝交书》。那是被吴小虫英姿飒爽鼓胀起来的一个黄金时代，十分短暂而牛逼闪闪，他身边每个写诗的青年，包括我这样不成器的，都气鼓鼓，鲜明地爱着，更鲜明地恨着，充满了要和吴小虫有一比的决心与气势。如今想来，真是傻得可爱，又傻又可爱。连那封字字吐血、不共戴天的《与吴小虫绝交书》

都尤其可爱,值得珍存起来,为一个吴小虫时代立此存照。这样的人,这样的诗,这样的朋友与敌人,以后怕再也不会有。

但风光虽好,生活却还得你照料。但并不是每间生活的厨房里都有我母亲那样脾气不好但宽容而诗意的老太太愿意给烂白菜们一个空水罐和一点点清水,让它肆意地、彻底地、不务正业地去开花写诗啊。吴小虫的不幸,是他在准备好好开花写诗的时候,就永远没了母亲,又挨了迎面的一巴掌,又一巴掌,要把他重新打回那棵正常的挨刀受油滚的白菜,要把他长翅膀的非常脊背重新打弯在泥地上。他就这么挣扎着,加速度腐烂,腐烂着就人间蒸发,一个旱地拔葱,腾云驾雾,逃离了狼烟四起异味蒸腾的太原城。重庆很好,有一个能让他放下身体观照本心的寺庙,他就借寺一用了,吃这几年的豆腐和青菜。

重庆我还没去过,但它搁得下一只落魄的小虫,就让我对这地方有好感,就像几年前在太原时,一个人容得下吴小虫,就让我对这个人怎么也生不起仇恨来。但吴小虫这个人,本性里是有只刺猬的,无论他到哪里,无论和什么人相往来,总会时不时扎煞起一身硬毛来,又露出偏偏过分柔软的肚皮与心肠,和环境有摩擦,有刺痛。他在摩擦与刺痛里写诗。我的感觉就是,他是在与生活日常的贴身摩擦与贴身刺痛中隐忍着写诗,一针一针地挨着,一字一字地写着,像一个脱得精光的人躺在荆棘丛里,用一身肉骨头磨生活,直把周围的生活磨成了一面透明的玻璃板。远远看过去,他与玻璃板之间一丝纤维都不存,都不隔。这面玻璃板,就是他的诗,透过这层玻璃板,这18首他选美般选来的诗,就看得见吴小虫的肉、吴小虫的毛,以及他隐隐忍忍的几丝呼吸。

这呼吸着的诗我在黄昏时读来,竟也是散文。我近来读什么都像是读散文。吴小虫的这组诗,我当诗去读,不懂,当散文读,竟然全懂了。不需要断句的,不需要标点的,不需要尸检般开肠破肚的。我心到处,诗就来了。

话说一天的春光里他有了一点念想,他想起那一年自己远远跑出来,心里却想着旁人。想起后来自己在千山之外作鸟作兽,而旁人还是旁人,而月亮,始终是那独一个。

  那一时的荣枯啊曾使我看不见你而如今不看你依然我千山独行知不知道只剩一个月亮

庙里和尚身边当个拓碑抄经的居士,山里做鸟兽,当然,居士与鸟兽也有朋友,鸟兽们吃肉喝酒,吃喝罢继续关起庙门去苦修行。这日常,有趣,有情,但却是落寞的,如江水在暗处缓缓流淌,东山之上月亮照白山冈,一个人翻阅本心,有几分看不起自己。

  鸟兽散后月亮更明照在缓缓流淌的江水中心东山之上那个闭关的苦行人

庙里做居士做得清苦了,就跳出来寻个女朋友。女朋友很忙,女朋友隔三岔五要去长江上出差,吴小虫就去送了。一条江水梦幻般闪烁在女朋友的白银耳饰上,像一点内心深处放大的悲伤。悲伤怜悯在吴小虫是常有的,因为怜悯,他的内心刻满了佛像。

  人世昨天的欢乐消散昨天的我有翅膀挨着翅膀只有一条江水梦幻闪烁在你耳垂的装饰起立目送不为悲之悲。

每一个女人,在被吴小虫看上之后,都像吴小虫心里的母亲。每一个美丽仁慈却于疼痛中消逝的事物,都让吴小虫想起那一年在医院病床上消逝的母亲。世界何其之大,土地多么宽广,万物繁盛,母亲却再也没有了,所有的风水爱欲,都像一个病逝的水漂,水漂中心是母亲的面影。我第一次见吴小虫发表在《黄河》上的诗，满纸都是母亲，妈妈。

  谈话中感慨土地再不会给我种植一个妈妈水也病了风也病了火消灭了爱与欲。

在再也没有母亲的地方，每一个地方都是陌生而不便久留的。而孙家岩，而华岩寺，吴小虫竟一住数年直到现在。我想起吴小虫离开太原去重庆的这几年，每到冬天，快过元旦的时候，我都能吃到两筐或者四筐来自奉节的柳橙。这金黄、鲜润而甘甜的事物让我的晋东南舌头惊讶，心头涌出爱意。这些妙物，并不来自吴小虫的馈赠，但却让我莫名想起吴小虫，想起他就生活在这些妙物之间，心里就多少和他有了一些微妙而奇怪的联系。想起他说，自己初到重庆那段日子，穷到多半年没有吃过一个水果。想起他说，有一天，在奉节，看到高速路边漫山遍野没有主人的橙树林。他说按摩女呀，他说菩萨呀。

  昨日坐车路过孙家岩才将这个地名确认几年前我从这里上车坐反一次转车一次在庙中呆到了现在……我记得我的无心每逢周末集市保留红泥土第一次见到了奉节橙子梦中竟有少许明媚我的倾斜与端正一次来源于按摩女一次来源于地藏……并未进入我的生活他存在着，以及另外一些影子忽然战栗，被抛入无限相信抱紧赤铜火柱就是抱紧了此岸与彼岸。

想起他还说向阳我要去吃饭了，白菜豆腐，偶尔有一只糖包子。师傅问庙里的斋饭吃不吃得惯。想起他还说向阳我去代语文课了，教几个孩子写作文。我不知道，做饭的女师兄多大年纪，结婚没有，漂不漂亮，对吴小虫这个年轻的庙里人是个什么念想。我不知道，那些跟着吴小虫学作文的孩子知不知道,他们面前这个喋喋不休的人是个诗人。啊作文里美丽的早晨,你并不害怕失去。

  做饭的师兄是个女身她来寺里已多年我们不用多言语啊从一堆馒头里挑出最后一个糖包子我不想吃糖包子这是她给的糖包子我就接受了糖包子她的意念但咬开了有核桃有葡萄干像作文里写的这真是一个美丽的早晨你并不害怕失去但也没有放下的时候。

想起几天前的傍晚,吴小虫忽然说他在丰都鬼城,去给一个叫左存文的做伴郎。这个叫左存文的,好像是个年纪不大的副教授。半年之前,他说是吴小虫的朋友,微信里找我帮他发表论文。人世真奇妙啊。在丰都鬼城吴小虫正给这个叫左存文的做伴郎,我突然想起的却是差不多7年前在大箕,吴小虫也给一个叫成向阳的做伴郎。我于是就想,这个叫左存文的人一定是个好人,起码不会比我更坏。因为只有这样,吴小虫才会去当他的伴郎,因为这样,这个叫左存文的,就差不多可以和我做个朋友了。因为吴小虫在不同的时间在相似的场景中为我们流下过共同的眼泪。

  作为伴郎其时我立于旁一个寺庙中人更应惯于长夜中观死,做无常状哀叹状超然状,但你们和父母相对时我的泪窝还是充盈了我看到一种相守的忍耐此刻化为蝉翼的力术而忘记颠倒的晨昏以及这樊笼的人世。

想起有一天,我和吴小虫说起我卖文为生,有人赞赏我十块钱,我就晚间买了五块花生米五块豆腐干下酒,喝酒间花生米豆腐干同嚼,竟没有金圣叹传说里的牛肉滋味。小虫就笑,说世界之大,向阳你是妙人。而我觉得,小虫既然这般说,他就一定是个懂得花生米与豆腐干的人，就一定是个能在尘土间弯腰再直挺起来的人。世界虚淡，你带一支笔进去就好了。

在淡处着笔过如尘日子吃地上捡起的花生米弯腰——

我想，如此带一支笔在淡淡的世界里一路走一路弯腰写下去，小虫不会是他诗里缓缓流淌船上那几只小猴里的一只，当然也不会成为啸聚山林四处招摇领奖状的黑猩猩。我猜，如此一路走一路窄窄地写下去，小虫会写白头发写白胡子写亮一身骨头，写成长江三峡绝壁上一只亮闪闪的白猿。有缘船过时，他啼不住，两岸空留岁月。

还得走这条窄路井藤梗上之余命寒蝉声落时梅花起跟着青松一起变老谁能解消停的分分钟心。

离开太原在重庆的这几年，吴小虫就在独行，拓碑，抄经，吃斋，想女朋友，为女朋友吃醋，给人做伴郎，与鸟兽朋友喝酒，教孩子写作文，听寺中翠鸟，在枯藤般小路上写诗，自我怀疑，对月哀鸣……中过去了。

而他18首诗的一封信，我猜我是看懂了的。

本就该这般结束了，竟又忽然想起差不多七年前的一个深深夏夜，我和吴小虫酒后，从赛马场一路走回火车站。路挺长的，颠颠倒倒，吴小虫的凉鞋像不合脚，磕磕绊绊，时而飞出。他就在路灯下单脚跳着返回去找鞋，找见了就趿拉着追上来。走啊走，说着诗歌，我到家了，不走了，他就一个人继续朝着孤灯走去。

那顿酒，本是我带小虫去赛马场请诗人若寒的。但酒倒满了，喝光了，我才发现没带钱。账，是若寒结的，孔令剑和手指两兄可以作证。

天桥上的男人

　　一个男人一旦走上天桥他就不一样了。他就从日常生活的单调中脱离出来,成为一个上升状态中神秘而丰富的人,具备了身携远方的气质。或者说,他正押运着远方朝你游移过来,像杨志操刀押运着花石纲和一艘大船浮向你夏天的早晨。隔窗注视一个天桥上的来客,你的目光便也从日常生活的单调与乏味中脱离出来,成为一个宽袍大带坐拥千亩田园与万斛美酒的主人,打开了半面青山的竹篱,等那个人竹杖芒鞋轻胜马,携带一段流水与古琴,送来松涛里的白玉盘。
　　一个人在你的注视里走上了天桥,你的目光在他身后一束一束解放出来。一个人操着手走上了天桥,在夏天的早晨,他披带一大团金丝槐的绿绿黄黄的影子走上了天桥,像那个押运花石纲的北宋校尉面容肃穆。他和他虚幻的金甲,一步一步从地表脱离,一步一步沿着梯级升入阳光里的虚无之境,然后他放下那团影子,像校尉脱下了铠甲。他在天桥上站下来,在你逐渐聚焦的目光中,他像一截旧胶片里推开一扇早晨的房门即将成为主人公的那个人。那个人刚刚在早晨的床上做完一个与鳄鱼有关的梦。鳄鱼在夜晚那么深的一池水中问候了他的爱人,鳄鱼为他的爱人流了整整一晚的眼泪,鳄鱼的眼泪形成了另一个湖泊,供他穿紫色比基尼的爱人在其中游泳。然后,然后才是真正重要的,然后在苏醒前的一分钟,他干掉了那条流泪的鳄鱼,鳄鱼一边流眼泪一边像吞下一朵紫莲花那样一瓣一瓣吞下了他的爱人。这样很好,他长舒了一口气,他感到自己终于自由了,轻松了,终于可以像个单身的主人公那样醒来,起身下床,穿起拖鞋到早晨的天桥上散步。

  在早晨的天桥上,远处的火车带着湿漉漉的喧响奔向他一侧的耳朵,他一侧的耳朵里延伸出铁轨与林立的线架一路抵达水的南方。他想起有一次,坐夜车从遥远的南方回来,自己忽然爱上了年轻的女乘务员。那个姑娘很白,像是南方献给北方的一件秘而不宣的象牙珍饰,由他装在火车似的铁盒子里亲身携带,回到他种满苜蓿与迷迭香的烽火台下。那个姑娘真的很白,她制服里露出来的一截胳膊高高举向行李架时,早晨突然在窗外降临,单调的旅途突然间团团涌现鲜绿的阳光。那个姑娘真的很白,白如贴身携带的铁盒子里珍藏的象牙。那个姑娘真的很白,在早晨的车厢里她突然哭泣起来,她泪水沾湿的脸真的很白,像一朵南方带雨的山茶,在早晨,向着一只窗口里的杯子哭泣起来。

  那么,带着湿漉漉的喧响从远处奔向天桥的这趟火车里还有她穿系带皮鞋的两条长腿吗?还有她伸向早晨的行李架把他的一颗北方的心搅乱的一条玉臂吗?他记得,那趟火车最终开向了姑娘们披面纱的银川,他记得姑娘皮鞋带上的一只铜扣,在早晨的上铺看起来,像早晨的稻田里浸湿的一小只太阳,湿湿的很亮。

  太阳从天桥上方拥护着他,天桥是太阳光里拉伸开的一截旧胶片,这个走上天桥的男子像胶片里终于出门的主人公那样把影子倾斜地搁在了桥面上,像终于放下了梦里背出的一座青山。他站在天桥上,看了看从下面穿桥而过来来往往好像永远都知道目的地的那些车。他觉得那些目的地永远明确的车和车里的人都是有问题的,而他同样是他自己的一个问题。因为在夏天早晨的天桥上,他真的不知道自己该去哪里。他在天桥上站着,用一只耳朵听火车。也许,应该就这样,光脚穿拖鞋,带着一列从远处奔袭过来的火车的喧响,散步去银川。

那个天桥上面容肃穆的男人过桥去了。留下了一座早晨的天桥空洞在窗纱后的目光里。

地下通道尽头的女子

每天早上,我都要步行穿过迎泽大街和平南路口地下通道。其实走人行道横穿路口也可以,且更为方便,但我总是想在一下一上之间,走走那四十米半明半暗的通道,好像这么地下穿越一回,一天里就能多明亮个三五分。

通道尽头,是个临时小屋。玻璃窗后坐着一个看守通道的女子。我不知道她是否还有些别的我无法判断的职责,能够预想的,就是清扫并看守这并不需要特别守护的一段通道。

这女子不老,也不年轻,一颗戴着某种制式帽子看不见头发的头和下面的脸,像对年龄免疫了似的麻木不仁,表情也像一盆洗过几遍的水,无喜无怒,但纷纷扬扬沉淀着什么。每天过去,她都是沉默着坐在那里,而没有被换成另一个顶替者。她,就像绑在这通道尽头的一具活的却端然不动的肉体。

她的临时小屋窗外,靠墙依次摆置着墩布、笤帚、簸箕。这三样都是灰黑色的,有着陈年的肮脏与腐旧,却也因每天勤于职守而显得生机勃勃。

每一天,我走过去,再走过来,靠墙摆着的都是这墩布、笤帚、簸箕。因日子和具体时间的不同,它们各自与墙壁之间的对立关系略有异样,但它们之间的次序是浇筑般地确定。墩布、笤帚、簸箕,好像来一阵炮轰或者雷击,也要这样继续确定地摆置下去。

每天,都是那个女子坐在窗后,露着不胖不瘦、不凉不热的上半截,她摆弄着自己的手指,一根一根地数,间或两根或者三根交织在一起捏一捏。每天,都是这样,把手指数啊数。

她手边的一个玻璃水杯,有蓝色的盖子,每天也都是蓝色的。

这四十米的通道,这墩布、笤帚、簸箕,这十根染了颜色的手指,这蓝盖子的玻璃杯,就是她每天全部的内容与秩序啊。这么短促、狭隘、枯燥与单调,竟然也就这样坐在时间里,像一个锚那样让生命沉在明明灭灭的地下。

而这多多少少,让我有一点放在心里觉得很重而一说出来就显得太轻的感叹。

故人钩

今日黄昏后没有落雨,却起了风。风不烈,淡淡的,刚够摇动窗下一棵榆树。月出前,清风摇树,树就是一棵暗处的荡树,像美人对你起意,就暗地里施了脂粉,扮了妆容,襟怀荡漾在疏疏远远的灯影里,但人却还是那个旧人,本性仍然好,让你觉得她倏忽美艳,却能够放心。

太原城里槐树甚多,而榆树少,少到让你打灯笼去找也难得见,冷不丁遇到一棵就有些稀罕。而我窗下不远不近就正有一棵,细细的,却一年一年长到了比五层楼还高些,尖尖的树冠摩着几根远处来的电线,每日过电一样催着自己长。那树旁的电线杆却不长,它天生就只是一把水泥质的尺子。我每天戳在五楼阳台上,看榆树立在电线杆两米开外绿绿黄黄,却也不觉得特别稀罕,但一逢风来雨来就不一样。这棵榆树,它一润泽起来,一摇荡起来,就会特别好看,一叶一叶有情,就让你觉得它变了一个样子,和你拉开了些距离,像潜随了风雨同来的一个故人,来你窗下,等你多看它一眼。

而这一向,我心里有事,有让我颇感神秘又久久放不下的一件闲事,那便是一到黄昏便常常路逢故人。这似寻常,细想却又一定不寻常的。你想啊,你在一条老路上闲来无事地走着,走着,就有这么一个人从一扇门里、一个拐角,要不就是从一个人堆里突然呈现出他(她)自己,并以一个你必须去注意的体积、形象、姿态与气味扑到你的眼前,让你必须迅速地通过大脑的有效运算飞快地、特别地辨别出他(她)来。这么偶然的事情成串地发生,还不意味着有什么不寻常正暗暗地在你的生活中滋生成形吗?但惊愕的是,这些路遇的故人,却并不带来多少干扰——不等你从干渴的嘴里掏出那个曾经熟悉的饱满如树液般的名字,那个名字所象征着的人体便以他(她)出现时的突兀感急急地低下头慌慌张张地远去了。当然有时候,也会有这么一个人朝着你的脸打个招呼,但不等你多说个一句半句,这人便举起巴掌努出笑脸对你吐出两个字——再见,或者是三个字——再见啊!

人走了,而一些陈年旧事,总会随着这些熟人的背影回到心头,像一个游子没有进门,门却自动开了,就照见往昔明明灭灭的一截影子,一些痕迹。但让我惊讶的还是,自己竟然还没忘那些事,而且枝枝蔓蔓记得格外清晰牢固。比如,在柳巷逢见的一个十五年前的小个子女同学,在她旧日的一篇文章中曾写道,自己十岁时便把八个手指甲涂满了猩红的指甲油,留下两个小指甲不涂,用来掏耳朵洞。比如,在迎泽桥头路遇的一个诗人兄弟旧日的女朋友,五年前与诗人一起来我家做客时,手里的塑料袋里满满提的是红焖的羊蹄。而羊蹄是我所不吃的,一切与蹄子、爪子有关的骨肉皮我一概不吃。再比如……总之是这些草蛇灰线、蛛丝马迹,却成了我心里浓浓淡淡、波光潋滟的山水。而这些故人意外地出现,好像就是来测试我的记忆的,就像一些水上隐伏的鱼钩,摆出来测试水面以下的部分,看那里面是否还藏有他日的游鱼,试一试那些傻傻的鱼儿是不是还一如昨日傻傻的,会一见钩影便来咬食。而这又让我强烈地感到,在活着的路途上,我正是个自己的养鱼人啊,今日养着昨日的鱼儿,明日又养今日的鱼儿，一条一条，养成了群。而在那些五颜六色的鱼儿中，自己又正是那一条最傻、最恋旧、最贪食的有情伤心鱼，饮水不饱，只想找一只钩子来吞。

而让我颇为困惑又不甘的是，这一向遇到的那些钩子似的熟人，三钩五钩，十钩八钩，却都不是我一见就想真正去重咬一回的那一钩。如果真能遇到这么一钩，这么一个当年曾钩破我肚肠又让我拼命逃窜掉了的利器，我怕是要拼着再肚肠不要一回也要跃起来狠命去咬吧。只为那一口，尝过就忘不掉的毒药！

但是偏偏就遇不见！由此可知，老天弄人，也爱人。他老人家爱你，就像爱一棵好树，就让它躲着刀斧悄悄走。他知道你肚腹的柔软，知道你肠子的曲曲长长，也知道那铁钩的毒性妖冶，所以就偏偏不让你遇见，甚至不让你经过那钩子出没的水域。但我还是不甘心，我一天到晚在路上走啊走啊，走得掉皮掉肉，像失魂鱼一样东西游荡，看似无谓，实则心有所图，图与这钩子似的故人的劈面一遇，一钩，一生死。

写到此处，月亮偷偷上窗来，以它银色的尖脚朝我心上暗暗一钩，这处了三十多年的小故人，它也清浅寂寞，就来与我玩一把淡淡风月。

摔伞记

终于就把这柄伞给摔了。作为一个笨拙而恍惚的人,我总要不时弄坏一些离我太近的东西。这次,轮到这柄雨伞。

猝不及防地,一下摔倒在学府街体育路口过街天桥的南引梯上。雨水滴滴答答的,雨季黄昏的六点钟,正从高架桥拱起的背面随车流漫过来,又愁又疼,像屁股上新摔的一块乌青。

起来才发现,摔坏的不只是一块屁股,伞也摔坏了。撑杆像被牙齿狠狠咬了一口,瘪进去一小块。严重的是,伞的辐条竟也断了一枝。一开始并没有断掉,但反复收合几次之后,便断了,像条断了的胳膊似的,无辜地垂在伞里,磕磕碰碰的像是多余。缺了这一小枝,半面伞也就颤颤悠悠的,不踏实,还嘎吱嘎吱响,似在呻吟与抗议。

我就哀痛。每逢一不小心弄坏身边的一个什么东西,茶盏啊,酒壶啊,一条小金鱼啊,一小盆绿植啊,一个交往过的人啊,我就都暗自哀痛,愧悔,像弄坏的是自己连皮带肉的一个小局部,但也湿淋淋地没办法。

惜物即是惜己,可是你自己亲手弄坏了,再惜也还是没办法。

这一摔是昨天黄昏里的事,本来是要回母校参加一个十五年同学聚会的，却临时起意，走了十里多的邪狭路，临桥一摔，可能也是上天示警，让你做什么就去做什么，少即兴闲事。可摔坏的却是这把伞，偏偏就是这把伞。

我突然感到，世间许多坏事，坏就坏在临时起意。而临时起意办的事，把人弄坏的，肯定要比把人弄好的，要多很多。而无辜受戮的，常常不是这起意的意主，却是他身边离得近的人以及物。它们要为你的临时一起意付出诸般代价。就比如我手里这把伞，它又何辜？

这柄伞，于我还有一小段故事。两年前的六月里，从被强迫的生活里逃出来，与一人去青岛。在五四广场海滨的咖啡馆里出来，天就落了急雨。躲无可躲，恰好路旁就有卖伞的，就及时挑拣了这一柄能为二人挡雨的买下来。它撑开来很大，看起来很结实，尖头，曲柄，样貌古典，颜色也不花哨，底色青灰，有暗红的方格子，一看就让人放心，不起疑。

但买伞不到十分钟，青岛的雨就停了，我就提着这伞在大海边游荡，又提着它回到太原。两年里，我很少用它，就那么挂在壁橱里。直到今年，因了一段心事，才常常把它拿出来，摩摩挲挲，有雨没雨地提在手里在大街上游荡。

但我能感到，人与伞的缘分将要尽了。有些不好的事你就是能提前感觉到，比如一小棵植物要死在你面前之类的。上个月，汉家兄从常熟回来，在并州路津渡为他接风洗尘。喝酒归来，就发现提在手里的那柄伞没有一同回来。一晚上睡不踏实，搜肠刮肚，想自己究竟把伞遗失到了哪里，但竟无果。第二天中午，还是金森兄弟怜我，专意去了一趟酒店，在酒店底层汾酒专卖店的柜台上替我寻到了。那伞好端端地挂在柜台上，柄是柄，尖是尖，还是我进门随手一挂的那个样子。

于今它却是坏了，断了，塌了，再也撑持不起一个茫茫雨天，就像再也无法在一段与此伞相关联的旧人旧事里出出进进。如此也罢，就让它尘封旧事一般收拢着吧,以一个伞形贴壁挂在橱内吧。不张开,也好,只要体面还在。

只是,我忍不住想告诉你,那柄伞它真的坏了,让我不小心弄坏了。而你是否能够告诉我,这太原城里哪里还有修伞的,让我在天晴的时候,跑去修一修,补一补它。

雨伞下

"早晨下雨,我在站台等公交。前面是个打伞的中年妇女,有很浓的香水味。因为是等车,我无法离我前面的这个女人太远,但因为打伞的缘故,我又无法离这个女人太近。这种距离感,有些微妙。"

"我认真观察了一下这种你一定经历过但很可能忽略的打伞人距离。两把雨伞,为两个打伞的人各撑开一个直径一米多的圆形空间。你必须在她的一米圆周之外稍远一点的地方,因为,雨水正从她圆形的伞面顺着伞弓的弧度滴滴答答地淌下来,以她为圆心构成一圈水栅。你一旦越线则必遭雨淋。"

"是的,雨天的伞,使两个打伞人的关系具体而形象起来。我想,在一个具体情境中不能太远又无法太近的两个人,都像这雨天早上赶车的两个打伞人。"

这是不知几年前一个夏雨的早上,我在等公交的一把雨伞下匆匆记下的残破文字。昨天,却看到张爱玲在一本书的第150页也写过一篇同题文字,短短七行字。

我心头不禁一喜,觉得那年夏天前面打伞的中年妇女,就是张爱玲。

板桥霜

　　太原城里昨夜一定落了几阵清霜，清寒的清，清凛的清，清贫的清，都从霜里下到人间。

　　凌晨4时醒。醒得早，起来易惊人，就对着窗子平躺着吐纳，一呼一吸，再呼再吸，感觉血脉六寸六寸地在皮肤下行进。肚腹里莲花未开，却忽然间想起一根鹅毛。

　　鹅毛夜袭，鹅毛对鹅毛说鹅毛要有骨气！

　　但我其实想到的是鹅毛笔。鹅毛笔的骨气是拿鹅毛笔人的骨气，拿笔的人要有鹅毛的洁白，拿笔的人不向任何人效犬马。

　　犬马之劳只归犬马，鹅毛的洁白尽归鹅毛。

　　鹅毛多么好！逍遥津之后，吴将甘宁是带着一百根鹅毛一百个兵去夜袭曹营的。折一根鹅毛都不算得功。这鹅毛，和吴人的胆气一样重。鹅毛在夜袭的夜里白得像露骨的骨头。骨头硬！

　　想着鹅毛起早，汾河两岸有看得见的一层鹅毛的苍凉，银灰的苍凉，像古战场冷兵器上低伏的苍凉，是杀得人的。

　　岸边梧桐树上，三三五五，有黑乎乎的残叶堆积，看上去像喜鹊的鸟巢，细看却又不是，淡淡白白的晨霜使它们凌空的乌黑边缘更加分明。而极大的一轮月亮内嵌着几丝隐约的乌青,受惊的银盆脸一样呆挂在汾河西岸的楼头。我又无端想起张爱玲说德国人画笔下的圣母,是一定要画成受惊的村姑的样子的,因只有这样画,德国的男人们才喜欢。下霜早晨的大月亮,也像受惊的银盆脸的村姑,让下霜的早晨喜欢。

寒霜在干芦苇窝窝里有,寒霜锐化了干芦苇,像我故乡大箕那些冬天市集上赶早老人硬扎扎、明亮亮的胡须。踩着一桥夜落的清霜过汾河,大衣下摆里的肚子却忽然受起凉来,一阵一阵抽搐着,让我想起了南方的故人:小虫,汉家,老父亲。

秋风辞

秋风带来什么？秋风暗暗把什么吹折？秋风其实尚未吹起，秋风已这么使人叹息，好像秋风已经吹破你们紧抱的活气球。每人都是一只活气球。

秋风可曾吹痛故人？故人可曾想起秋风里饮酒，同醉？秋风如今像块抹布，故人在秋风里洗脸。隐居是他满脸的香皂。良心哑巴之后，秋风不再带来任何新鲜的恩义。黄叶落地，不过隐痛。

我小儿眼里的秋天尚是新的。他玄黑的眼波流转，还没被秋风吹皱过一回。阴雨的日子他猛拍奶奶的白发："要出去，要出去，要出去！"要出去吹雨后展展的秋风。

而停电的夜晚，我和母亲挤进一豆烛火，吃饭，说话，互相宽慰，活像在三十年前的晋东南大箕老家的秋夜里，一家人捂着早生的冻疮取暖。睡下后灯却又亮了，窗外面秋风如旧，枕上听见它吹着上一层的屋顶。

那么停过电的夜晚改变过什么？我和母亲之间又改变了什么？秋风吹过时人间改变了什么？

吹大江大河的秋风也吹小桥流水，也吹低门小户人家的自来水。

秋风起时，我只想出来看看世人就要藏起的面目。不问不识的莼菜、未尝的鲈鱼和故乡已亡的归期，只想红叶落时，多走几步，去看汾河的水色和麻雀栖满群山。

秋风里爱你的人，秋风里骗你的人，秋风里不爱你也不骗你的人，都还算是好人啊。当秋风里一无所有，当秋风不再吹起，你该抱住哪个坏人和坏消息，痛哭流涕。

秋风里无恩义，秋风里全是委屈。秋风里，她说只十分钟鞋跟就断了，而且是两只，全断了。这新鞋能算是新鞋吗？我说不如把570块买鞋钱换一树黄叶，一叶一叶都还给秋风，看秋风能委屈多久。

秋风可识旧心事，云下各醉新酒杯。酒醒之后，一个个都走，我重新减肥。

炮仗花

远处，人行过街天桥和天桥上的人，都在近午时炽白的阳光中。炽白阳光中的人行天桥和天桥上来往的人，隔着汽车玻璃去看，远远的，像一小截乡村电影院后门口捡来的旧胶片。那里面定格的人都是小小的，黑黑的，急急的，显得心里的事情好大，让人不明不白。

那时候，我是说和此刻不一样的小时候，常常在乡村电影院后门外捡旧胶片，一截一截的旧胶片蜷曲着，藏匿一个又一个小小人物们又大又隐秘的事。我为什么要捡起一截一截的旧胶片来玩已经想不清楚，可能就是觉着，旧胶片捡得多了，对着太阳看得多了，自己也就能一缩身体跳进一格胶片里，成为其中一个小小的、黑黑的，急急行走着去做大世界里大事情的人吧。一个乡村电影院后门外捡旧胶片的孩子，当然总觉得胶片里的世界与事情又大又神秘。一棵硕大的梧桐树，隔一堵砖墙站着，伸出了春天里绿起来的歪脖子，看我对着太阳看胶片。风摇一摇，它就落下紫色的饱胀的梧桐花，像落下一阵怜悯，又像一阵带响声的鼓励。那是春天，空气里总有梧桐花淡淡的香甜。

梧桐花很像炮仗，不，是梧桐花被乡村孩子的嘴巴吹胀后"嘣叭"一声炸裂的脆响很像炮仗。所以,梧桐花又叫炮仗花。我常常用自己的嘴巴这样吹响一朵又一朵花的炮仗,让腮帮子微微发麻,让舌尖微微发甜。腮帮子发麻舌尖发甜的时候,我就觉着举在一只手里的刚刚捡来的旧胶片,其实并没有什么多余的意思。

就像后来在城市的春天近午,在汽车里隔窗看到远远的天桥和天桥上一格子一格子匆匆奔忙的行人。他们,在遥远而淡漠的那个时候,我是说和此刻不一样的小时候,也鼓动着唇舌,吹响过梧桐花吗?

反　对

猛虎下山，蚂蚁上树，小麻雀扑棱翅膀。我在清晨活着，看老母猪舔食槽。

活一天我要认真一天。

活一天就反对你一天。

你是谁你知道，你是我也一样。你是不是我？我是不是你？这其实不是问题。问题是，你中有我，我中有你，你我互为卧底，夜半掏枪对着对方的脑门扣动板机。更多的时候接出一条暗线，打出莫尔斯密码一样的谵语。在一条逼仄的小路上，我击毙你，或被你击毙。来吧，你，我在生活里偷偷树立的顽敌，我的反对派，来吧。

但天亮了。我必须像反对肥胖一样反对无知，像反对无知一样反对伪装，反对上气不接下气，反对气喘吁吁，反对下梁不正就找上梁麻烦，反对睁着眼说前无古人，反对闭上眼就敢说后有来者。反对不比较，反对下断语，反对一天到晚忙着点赞，反对四处出击混吃混喝。

但不反对吃，不反对喝，只反对混，混蛋。

天亮了。也想心大些，但心毕竟还是小，小小的，和它比针鼻子在光里都显大。它小到疼痛时放不下一粒带毒的芝麻。所以远远放下，看它毒成大西瓜。你的心是你的心，我的心里有井田，容不得私人的半分恶毒。

天亮了，忽然想起来，竟是如此喜欢深深夜里的每一盏灯，因为它们助我认识了旧黑暗。旧黑暗沉积下来，黑黑的，黑成身体的一部分，拔不出去。

爱深夜灯一样的人。爱听了昨夜风暴发现早晨之美的人。

但又厌倦黎明时分的每一盏灯。因为它们影响我亲近新鲜的黑暗。新鲜的黑暗升腾上去，渐渐消散于早晨紧缩着的云霞。

远离黎明时灯一样浪费而苍白的人。远离不停看着自己的双手刷一块玻璃的人。

可又要过河了，风大，我闭住了嘴。

人总是不觉自己嘴脏，乃至什么吃到嘴里都敢咽下去，并敢于随时吐出来。后者更为强悍而自信。我更紧张地闭住了嘴。嘴前冷冷是河水。

河水像我昨夜虚空里抱紧的女人，在早晨挽起了发辫，那流淌了一整夜的黑发辫。

她多美，像我新的一天，像天蓝的新衣裳。

流水其二

大箕考

大箕。

一个名词。大小的大,簸箕的箕。大的簸箕,大大的簸箕,一个我母亲那样的妇人,挥舞两臂不停簸闪着的大大的簸箕,簸着,簸着,就飞溅出一个秕谷糟糠般的我来。

像一颗秕谷糟糠,我从大箕里被捉拿出来,裹进一阵南风,头重脚轻一路发配向北,离我的大箕故乡越来越远。

大箕是我故乡的名字,像你的故乡是你故乡的那个名字。大箕是一个小小的晋东南山村,像你的故乡是不知何处山山水水中一个小小的山村水乡。

晋东南,一大片苍苍黄黄的山地,它能急匆匆地给南下或北上火车的玻璃窗染上一层苍苍黄黄的颜色。有一天,我偶然从古旧的地图上盯着它看,看了许久,它在夏天的阳光下是黄绿色的,像一块刚刚碎裂开的彩色玻璃。突然,它又跳起来,迎风一摆就像一只铁的靴子。是的,晋东南像一只铁靴子,一只好勇斗狠的大北方狠狠踏向温润南方的铁靴子,这凌空一脚,就踏在了巍巍太行山的半山腰上。

太行山在教科书里总是巍巍峨峨的,但我这个太行山里人从来看不见太行山在哪。而我的故乡大箕,是晋东南这只铁靴后跟上的一根踢马刺,踢向太行山的南麓。不,我的故乡是踢马刺上的一个小尖尖,扎进了太行山这匹大马的腹腰,扎出了一个亮亮的小孔,让南方之光远远透进一片深深沉沉的表里山河。

大箕是我故乡的名字,但我一直好奇,一直疑惑,我故乡为什么会有这样古怪的名字。我不喜欢它,一个南太行半山腰上的小山村,不知其小,却偏偏自诩其大,可能又觉得自己不伦不类,非要赋自己一个象形。象形也罢了,但像什么奇形怪状不好呢,非要去像农妇们两臂之间簸闪簸闪的一只大簸箕。

簸箕,一种晋东南农具。刚刚从地里收回来脱过粒的麦子、谷子、玉米、黄豆,良莠不分的,沾沙带土的,都可倾倒进簸箕里,让农妇两臂上下挥舞起来,背风里簸一簸,抖一抖,再摇一摇,就分出了良莠,脱出了清白与金黄,颗颗粒粒,尽可归仓。

而簸箕,亦是一种象形。小时候,因为认真细看了一个老太婆,又看了她放在门外地上刚刚簸完豆子的大簸箕。我就忽然觉得,簸箕啊,真像这个穿着青黑大裆裤的肥臀老太婆把一面肥臀摊开在太师椅上,又把两只尖尖小脚极放肆地左右撩开,脚脖子搭在椅子两面扶手上的样子。

这种印象真是没什么道理,但就是感觉它像。小时候感觉像,现在仍然像。那尖尖的簸箕头,可不就像老太婆们的小脚嘛!那深陷在簸箕两面帮子里的簸箕斗子,难道不像老太婆一屁股深深坐出来的吗?这样看来,似乎丑,又似乎不太洁净,但簸箕这种替粮食脱污除垢、去伪存真的农具,又哪可能是洁净的呢?而既是农具,结实管用就好,谁还分它个丑俊呢?

但簸箕这种农具,的确是既有用又值得珍惜的。这一点,也像晋东南的老太婆,飒爽,威风,有用,能干,值得敬惜与宝贵。簸箕一般由竹篾藤条编制而成,浑身竹木之气,即使用得再陈旧,再朽烂,也仍看得清它先天的纹理与质地。因为要往里倾倒粮食的缘故，它正面的后半部分是深陷进去的，因为正面深陷，背面就会鼓凸出两块来，很像人背上的两块肩胛骨。它三面缓缓拱起，围成一个"U"型，前段向左右两面开张，廓出一个浩然向前吞吐的威风架势来。开敞的前端通常镶嵌一块薄而窄的薄木板，随着农妇们两条臂膀的上下簸动，粮食里的秕谷糟糠就会在一阵灰尘弥漫中跳起来，跳到前面的薄木板子上，再一抖跳出簸箕外面。

我，大概就是这么从一群粮食里一跳跳到了木板子上，再从板子上一个弹跳，跳水一样跳进一阵夏日南风里的。长着青玉米胡子的南风押解上我就走，至今仍未释放，好在也不曾于野猪林里被图财害命。

大箕，我的故乡，被唤作大箕定是出于这样一种象形，而象形总有象形的道理。我小时候在大箕村小学的土操场上，或者教室门外，罚站无聊，眼前无物，就常常抬头看见三三两两的飞机高高的、小小，由北飞向南方。那时候祖国的南疆正在轮战，教辅作文书插图上都是自卫还击战里的英雄。我还记得一个英雄两只眼睛被打瞎了，蒙着一层厚厚的纱布，却还一路向北匍匐着翻越大江大河，爬回了祖国母亲的怀抱里。看见飞机的时候我就想，等长大了一定要开上飞机回村里给这学校里的人们看一看，并在小学校长的头上大大丢下三五颗炸弹，炸飞他蓝色中山装上衣口袋里笔直插着的一根英雄牌钢笔。但直到如今，虽已经长得足够大了，我却不但没能开成飞机，连飞机都还不曾坐过。但我可以想象，如果我开上一架飞机飞过晋东南，飞越太行山，一定能看见南太行山腰上这个苍黄质地的故乡。在我俯视的视野里，它成万倍地缩小了，三面蜿蜒的山岭围出一个簸箕大小的盆地，林木、河流与地底的煤铁矿产是这簸箕里盛放的食粮。这盆地，东西北三面紧紧围拢了，朝南的一面却隐隐敞开着，留出一个朝向大河之南的出口。这个出口深阔，可以向南面的口袋里倾倒无数簸扑干净的粮食，所以它就被唤成了大箕，一只向南倾倒口粮与钱财的大号的簸箕。

大箕之北十里的群山之中,还有一个与此相似的小的出口,被唤成了小箕。无论大箕小箕,都是群山之腹中通向河南的出口,晋地的铁货与煤炭,顺着这里开出的一条茶马古道,是可以乘一阵风翻越太行之巅,一路下到河南的。

我的故乡大箕,就这样在晋豫之间的太行山腰上扎出了一个小小的孔洞,先是靠那条传说里青石条铺就的茶马古道弯弯曲曲地一路上山,翻过著名的天井关,就一头扎进了豫北的河南"草灰地"界。之所以说天井关是著名的,完全是因为我在史书里看见,天井关被攻陷了,关后的数十座城池和几百里外的太原城就闻风而降了,且这样的事还不只发生一回。可见这太行之巅的天井关真是一把锁钥,钥匙丢在强盗手里,软弱的主人就得赶紧跑路。后来,到了日本侵华时代,为了大规模运兵的方便,茶马古道就闲置了,取而代之的一条土公路修到了村边上,绕来绕去,还是绕到著名的天井关,再一头扎进豫北的河南"草灰地"。再后来,土公路铺了柏油,就成了后来的207太洛公路。靠在这条路边上,大箕人先是赶着吃草的骡马贩运,后是开着烧油冒烟的解放车、东风车下山卖炭,上山拿钱,多少辈人就这么一代代过来。

我们这样一代代靠着走马跑车下河南讨生活的大箕人,因为常年在路上的生活,慢慢就养成了江湖人的蛮勇与刁悍,蛮勇刁悍之外,又有生意人的一份精明、圆滑,与世优游。他们是可以为了自己殷实的身家与一份迫切的利益铤而走险、奋身搏命的,但关键时刻又可一笔宕开。古时,这一带出了巨商王泰来,他不但出资修筑了从大箕直上天井关的那条青石茶马古道,还在自己家里修出一座楸木山庄,甚至想给自己迷恋皇家生活的小脚老娘修出一座金銮殿。王泰来有多大的身家我不清楚,但据我爷爷听来的传闻说,王泰来修商道的时候,雇佣的民夫一天要吃一担二的胡椒下饭。这且不算,为了护卫家园,这王泰来还花钱修堡聚兵,生生在大箕之西十里修出南沟寨、楸木洼寨、小寨三座深沟高垒的堡寨来。至于动过刀兵没有我也不清楚,但直到我十多岁的时候,还见过搞长途煤炭贩运的大箕人因和豫北开煤场的河南人起了纠纷,闹开矛盾,就结伙大打出手,后又断住一条公路,把定一个山口的大坡头设卡收费,只收河南来往车辆的拖车费、过路费,非逼那河南的煤场老板上山谈判,谈出一个公平清朗世界。

但在这一切表象之下,大箕人的心底子里,还是那一份庄户人家的本分与厚实。他们是一个一个的农夫,一个一个的掏煤汉、牵马赶骡汉,一个一个的铁匠、木匠与石匠。这样的人,心里是塞满了铁石的强硬与愚顽的,但也有一脉流水的清澈、活泛与柔软。

我总觉得,我故乡大箕人的这份复合性格是山川形胜赋予的。这南太行腰腹上的小山村,真是心装丘壑,腹藏山水的。这从环围着它的那些小地名就能看得出来,董家沟、南沟、葫芦峰、前圪套、后圪套、东岭、西洼、南峪、楸木洼、梨树沟、槲树庄、上河头、下河头、南河底、水城。多少的山,多少的水,多少的林莽树木啊,真真一幅太行地势图,山是山,水是水,大箕坐里头。

而大箕之内亦有山水,一条河从西面长满平顶松的晋普山上奔流下来,曲曲弯弯穿村过,到村东铁厂边上,就和南来的一条南峪河拉起手来,再一路向东跌跌宕宕隐于南河底的群山之间。而南峪河岸上是一座蝴蝶山,蝴蝶山顶有一棵硕大而盘曲的白皮松。据说每年夏日麦熟,就有大群大群的彩蝴蝶绕着松树飞而不绝。还有人看到,一只彩蝴蝶大如车轮,怕是早年成过精的吧?而这棵蝴蝶山上的白皮松,亦是一个显眼的地标。古来上山进泽州城买卖营生的南边人起早步行,只要远远看见山头白皮松的影子,就会说"快了快了,一半路了",就把肩上的担子稳稳搁下,在蝴蝶山的影子里坐下歇脚。

蝴蝶山对面是一座五指山。五指山稳靠着一座种满白杨和山槐树的大北岭,闲闲把五根指头插向大箕之腹,像要摸一摸那两条河水清清白白、波澜不兴的肚皮。

五指山的无名指下,是我家祖茔。我祖宗的墓碑斜对着一座早年修筑的七层白塔,塔下是一座单拱凌波的迎旭石桥。塔的真身我没有见过,桥却是还在。据说桥头常有一条黑蟒盘踞,夏日正午,蟒会在桥头跌落的深深树影里把身子层层环成一个磨盘形,再把一条分岔的红信子朝着桥对过吐来吐去。但它不伤人畜,见人面即松开盘系,游荡而去,深深伏于山涧内谁也看不到的洞穴中。可能正是因为它,那一条山涧才被称为龙涵沟。这蟒,我却从不曾见,但我母亲、我叔叔在午后去锄豆的路上都曾见到,一见而惊魂蚀骨,腿软得几日不敢出门。而早年间,迎旭桥头还曾落过一颗硕大的流星。流星从天上西来,带着一身天火没头没脑扎进深深的河水里,像是一个浑身发烧的天上人前来沐浴。那也是夏秋时分的午后,想那黑蟒彼时正在树影中歇午吧。不知流星的天火可曾惊着它一丝半分。

而五指山的一根食指下,则是我此生头回哭喊的出生地。一条依着山势修成的短短东头街上,有我家一座两进的四合院老宅子。我在这老宅子东屋里的几声落地时的哭喊,喜坏了我的爷爷,也让山后三月里开花的碧桃树多开出一朵粉色的小花。

山山水水之间生长的大箕人是迷神信鬼的。村外就有山神庙、奶奶庙,敬着幽幽山林,也想着绵绵子息。村里也有大小两座庙,大庙供关帝,小庙供龙王。大庙里的关帝、周仓神像在我出生的多年前就被捣毁了,庙宇改成了村里的小学校,诵经声改成了读书声。我上小学的时候,总喜欢一个人悄悄爬上二三十级光溜溜的青石台阶,到庙宇二层布满灰尘与蛛网的一个房间里。那里没有神像,但清清楚楚立着一具教学用的骷髅标本。那标本立在木头格子窗前,黑洞洞的两只眼窝,不知道看见了什么。而小庙的庙堂里也早没有了龙王与虾兵蟹将,只残残破破地立着一座石碑。我记得我模模糊糊地去看过几次,却依旧只是看了个模模糊糊,只记得这碑文上说,这小庙下高耸的石头台子,叫雨花台。好像是一年泽州大旱,赤地千里,禾苗尽枯,一个南来说法的和尚见了灾情便盘腿趺坐在台上,对天诵经,七日七夜不歇。忽一日南风起,天雨如花散。而碑文之末的落款处,写的立碑人姓名是东大社某某、某某。这东大社,想必便是大箕未成年之前的一个乳名吧。

而时间一晃身,便已到了庚子年。庚子年,山东、河南、河北闹起了义和拳,晋东南的铁匠、石匠、掏炭挖煤汉子们便也拎起了铡刀片和锻铁的锤子卷入了一场拳乱。而就在乱纷纷的世景里,却有两个荷兰来的天主教洋神父被一路追杀着逃到了迷神信鬼的大箕村来。在村西二里处一个叫土门的小地方,于一善人家避祸躲乱。也真是天可怜见,这二人竟于一场惊怕间躲得了性命。拳乱平,赔款到,这两位洋神父为了感激长达一年多的救助与奉养,发愿要在这大箕的土门地方出资修筑一座教堂。而为了不蹈覆辙,求个万全,他们便选中了当年聚兵守土的小寨作为教堂的地基。那村西的小寨雄踞在一大块磐石之上,石头寨墙巍巍三丈多高,天主居其上,的确是安稳而得以保全的,于是就有了那一座后来久得盛名的圣母玫瑰教堂。我的一位姓杨的老邻居,后来从远路回乡,成为玫瑰堂里令人尊敬的神父。而我更多的邻居们,就成了这教堂里的教民。他们能打蛇,会念经,脖子上吊十字架,家里贴有圣母像,桌台上却不供香火。玉皇大帝、太上老君、灶君灶奶、送子娘娘,连着武圣人关公,是进不了这些教民的家门的。

而我于晋普山下发大水的那一年,像一粒秕谷糟糠被簸出了大箕。那一日午后,大雨如注,洪水奔流,卷着晋普山上的木石与草棍汪汪洋洋漫过了大箕,一眨眼带走了两个少女的性命。那一天,我站在青石的河堤上看晋普山头翻卷滚涌的黑云,看见黑云里一个长满胡须的老头在咧着嘴呵呵大笑。在他龇牙咧嘴的大笑中,我听到了头顶上方圣母玫瑰堂里堂皇的钟声。

那一年，我最后一次走过了教堂下响钟的麦田，麦芒之上，飞身一扑，花蝴蝶一样远离了那个叫大箕的故乡。从此，大箕是我翅膀之后一个遥远的名词，大小的大，簸箕的箕。

只是，我从唇边取出它擦抹的时候，无数次，还是会像真的大箕人那样，在一只淡淡的嘴巴里把舌尖向下顶住牙根，飞快地滑出一个你听不甚清楚的"大（带）箕"来。

带着一只大簸箕，带着一个大簸箕样象形的故乡远远地在故乡之外的路上走，这样的事，我来做，我正做。

摇铃铛的花鼠

铜铃声，往来于山野与村落之间的铜铃声，穿越深冬酸枣棵子与夏日井栏的铜铃声，在袅袅香烟与夜风吹拂的经幡间叮叮叮叮的铜铃声，将一个乡村诵经人的往昔带回我此刻麻木的双耳。那时我的耳朵眼儿里，总像贴地蹲伏着邻居从外乡牵回的一条警犬，听得到黝黑的铜铃在二里外的山道上一摇一摆地响动，听得到那只摇晃铜铃的手因长久的紧攥而微微渗出潮润的汗珠，听得到摇铃人穿方口平底黑布鞋的双脚正踩住一团夏日乌云投递下的阴影不疾不徐地走来，走向一场大雨降临之前我门洞里张望的双眼。

那个诵经人手里摇荡的铜铃，总是一摇一摆地响动着，不急也不慢，仿佛世界将因他手中的摇荡而永远恒常。当然，也只有一摇一摆开来，那只铜铃才可以发出我听得见的声响。此刻它朝天端然在一只老年斑泛滥的手掌中，一摇一摆，让山野为之悸动，让回家的一条羊肠小路为之在荆莽间敞开。

一只铜铃以声音开路，一个年老的乡村诵经人就这样从往日的山野间回来。他总是一进院门，先站在院落的中央把手中的铜铃再象征性地摇动两下，让铜质的声响在小院的山墙上反反复复震荡几回，才真正安静下来。这时他的另一只手会深深地探进腰下斜挎的白布囊，好像那只因天长日久已变得灰黑的布囊里藏有一个值得期待的甜蜜世界。在我眼巴巴的期待中，他的手终于从布囊口伸出来，手指缓缓展开，手心里托着的是一个水果。那些从布囊里变宝一样掏出来的水果啊，总像是前世里水分已然耗尽的水果，通过一只手的打捞与钩沉才羞答答地重新浮回人世。无论那是一个苹果，还是一个梨子，或者难得一见的桃子，总是无一例外地非常黑，非常瘦而干瘪，和三十年前的晋东南乡村儿童保持着体积与色泽上的一致。但它依然是含有少量水分的，总是能对我儿时的嘴唇形成巨大的威逼般的诱惑。我总是迫不及待地被那个水果吸附过去，一把从那只伸过来的手里掳走一个苹果，或者一个梨子，洗也不洗便钻到墙角，背着身飞快地把它吞下喉咙，直到一粒果核都不剩，然后才搓着手扭回身来，笑嘻嘻地对蹲在一只白铁水盆前洗手的他说："爷，你念经回来了？"这时他会擦干手，把那只铜铃铛稳稳装进布囊，一昂首对我说："去，给爷挂到床头去。"

　　我爷爷是在感觉自己腿脚不好之后才开始摇起铃铛成为一个诵经人的。那时他才五十岁，青壮年时期长年累月的担山送货和下窑拉煤让他的双腿关节很早就已变形，腿骨上长出肉眼看不见的骨刺来。我常常看见他坐在院子里的青石廊阶上，高高挽起裤角把腿脚放进一只盛满热水的大铁盆里浸泡。这时往往是夏日的中午饭后，或者晚上入睡之前。他背靠窗下的一面砖墙闭眼陷入与骨刺的战斗，等浸泡完毕，他就拿出一种黏浆型的药膏，用一支排笔样的刷子细致地在自己腿脚上涂涂抹抹。那种药膏有生姜样的黄色和酸烈的气味。在午后的阳光下，他膝盖以下涂满药膏的两条小腿总像镀了一层淡淡的黄金。这时他便松弛下来，眯缝着眼靠墙坐着，好像就要睡着，又好像刚刚醒来，好像只要这样一觉醒来，肉下的骨刺就会凭空消失，他的腿脚就会再次新生，他就会再次成为一只白皮松上搬着松果跳来荡去、灵健无比的花鼠。

花鼠是我爷爷从少年时便赢取的一个绰号,或者说,是与他年龄相仿的那一茬乡人赋予他的一个尊称。在那些牵骡卖铁、挑货担山与下窑拉煤者组成的长长队列里,花鼠、野雀、跳蚤,是最生猛也最难捉拿的三个人。而作为花鼠的我爷爷,在近四十年的奔跃蹦跳之后,提前拖着一副中年的骨肉退出了他的尊称,骨刺提前让他变为一个行动迟缓的人。五十岁,他便开始拖着两条腿,像个完全的老年人那样走路,无力承担一切繁重的农活,连摇耧播种这样轻省的活计他都已无法胜任。这个曾经会打铁、会木匠、会挖煤、会养牛、会唱大武生的男人,如今只能坐在院子里就着一盆清水磨磨镰刀,修修锄头,或者干脆平躺在铺着竹篾席和毛毡的炕头上,两眼看着屋顶仰层上的窟窿发呆。而在得知热水与药膏也无法消除那看不见的骨刺之后,他给自己找到了那只诵经的铜铃铛,一手摇着它,一手拿着经书,走上了自我拯救的道路。

那只已经青黑的铜铃铛,是一个须眉尽白而满面红光的老人传给我爷爷的。这个年近九十的老人,是他们诵经人这一行里的老师傅,也是我们方圆百里之内一个类似于教宗似的人物。他们这一教,好像被乡人称为"清茶教",敬佛祖,吃长斋,行走四方,在四乡村人家里为丧事诵经作法。这在三十年前的晋东南乡村,是一项善举,据说身体有了病难以医好的人,只要吃开长斋,诵起经书,风雨无阻地去为亡人和他们的亲人祈祷长生幸福,便会赢取福报给自己。我爷爷于是摇起铃铛,跟上了老师傅成为清茶教里一名诵经的斋公。他很快就成为老师傅众多弟子中最有名的斋公,且在老师傅身后得了亲传衣钵。

我听过我爷爷摇着铜铃的诵经声。佛经是通过我爷爷的腹部和喉咙以昂扬而肃穆的曲调唱出来的,而适时的铜铃声给他的歌唱以节奏,并以金属质地的响声加强了唱腔的穿透力。这一股源源不断出自我爷爷体内的诵经声,在三十年前晋东南乡村的夜晚可以穿透村落一半人家的墙壁与半开半掩的门扉,让那些晚饭后早早熄灯躺在床上的男人女人与他们的孩子都可以领受一份非人间的肃穆与堂皇。而正因了我爷爷摇着铜铃歌唱般远远辐射向村落四方并稳稳垂落的诵经声,做丧事人家礼敬先人、祈福求安的心愿也就达到了。

坐在经幔之间一张佛祖像下摇铃唱经的我爷爷,与数十年前在乡村戏台上舞着马鞭与金背宝刀大战金沙滩的我爷爷在精神形象上是一致的。他早年用上党梆子唱腔训练过的腹腔与歌喉,他从夏秋两季说书场里历练出来的即兴表演功夫,他在漫长而曲折的担山道上用肉体之痛深深领会的人心冷暖,此时悉数凝聚到了铜铃伴奏的诵经声里。在袅袅升起的香烟中,在扑闪扑闪明明灭灭的烛影里,他高高地抬着头,双眼却低低地垂落,像一个历经人世沧桑的民谣乐队主唱那样,既严肃又即兴地歌唱着,完全地投入现场,完全地旁若无人,完全地回到自身,仿佛真的是带着佛祖的密语前来人间宣谕的一位使徒。

很多四乡八村的老太婆都暗暗喜欢他,喜欢他铜铃伴奏中的诵经声,喜欢他端坐在烛影里石像似的身姿与表情。她们会齐聚到做法事人家的院落里,或坐或站在灯影里听他诵经说法,然后在结束的时候恭恭敬敬地走过去,用祈求的话语要求抄写他的经书。他就取出自己亲手抄录誊写的经书借给她们,那经书用红布包着封面,内文毛边纸的四角用蜡油浸透过。对那些提出了抄经要求却不会写字的老太太,他会用墨笔以楷体抄好一本经,在下一次见面时亲手送给她们。

一夜的诵经总是有酬劳的,酬劳就是供桌上香油煎炸过的诸般面食供品,几只果碟里干瘪的水果,以及一些核桃、红枣与花生。我爷爷摇着铜铃给人家诵经的十年,也是我的嘴唇隔三岔五便能沾惹油星、舌尖时常泛出甜蜜枣香的十年。最重要的是,那些年里我的嘴巴,间或就能吞下一整个苹果或梨子,甚至是连吞一整个苹果和一整个梨子。

后来我做梦,梦见我爷爷真是一只白皮松上出没的花鼠,胡须长长白白的老年花鼠,摇着一只铜铃四处歌唱的花鼠。他摇啊摇啊,唱啊唱啊,时间与往事的松针之间,便落下了一个苹果,一个梨子,一些核桃与花生样的事物,在我想象的唇间。但其实,在清醒着的所有时刻,我对自己梦见过花鼠,梦见过一只摇着铃铛歌唱的花鼠,都并不十分确定。

别人的白马

有一夜我和衣睡在叠合起来的纸张中,梦见纸在我爷爷的手指间一张一张活了过来。这些纸,好像全是一不小心便翻身仆地被莫名其妙的庞然之物碾压踩踏为一张一张纸的前世生灵,它们有的是红的,有的是黄的,有的是蓝的,有的是绿的,有的是紫的,带着它们生前血肉与羽毛的颜色。它们列着队,游艺彩排一样从我眼前经过。先是一只白鹤,它戴一顶鲜红娇艳的女士帽展翅飞来,单腿站立在蝴蝶山的白皮松下,它有怨毒的眼神和因过分刻薄而被拉长拉尖的一张嘴,它小小的头颅扭回来望着大河之南的来处,它就一直这样回首望着自己的来处,飞向更北的太行山去了,留下一双黑黑的沾惹白沙的脚爪。然后是一匹扬鬃嘶鸣的白马,它来到苍茫的渤海边举起前蹄,它刚刚成功甩掉了自己的主人,那个征服了大海这一边全部山川河流的暴君,它想独自一身渡海到高丽岛的林莽间,寻找一只猛虎和梅花鹿。曾经,它和它们进入过同一个射箭人的梦境。然后是一个白袍乌冠匆匆行路的宋朝书生,他已经走了两千里,从岭南到北方,但黄河边的都城还是没有抵达。他在昨晚客居的寺庙里与一位进香的小姐有了鱼水之欢,这让他旅途中的眼神像一个戴罪逃脱者那样缥缈而犹疑。然后是一个高髻广额的唐朝仕女,她刚刚熏完安息香,又画了一幅墨梅,然后她取出一条白绫进入密室,她准备含笑去死。窗外,渔阳来的鼓声越来越急,他们就要屠城来了……

这些纸的生灵,它们一律真实而鲜活,又一律薄脆而苍白,在一阵呜呜吹过的阴风中便纷纷扑地化为薄弱的纸张,一张一张叠合在我睡觉的炕头。在我持续反复的迷梦中,一双我爷爷那样的手在纸张间翻动、摸索、裁剪、叠合、拼接、粘贴,让一张一张的纸站立起来,重新拥有体积与本然的色彩,再次成为一只白鹤、一匹白马、一个书生、一个仕女,轻轻吐出属于它们前世的气息。但这还不够,这双我爷爷样的手还停不下来,它又在不停地翻动、摸索、裁剪、叠合、拼接与粘贴中,为这些复活过来的前世生灵搭建了亭台楼阁,修造了戏台,以及吃用不尽的金山银山、米山面山和一棵一棵摇钱树组合成的森林。最后,这双我爷爷样的手似乎有些累了,它便休闲似的晃动起十指,在纸张中上下飞舞造起一座七彩的花园来,让海棠、山茶、牡丹、月季一朵一朵一丛一丛渐次开放,给白鹤看,给白马看,也给偷欢的书生与寻死的仕女看。花园里的百花丛中还飞着一只只嗡嗡的小蜜蜂,飞得最慢的那一只好像长着和我一样的脸面,穿着和我一样的凉鞋。

从高烧带来的昏睡中醒来,时光好像已是午后,阳光从对面高高的屋檐上翻下来,穿过贴满红窗花的纸窗照射在东屋的炕头上。一身旧纸张气味的爷爷坐在炕角,用一把带圆木柄的宽刀片削着一根竹篾,要把它削成一根一根细小的竹签。一叠一叠码放齐整的纸张堆叠在窗台上、炕角下,以及更远处的八仙方桌上。而青砖铺砌的脚地上,巍峨而堂皇地摆置着一个彩纸扎造的世界,一座金碧辉煌、雕梁画栋的宫殿,一座大幕拉启青衣与花旦正在丝竹声里咿呀演唱的宽广戏台,三匹白马,六只白鹤,一盆一盆的摇钱树,一只又一只七彩锦簇的花圈。但充满颜色的纸张让高烧中初醒的我知觉恍惚,而午后的阳光持续加深着这一阵一阵的恍惚感。我听见了脚步声，听见了竹帘一挑，听见一个陌生女人的声音出现在阴阴的脚地上，那声音对我爷爷说："叔，我要一座金山，要一座银山，还要五个花圈，都要现成的。"爷爷问："哟，你这是给谁使？"女人说："给俺爸。"爷爷说："哦。都是现成的。戏台也是刚糊好的，你拿走吧！你爸我认识的，他好看戏！"

是的，我爷爷是个乡村里糊纸扎并以此谋生的人。他用纸张、高粱秆、竹签和糨糊给乡村里的死人们扎造出一个堂皇而多彩的世界，让那些人即使在死后，也能继续拥有人世里的寄托与安慰，或者在死后，能够改头换面，重新进入人世里找到那未得的寄托与安慰。

在因腿脚不便无法胜任乡村里的一切重活计之后，不知究竟是从什么时候开始，也不知是什么因缘使然，我爷爷突然就成为一个乡村里糊纸扎的人。他此前完全没有做过这个营生，事实上在他之前，十里八村也没有任何人以糊纸扎为一种专门职业。这个以纸为生的职业，看起来是个轻巧活，但很少有人能把一张纸做活。但我爷爷就能，这个曾经做过铁匠与木匠的人，这个有充分戏曲舞台经验的人，这个头脑和一双手都特别灵活的人，在腿脚迟缓之后开始成为一个不得已的闲人。他让自己坐下来，坐在他的老院子里和炕头上……让血液之中重新闪出一团一团的灵光。他在灵光之中开始创造了，他从田间屋后抱回一束束上一年晒干的高粱秆子，他把捡来的竹篾削成竹签，他用高粱秆和竹签绑扎出宫殿、戏台、白马、仙鹤、男人和女人的骨架，然后再嘘一口气，用各色的纸张镂金错彩，给它们以血肉、羽毛和生命。

我曾经认真地注视我爷爷凭空造出一匹白马，那也是他第一次发愿造一匹白马。他把屋子里的半面脚地腾空，他空荡荡地站立在脚地的一堆高粱秆之间踌躇满志，第一天，他依次造出了马腹、马头和四条马腿，然后努力将它们拼装到一起。第二天，他让这匹马的骨骼站起来又躺下,躺下再站起来,反复多次之后,马骨被彻底肢解在了地上。他把那堆零零散散的高粱秆推到了一旁,莫名其妙地从一只木箱里取出一根以前唱戏用的马鞭挥舞起来。他手里舞着那根毛茸茸的马鞭,脚步踉跄却绕屋狂走,像一个醉汉前仰后合地骑在马上,嘴里哼哼哈哈地唱起上党梆子来。第三天,他继续拿着马鞭比比画画,时而点着东,时而指着西,嘴里念念有词,好像那里正有一颗关键的螺丝在松动。然后在第四天早上,我一睁眼,便看到一具新的马骨昂然站立在我的眼前。我爷爷好像一夜未睡,他已经用麻纸细细地把裸露的高粱秆糊出了一片洁白,他说:"怎么样?是不是一匹马?"我迷迷糊糊地说:"一匹白马!"

爷爷扎成了白马之后,就给自己娶了一个女人。他这个丧妻二十多年的老鳏夫又重新进入了久违的婚姻。他的续弦,是一个我们村关帝庙后住着的寡妇。这个脸面白白、身材婀娜的寡妇从庙后搬进了我家老院子,和我爷爷一起糊起了纸扎。他们配合得很好,这个寡妇,其实是一个剪纸的能手。她能用一套她自己带来的大小不一的剪刀把彩纸剪出层层团团的花儿来。我常常悄悄地注视着她,看她盘腿坐在炕上,把一叠彩纸对着窗外的光认真地剪裁。随着她手中剪刀的扭转回环,那一叠彩纸便解放似的松散披拂开来,纷飞的纸屑便花花绿绿地掉落在炕席上。然后她扭身把那叠彩纸朝我展开,笑眯眯地问:"好不好看?"我便迎着窗外的阳光说:"花,鸟!"

寡妇的到来,使我爷爷的纸扎生意如鱼得水,当然也更使我爷爷本人如鱼得水。我当时并不清楚他们已经结婚这个事实,我只以为这个会剪窗花的女人是个雇来帮忙的人,所以也不清楚爷爷让我叫她奶奶究竟是什么意思。我只是感到些微困惑与不满,为什么爷爷晚上睡觉时明明和我在一张床上,早上醒来却是在那个剪窗花的床上。我不明白他为什么要这样在两张床中间跑来换去,也不知道他究竟是在什么时候从我的床换到剪窗花的床上去的。

但这些我深觉重大的变故在大人看来却丝毫都不重要。开始换床之后，我爷爷的生活似乎分外有了起色。他很快又在糊纸扎之余找到了那只诵经用的铜铃铛，开始风雨无阻地穿村过店，为丧葬人家诵起佛经来。而诵经生涯又反过来促进着他的纸扎生意，有很多请他去诵经的人会顺便买几件纸扎带回去给丧者烧送，而前来买纸扎的人也会顺便请他前去给亡人诵经祈福。这样一来，他的生活似乎便有了双份的意义，并显露出无限欣欣向荣的意思来。那也是他一生中唯一的一小段好日子。

爷爷临死之前，挣扎着要下床回到老院子。他反反复复说，要给自己亲手扎一匹白马，他要骑着自己的白马过断桥。那时村子里已有很多后来者学着做起了纸扎生意，也糊一些白马、白鹤、金山、银山和花圈。但我爷爷非要亲手给自己扎一匹白马。那时候剪窗花的寡妇已经离我爷爷而去，走前带走了糊纸扎生意赚取的所有的钱。她带着钱走后，我爷爷不再碰一切带色的纸张，但依旧摇着铃铛去给亡人诵经。一年之后，爷爷长骨刺的身体里又查出了癌病，半年之后的一个凌晨，爷爷在长久的号叫声里离开了。

他的丧礼上有一匹白马。跪在他血红的棺木前，我想象那匹白马就是他想要的白马。我看见他摸着白马长长的马鬃想翻身骑上去，却又停下来，蹲身对坐在地上玩土的我说："来，看爷给你隔山打只牛！"然后，他伸手拨弄出了一堆小石子，和我玩起了隔山打牛的数学游戏。

游戏之后，他一翻身就上了白马，像早年在乡村戏台上提着金刀去大战金沙滩那样，过了那岁月尽头的断桥。但在遥远处随风飘拂的一缕模糊的马尾上，我看出来那白马并不是他亲手扎造的第一匹白马，也不是他扎造的任何一匹白马。

他骑走了别人的白马。

侧身成鬼

夏天总是危险。

夏天小孩们的胆子总是很大。老人们就在夏天的夜晚说鬼,说鬼与人的故事。夏夜蚊子多,灯影里,墙头出没的壁虎飞快伸展的长舌似乎已不够用了,蚊子却还是多得挤不下,非要挤进人怀里喝够那一管子血。在这样被蚊子挤破的夏夜,我故乡大箕的街头巷尾就总是顺风烧起一把艾烟。艾蒿是刚刚从房后墙角的草丛间现拔来的,青绿的三五枝在灯影下亦是青青绿绿。把这青艾蒿连枝带叶在手巴掌里揉一揉,压在一小堆刚刚点燃的麦秸或者干玉米叶上,浓浓一炷带苦味的白烟就随着晚风喷腾而起,起到半面墙高,又慢慢四散落下来,在窄窄的巷道里蔓出一个忽而扩大忽而缩小的烟帐,就压住了嗡嗡飞扑叮胸咬背的蚊阵,正可供饭后赤了上身摇着蒲扇吧嗒吧嗒吸起旱烟的老人乘兴说鬼。

会说鬼故事的是邻居家一个老汉。他好像一辈子都没结婚,也没发福,等老了就过继一个侄子当亲儿,住在这家人里守着两个孙女养老。这老人家不知为何,成年累月总是把一条白底蓝道道的手巾系在头上。他的这条勒在额头上的手巾我记得又清又牢,因为我竟从来都想不起他头发的疏密长短,以及他的头发是种什么颜色,只记得那条头上系的粗手巾早已经说不上白了,连灰白也都勉强,但那蓝道道却是淡淡地还在,远远一看像是在一头灰发上画了几道道蓝。其实在我故乡大箕,中老年男人并无在头上系手巾的习惯,我就从不记得我爷爷头上系过类似的手巾。所以,我就猜这老汉兴许是秃了头发,甚或早年就秃了头发,或者害了什么头疮(他从来都没结婚嘛,总是有一些头头脚脚的原因吧),为了遮掩,才特意用手巾在头上一包,让那或许有些问题的头等大事神秘地隐藏起来。

这老汉勒在额头上的手巾底下,是枣红颜色的一张小方脸,一对眼窝深陷的小眼睛被高高的细鼻梁远远分隔在两面,而胡子硬扎扎的嘴角总是噙一根一揸半长的竹管旱烟袋,烟袋尾巴上是个明亮亮的白铜嘴儿。

许是因了这白铜烟嘴,老汉在夜色里的说鬼就有了几分化学处理后的金属气息,既潮乎乎,又硬邦邦,还有些烟管子里十分辛辣刺激的黑焦油味儿。在不间断的吞云吐雾中,老汉说的似乎是一个书生进京赶考的事。说也奇怪,我十一二岁就通晓了书生进京赶考是怎么回事。因我总想着有一天我也必要像书生一样进京赶考。书生背着书箧赶路,晚上住店误了时辰,就近借宿在三岔路口一个大户人家。大户人家嘛,有吃有喝有后花园,还有这家的小姐穿红戴绿被一群丫鬟婆婆们端云捧月般地拥出来,在书生席前跳舞唱歌弹琵琶。书生就喝酒,就喝醉,就呼呼拥着熏过香的锦被睡觉。梦里,觉得有两盏红灯在眼前一直照呀照呀照着他。一觉醒来,日头已上了三竿,却发现自己是睡在一大片坟地里。好大的一片坟地呀,坟头的荆棘丛里挑着新挂的纸钱。

"他睡在一片坟地里呀!"老汉从嘴里拔出烟嘴,又重复了一遍。见几个小男小女伸长了脖子张着有几丝唾沫的嘴只知道发愣怔,他就一伸烟袋捅在我的胳肢窝里,说"坟地里有鬼呀"!我便"啊呀"的一声惊跳起来,像真见了鬼在艾蒿的缕缕白烟里向我招手,再一摸被青石墩子凉了半天的屁股,这时才木木地感觉它真正凉起来。这一段说鬼,我十年后进城上高中,在晚自习后给几个用功赖着不回宿舍的男女同学也讲过,讲到"他睡在一大片坟地里呀"时,我提前一捅那学习最好的女同学的胳肢窝,她竟啊呀一声从板凳上弹跳起来。可见人的年龄、知识、经验在对鬼的想象中是全无用处的。而鬼,只要你想着它,它就一定藏在你身边。

邻居老汉的鬼故事,似乎就讲过这一个,又似乎讲过许多,但我记得清楚的就这么一个,书生半夜睡在坟地里,梦中一直被两只红灯笼照着。这红灯笼究竟是提在谁的手里呢?半夜提着红灯笼出来照,还一直照着灯下熟睡的人不走,究竟所为何事呀?这么想着,我就不自禁地害怕,而偏偏一个人时又总爱想起这个,又总是在红灯笼这里转着圈子出不去。比如深夜下晚自习后孤身走夜路,走着走着就想起了红灯笼,灯笼下照着一个熟睡在坟头上的穷书生,一直从皱纹早生的额头上照进他酒足饭饱、歌舞萦绕的深深美梦里。这时我的心就怦怦跳,压也压不住,只能放开喉咙胡乱唱起一首缺词短句的歌,同时加快步伐奔回家去。

二十年一晃就在这红灯笼里照过去了。而鬼之于我,是至今还不曾撞见过的,但这么多年弯弯直直的路走下来,锦衣夜行者的心里却多多少少有些鬼驱也驱不走。心里这些鬼,又大概全是从旁处听来一鳞半爪,慢慢在自己头脑里用不断的想象的奶汁把它们喂大成型的。而鬼的可怖,大概正因为全是自己凭空想来,又从不曾真的见过它一面。因再怎么可怕的事,只要亲眼见过了,早晚就总能消化排解,而脑子里凭空养大攒肥的,因总是无法应验,无处排遣,就只能淤积板结,堵塞心窍,渐渐就让心里真有一只可怖的鬼住着不走。住着不走就会吃喝拉撒,生息繁衍,就成了一串鬼气森森的常住民,而你也就最终成了半夜里心怀鬼胎的那个人。

鬼又大概是由死去的人变来，尤其是那些不能得好死的暴亡者。我感觉鬼世界的许多鬼里，大概会有我早年许多的熟人。因为他们的死法，虽然令人的世界厌憎，但于鬼世界却是极讨喜的。我经常胡思乱想，这么多年了，那些曾经的暴亡者还是穿着早年的衣服和鞋子，留着早年的发型，操着一口早年惯用的词句，从四面八方涌集到这个路口，围在你身边，用方言对你讲，看，我们都回来了，和你借俩钱儿，找你办个事，要不同喝一场酒去？然后就纷纷伸手拽住你的袖口。

这些早年的熟人，如今的鬼魅，都曾在我的故乡大箕出出没没。我在大箕那些年里，身边似乎真萦绕许多的鬼，全由刚刚死去的人变来的鬼。但我那时却并不害怕这些刚刚从人间侧身成鬼的鬼，总觉得他们不过是换了一身新衣裳刚刚到别处去了。在那些新地方，在那些散发着新鲜布匹味道的衣裳底下，依然还是一具大箕人的肉身，血肉能与人亲。

比如就有这么好好的一个人，在夏天的午后，从家里炕席上睡醒，去外面走路，好端端在太阳烤软的柏油公路上松松散散地走，走着走着一侧身，就成了一只滚烫的鬼，一腔白花花、亮晶晶的魂忽一声遁入烤软的满地黑柏油里，化掉了影踪。

他侧身时，遭遇的是一辆汽车，一辆装满了煤粉坏掉在公路边上的汽车。很久了，这辆装满了煤粉又坏掉的汽车始终停在穿村而过的207国道边上，像在执行一桩重大而隐秘的特殊任务那样天长日久地潜伏着。据说这是一辆河南牌照的运煤汽车，但似乎连车主和司机都早已忘了它。它就那么装着满满一车撒过几遍水来增重的煤粉坏在路边上，越来越坏，越来越坏进了骨子里，坏到了每个零件上，以致对一切好的东西似乎都心怀了仇恨，以致那个刚刚睡醒贴着公路边缘行走的人什么都没做就已经惹恼了它。其实，那个还没完全睡醒的人刚朝嘴里塞了半根冰棍，满嘴的冰凉气让他的喉咙不禁发出"啊呀"的一声(这是他的遗世绝响)。伴随这冰爽的一声"啊呀",他把一小张湿乎乎的冰棍纸顺势朝着汽车轮子底下一挥。

那张刚刚从冰棍上揭下的花纸在一挥间还没有落地,汽车轮胎晒爆的一只钢圈,就呜一声凌空飞了过来,带着那过路人的小半边脑袋逐日一般在空中飞行了一段,又当啷啷响着落回到了公路上。好像这只钢圈就是在等一个人慢慢地走过来侧侧身,好像这辆河南牌照汽车坏在半路上,就是为了等这个大箕人慢慢从午梦里走出来,好在他侧身一挥冰棍纸的刹那,用十吨煤粉的重力发射出那只夺命铲刀般的钢圈。那么这个人的午梦,究竟梦见了些什么不该梦的稀奇古怪与花红柳绿?我始终觉得,那只莫名其妙飞来像巨鸟扑食一般啄走他半边脑袋的钢圈,一定也撕裂并带走了他一半的午梦。那午梦在他醒后的脑壳里晃来晃去,兑色的清水样一层层地泅下来,泅得湿淋淋满脑壳里都是,却又呜的一声被撕掉了一半,随光同尘,四散在他一侧身前的浩荡阳间。至于那另外一半,就静悄悄地安慰一般,随他到了另一边世界。在那幽深而未可知的另一边,可能无论他再如何用力地做梦,这从阳间带过去的半个都还始终是半个,残月一般而不得圆满。那是他带往阴间的一抹胎记啊。

这个被削掉半边脑壳迅速从一个人侧身扑地为一只新鬼的,这只用白花花的脑浆和头颅血把黑柏油公路染出一片红红白白的新鬼,变身几秒钟前其实还是个阳间少年。他是我一个朋友的哥哥,唯一的哥哥,有很英俊的一张刀条脸,一年四季喜欢穿军绿色的衣服,领子总是硬硬挺挺,领口上的黑纽扣总把脖子托得紧紧的,托出他那张英俊而狭窄的小脸。这张小脸即使是在发怒的时候,也是清新而英俊的,有着刀身隐隐的青芒。某个冬天的夜晚,他在我们中学教室的门前,在一教室烛光的掩映中,一手扯住我的领口,一手猛然给了我两个耳光。他冬天冰凉而凌厉的手心手背打在我腮帮子上的时候竟好像满是骨头,他嘴角带着一丝轻蔑冷笑的那张脸一霎时间好像更加英俊而清新。那些年的夜晚,我们这些大箕少年人之间经常打架,为了一顶颜色新鲜的军帽、一支白蜡烛或者红蜡烛、一个女生刚刚开始扭荡起来的腰肢与屁股,常常大打出手。即便是同村的朋友之间,迎面互扇几个耳光的事情也是常常发生的。但他,这个给过我两个耳光的刀身脸少年,竟然那样一瞬间就侧身消失在公路上,消失在我在他家喝酒时常坐的一块竹篾炕席上,消失在他父亲母亲、他弟弟的言谈中,消失在映照过他身影和睡容的一豆煤油灯的小小火光里。这是我始终不敢也不愿深想的一件事。

比如还有这么两个少女,在周六午后的放学路上,在大箕村人惊叫失色的围观中,双双一侧身,变成两只粉色的新鬼。这两个头面沾着湿淋淋的绿草叶、身体淹在山洪中倒退着一浮一荡顺水而下的少女,一开始是手拉着手的。很多人都看见,她俩手拉着手走出周六下午的校门,嬉笑着收起黑布雨伞,其中的一个还侧身把手中的雨伞朝着学校南面的圣母玫瑰教堂甩了几甩,就有晶莹透亮的雨珠伴着少女的笑声朝上帝站立的方向飞去。她俩说着笑着拉着手走过学校门前长舌头一样伸向大箕河河道的一小片开阔地,直走到那条她俩后来再也没有踏足其中的河的河岸上。这时,她们看到平时清清浅浅两三步就能踩着垫脚石跨过去的那条河,已经有七八条宿舍里的单人床单那么宽了。它在涌动,河水卷起的草叶和树枝下面,有她们无法估量的深度。她俩就一起"啊呀"了一声,然后一起抬头来看天。下了两天的雨确实真的停住了,但学校后面晋普山的山顶上,大团大团青黑色的乌云间仍不时伸展出苍白的树枝状闪电。雷声,隐隐地从山的背面越过了大片大片的平顶松的树冠,送进了她俩短发下扎着隐隐小洞的耳朵里。这时,最后一小群平时住校、周末回家的男生结队挽起裤脚顶着书包下了河,在她俩惊惊慌慌的张望中一荡一荡走到了河心。一个个子高大的男生,从齐腰深的河里还扭过脸嬉笑着对她俩叫喊:"喂,快下来啊,让我看看你们怎么过!"随即一个趔趄,那男生仰面摔在河里,又爬起身顶着湿淋淋的书包使出浑身力气终于摸上了另一面河岸,再爬到岸头十来米高处的一溜青石水渠顶上,站住继续看对岸那俩女同学。看了一会儿,见她俩扭扭捏捏还是不肯下水,就朝着河里使劲吐了一口唾沫,悻悻然地远去了。

这时,一辆空着车斗的重型卡车从河的上游顺着河道一路撞出一人多高的水花加大马力开了过来。那敞开的车窗里,常见的那种湖北籍贩煤车司机叼着半根纸烟疯狂地转着大方向盘,让卡车朝着两个岸上的少女扑过来。少女中刚才甩伞的那一个,就朝着司机大声喊叫:"停停车,停停车,把我俩捎上,到公路边给你钱,给你买烟钱!"但那司机好像是没有听到,或者是深知水情危急确实停不得车。那车就一抖一晃喷着满身水花和黄泥,水怪般从她俩身边开过去了。

她俩就这样手拉手在岸边犹疑了半个多钟头,直到一个看着另一个,最后说:"咱俩下吧,再等反正也没有人了。"她俩就那样挽起裤脚,顶起书包,拄着尖头的黑布伞把脚下进了河水里。

但洪峰此刻已在她俩背后五十米外。洪峰上一个苍黄色的死神端坐着,看见渐渐深入河心的两个少女的背影,它似乎犹豫了一下,又无奈地一狠心,使出更大的力气翻翻卷卷拍击着河道涌下来。在最后抵达那两件红红绿绿的花衣服之前,它似乎叹息了一声,又轻轻地一个扑击,就把那两个河心里的少女侧身打倒在黄水翻涌的波峰下。

从大箕河上冲下来时,可能已半昏迷的她俩还是几近本能地手拉着手的,好像只要不放这只手,两个人就都还能活着上岸去。但207国道上穿村而过的一座水泥桥,这时突然从水下伸过来一个桥墩,其中一个快速浮荡过来的少女就迎面在水泥墩上撞击了一下,随即松开了她的手。这个短发少女在孤身穿过桥洞三十米之后,又被洪峰斜斜推往河岸的方向。大箕村里公共食堂的一位胖大师傅,腰里缠着根老粗的井绳就扑下水里,用烧火使的长柄铁挠钩一钩子扯住了正从河上冲过来的这个溺水者。而仍然身在河心无法扑救的另外一个,就在满河岸上人的惊呼与追逐中继续顺水而下了。

我们大箕人向来是爱看大热闹的，即使像这样夏天里发山洪也当它唱戏看，因为知道它多年来虽然闹闹腾腾，但却像个闹脾气的孩子样并不会惹出什么大事，也就当它一个热闹看了。村里勤谨又有些贪婪心的部分人，还早早备好绳索、挠钩与钉耙，聚在河边随时准备从水里捞取一些从上游冲下来的木料与煤炭。但在我们大箕人的语汇里，其实并无"山洪"这个词，我们一直都把发山洪称为"涨大河"，无非是一条村里的河宽了大了一些嘛，有什么要紧？又能害出什么大事？所以每到夏天连阴雨后发大水，村东村西的人就都会打伞戴笠趴到穿村过的水泥桥栏上等着看"大河头"。所谓"大河头"，就是洪峰，就是滚滚山洪顺着老河道杀过来时最厉害的那一波。据我爷爷说，这"大河头"力气最猛，连打麦场上的一整个石磙，连上游村里一只没拴紧的黄牛都能被它冲着翻起跟头走。而河里发水的时候，只要乘机躲过了这"大河头"，人基本上是不会丢性命的。我爷爷还说，"大河头"下来的时候是能远远地看见的。那一翻一滚的波峰上，像是披头散发坐着一个什么，像人，却又不像。

那个被食堂大师傅一挠钩扯上来的少女随即被送往大箕乡医院。事实上，那少女是半裸着身上岸的，"大河头"已经褪掉了她的一件短袖上衣和半条裤子。她的头发涂着厚厚的黄泥和各种各样的草叶，泥发之下的一张脸，已经惊人地肿大起来，从里向外渗出一种非人间的青绿色。我紧紧跟在抱住这少女飞奔的一个男人身后，我非常想看看这个少女在进了医院后会不会重新睁开被泥沙抹掉了的眼睛。但在那间大开着门挤满了男人女人的简陋抢救室里，我只看见一个戴口罩的男医生伏低了身子，两只手一上一下挤压在那少女赤裸的胸口上。最后，他终于又把手松开，直起身徒劳地摇了摇头，紧捂着的白口罩里重浊地发出喘息般的几个字："不行了，水里就已经窒息。"医生说完就朝门前一侧身，一只手伸到耳朵后去摘口罩，门外被几个妇人死死拖住的那少女的母亲号叫着在撞墙。但人缝里钻着的我,却愕然地看到了那少女刚刚发育的一只乳房。

那只乳房,有一个拳头大,硬硬地挺在半面胸前,却已经发出淡淡青黑,像夜色中的一个青梨挂在刚刚枯死的枝头。这竟是我有生以来第一回见到的我母亲之外的女人的乳房,却又是在这样惊愕的一场夏日山洪后,在一间乡村医院简陋抢救室的一具少女尸身上。

另外那一个未被扑救上岸的少女,在翌日凌晨也被一块门板抬进了医院。但不是抬往抢救室,而是直接送进了太平间。抬尸者是我们乡镇中学的两位青年教师,其中之一还是我的班主任。这位身材高大且十分擅长舞蹈的青年教师,自告奋勇带着学校里紧急组成的搜索队顺河而下,终于在十多公里之外洪水退后的河滩上发现那少女的无头尸身。那少女被洪水冲出村落之后,在河道骤然变窄的石头窝里几经冲撞,最后被冲击到一块大石上磕绊住,又倒伏在了河沙遍地的浅滩上,最终成了一只坐着门板而归的无头鬼。

这在大水中失去一颗头颅的少女,并非我们大箕本地人,她是从几十公里之外盛产煤炭的矿区跑来我们这所名声甚好的乡镇中学借读的。在那些年里,城边庞大的矿区是另外一个乌黑、喧闹而又远比乡村繁华的世界。她带着煤炭与当年时尚的复合气味,被希望她将来能好的父母从他们那一世界送到我们大箕这个山乡,来这里圆一段她可能早已梦见过的梦。她真的很美丽,成绩也远比本地孩子好。有一位我表哥的朋友两年来一直迷恋着她,而且据说曾与她在秋天的夜晚坐在干草堆上看过一回星星。她最后埋葬在了我们大箕的星空之下,据说她的母亲不忍相看,就那样把她的残躯葬在了我们大箕的一小片干净而丰沃的土地下。

写出这两个少女葬身在洪水中的这件事时,我已身在二十四年后的平安夜里。冷空气奔袭的城市窗外,忽然有几声狗叫,乡村一般的狗叫,突然间却又噤声了。我必须承认,有那么一会儿,我竟真的害怕起来,害怕我一侧身,那两个水底红红绿绿的少女就会又鲜活地浮出水面,会像她们向着奔涌的河水伸下一只脚前朝那个过路的卡车司机叫喊着哀告那样,近近地在我耳边哀告:"快来救救我,快来救救我。我看见了,你也快来看,那波峰上坐着披头散发的东西,像人,也不像人。"而我,忽然又怀疑,我会不会就是那个站在青石水渠上的高个子男生,曾眼睁睁看着对岸两个无助的少女又背过身去,吐着唾沫悻悻然远去。

在这城市狗叫的平安夜,我跌落在自我怀疑的想象中,我很害怕,但我必须继续找回另外一个孩子,就在这个平安夜里,找回他一侧身坠落的那个不平安的夏天的夜晚。在那个似乎毫无预兆的夏夜,这个孩子安安静静地坐着,一台乡村大戏就在他眼皮底下热热闹闹地拉开了大幕,鼓声密,锣声急。扎四面靠背旗的武将,一个红脸使枪,一个黑脸抡一对金锤,正嘿嘿哈哈地战到了一处。左右两队八个不扎靠的兵丁全使单刀,也翻着跟头,来来往往地捉对儿厮杀在一起。这个孩子就很得意,他感觉这戏真是好看极了,明天还要上这里来看。他一点都不觉得瞌睡,虽然刚刚从中学里下了晚自习,但一点也不瞌睡,能把这戏清清楚楚地看到一颗心里去,也能把台下坐着的、蹲着的、站着的所有人的后脑勺看到眼里去。这时他挪了挪有些疼的屁股,屁股下篮球架上那个圈形的球筐就微微地晃了一晃。但他并不怕,他稳稳地坐牢,把瘦瘦的脊背靠紧了篮球板继续看戏。

这个篮球架上正对戏台的好位置,是他两天前就发现了的。这个又能坐又能靠还能看得清台上戏的好位置是专属于他的,别人想上也上不来,上来了也坐不住。他也知道,他爬到这篮球筐里来坐着看戏其实也是台下人眼里的一场好戏。两天前他这么爬上来的时候就有许多看戏的人扭回脸来看他,有几个老头子老婆子还骂他,让他赶紧滚下来,滚娘腿上吃奶去。也有一群年轻男人嬉笑着看他,大声怂恿他再爬高点儿,站篮球架顶板上头去。但他统统不理他们,他们叫闹一会也就罢了。看戏嘛,你看你的,我看我的,管我干什么?

但这时台上的武戏结束了,兵呀将呀摆着身段全都退到了幕后。锣鼓声渐隐,而一声凄厉而意味深长的唢呐从台后越过半空响在了他的耳朵边。他便有些不乐,觉得这唢呐声让他浑身上下十分不舒服,像是要唤他赶紧从这上面快快下去。他就从上往下认真看了一看,就看见了那个篮球架下摆着担子卖肉丸的老头正在大锅边上用一把铁勺翻着锅里刚下的丸子,看见肉丸锅前那盏一尺多高的电石灯吐着一揸多长的青白火苗。那火苗突然间变换了个方向,像只什么东西的舌头一样朝着他舔了那么几舔。他的眼前就突然一黑,一瞬间似乎什么都看不见了,耳朵里却听见啪的一声巨响。

那篮球架突然间就像被什么东西玩玩具一样提起来翻转着拍到了地上。那骤然翻转的篮球板严丝合缝地拍到了水泥地面上。这个高高坐在篮球筐里看戏的孩子的肉与血,一瞬间就被拍扁在水泥地上,成了夜色里稀稀烂烂的一滩。同时被捣毁的,还有那只香喷喷的肉丸大汤锅、一个卖瓜子花生的炒货摊,但让人惊奇的是那一盏肉丸锅旁的电石灯,它在颤抖了一下之后却安然无恙,依旧无辜地吐着一揸多长的青白火苗,在乱纷纷炸了锅的戏台下照着。

这个从夜色里的高处骤然被拍翻在地下的男孩子是我的同学。他比我们班里那些女生都要矮上一头,他有一颗巨大的头颅和过分瘦小的身体,因而手脚极为麻利,尤其擅长爬树与上墙。他有一个极其疼爱他的母亲,还有一张已经亡故多年的父亲的遗像。他在人间已经快十四年了,但每一年都像一个八岁孩子那么高,且每一年都不再长高一分半厘。每一年在一个特殊的日子,他心焦的母亲都要在夜晚带上他到村口的老椿树前,让穿红衣服的他紧紧抱住那棵老椿树,嘴里恭恭敬敬地祷告:"椿树椿树,让我长长,椿树椿树,让我长长。"

但他却在某个夏天的夜色里,一侧身,从期望了许多年的高度上翻身坠落,坠落在一台大戏唢呐声声响起的间隙,从此于阳间舞台再不出场。他被拍成稀烂一滩的尸身,是学校里闻讯的校长与老师,组织起六个男生用一张上体育课用的海绵垫子收拾回学校的。他闻讯而来的母亲,披头散发,整夜把那一团海绵里的血肉紧紧抱在怀里,却哭不出声音。

这样的情景,多年之后我竟再次看到,一个老年的妇人看着她儿子稀烂的尸身哭不出声音来,只是病人似的长时间干呕着。这开一辆三十吨重卡长途贩运煤炭的车主儿子,深夜在空车返程的路上为节省一小笔高速公路过路费,在快临近村庄时转向上了一段正返修中的国道。为了躲避路边新设置的摄像头监控,他决定使出贩运司机行当里的惯技,熄火停车遮住自己的车牌。车牌一遮,万事大吉,多年来一直都是这么干的。这回在停车之前,他专意给前面一路相跟着的一辆同村弟兄车的司机打了手机,那辆车于是也熄掉火,紧挨着停在了他前面。司机下车后过来给他点了支烟,他就吸着这支烟,到自己车头前哈下腰侧身去遮挡车牌照,但他的两只手刚刚摸到铁质冰凉的车牌,摸到上面那一排凸起来的熟悉的数字,前面那辆自以为已经熄火的重卡,却突然间无声而逼真地缓缓溜了回来,宽大的车尾在他腰上只硬硬地一挤,这个意图去遮黑车牌的人的性命之光就永远地被遮黑了。

这个人其实是我的干哥哥,一个少年时异常精猛的大箕男子。那个看着他挤扁的尸身哭不出声音的老妇,是我的干娘。

干娘家住在大箕河的河边上,门外是一个绵羊圈,但也养几头好斗的山羊。干娘有好身段,有好唱腔,在我父亲他们的上党梆子戏班里唱旦角。我出生的那一年春上,干娘非要我父亲把我拿来给她当干儿。我父亲说,你已经有两个亲儿,还非要再多我家这一个啊?干娘于是伸过来一根白白俏俏的手指,用梆子念白腔回他:"多了你这一个,奴就三个儿子了!"那悠悠长长的一个"了"字,是得意而上扬的,一直扬着,扬着,扬进了我凌晨此刻湿湿满满的心窝。

1989年的酒窝

1

　　1989年入冬后的一个下午,我坐上了从大箕驶向晋城的城乡班车。那辆班车呈现在此时的记忆里是红白两色的,显得既陈旧又亮丽。它像一节拆卸下来之后又染了色的火车车厢,细细长长,有二十排以上的座位。但那个下午,它只拉着稀稀的十几个人,沿着冬天里灰蓝色的207国道蜿蜒向北逐渐接近一座城市。晋东南的乡野从车道两边分开又向后退去,像有一把搁在班车顶上的大剪刀,扯布匹一样划开了微蓝的空气中包容的一切景象。隔过车窗,道路两边是一层一层的梯田与黑褐色延展开的田塄,一垄一垄的小麦苗苗正以看得见的油绿突破着干旱的封锁,还有一棵接一棵的杨树灰白的枝干鸟翅一样从窗前不停地掠过,提醒我正在以一个飞快的速度向前越过时间之阵,接近着一个我从未涉足的陌生之地。

　　这是我第一次越过乡界,也是我第一次以乡野之心前去窥探一座城市。此时我的心里涌动着一个品类丰富的动物园,上面飞满了成群的鸽子,它们的翅膀缓慢击打着湿润的空气,发出啪啪啪啪的脆响。

而下面是温柔地举着长耳朵的红眼睛兔子在发呆,它的长胡须在午后的阳光下晶亮亮的,还有松鼠捧着一个硕大的黑松果,正想从一枝油松上跳下来,跳到一只尾巴鲜红的狐狸身边,狐狸斜着眼睛蔑视一只流着涎水满脸憨厚状的黑猪。但突然,有一只毛色铁灰的狼从麦田深处出现了,逐渐长高的麦苗因为狼的到来开始向着两边倒伏,那从麦田顶上突兀出现的狼,前腿一跳就把尖尖的嘴朝下向我的鼻子伸过来。

是的,我在昏昏然中渐渐感到了身体内部狼一样的异样。它起初是大脑深处一小块局部的麻木,这麻木的局部慢慢扩大,逐渐使整个头脑脱离了脖颈以下的鲜活。然后,我感到了持久的眩晕,这眩晕或东或西地摇摆,使身体移动着的重心逐渐与肉体本身脱钩。喉咙之下的胸腔里开始不断泛起一股一股的恶心,好像有一只很多天没有洗过的脏手正从下面伸上来,不停挠我的嗓子眼。但我还是想忍着,用尽全力忍住,因为我觉得如果在这个环境中不顾体面地张开嘴巴呕吐,将使我眼下的旅途显得不够庄严。为了这次旅行,我还专门去村里唯一的理发店花了五毛钱剃了头发。陪我前去的爷爷不停地对理发师小蛋说:"蛋,给咱孩儿剃得齐楚些,孩儿明天要进城去呢!"但我显然严重辜负了这五毛钱一次的头型,这颗小平头突然朝着刚刚用两手慌乱推开的窗玻璃猛地一拱,带着半截穿棉衣的身体伸出了窗外,然后在疾速吹过的冷风里哗啦哗啦地呕吐起来。

隔着背部鼓囊囊的棉衣,我能感觉到在我一耸一耸的呕吐中不断颤抖的脊背上,有一只轻轻捏住的拳头在松松地捶着,拍着,抚摸着。那只拳头随着它动作的变换而在我的脊背上温柔地改变着触点和面积。我顿时感到了羞愧,间歇性地停止了呕吐,在冷风中闭了一会嘴巴,等嘴里的酸涩慢慢回流进喉咙以下之后,我又重新将自己的上半截拱回了车厢里。很多人都张着满口黄牙的嘴带着嬉笑的表情看着我,但我不看他们。我只是低着眉对身边的冯敏说:"冯老师,我晕车!"

　　与我并排坐着的冯敏，胖乎乎的脸上带着1989年师范生特有的白皙与红润。她和她的香味一起紧靠过来，并把一条粉红色风雪衣包裹着的胳膊环在我肩膀上说："傻孩子，为什么不提前说你晕车呢?"然后她笑了。随着她扩展开来的笑容，我看到了她标志性的酒窝。左边一个，右边一个，左边的一个比较大，但是浅；右边的一个虽然小一些，却又圆又深。两个酒窝近旁，丰满圆润的红唇因笑容而张开之后，显现的是上下两排晶洁的白牙。这样久经刷洗而显得考究的牙齿让我立即感到了脸红。我立即更紧张地闭上了嘴，在口腔内部咬紧了黄黄的牙齿，将新泛上来的一口酸涩狠狠压了下去，同时带着几分被迫仰起了脸，接受了冯敏用一块天蓝色手绢对我嘴角的轻轻擦拭。

　　那手绢上有淡淡的我不熟悉的香气。那香气来自城市，与我多年之后第一次闻到的洗发香波的味道近似。而在接受它迎面擦拭的幸福一刻，我竟鼻翼一紧，眼前感到略略发黑，同时心里涌上一种浓郁的感慨：冯老师多么好啊！

　　有着带香味手绢儿和洁白牙齿的城市更好，而我正无限地接近着它。与一位名叫冯敏的语文老师一起，去参加一场全市范围内的作文竞赛。

2

　　冯敏1989年夏天从师范学校毕业被分配到大箕村小学的时候，我是一个刚刚对双杠产生出兴趣的三年级小学生。我像不了解操场泥地上刚刚设立的双杠一样不了解这位新来的年轻女老师，但她又和双杠一样，既让人感到正由内向外辐射着来自遥远之地的冰凉，又富有新鲜事物闪烁诱人的光泽。而我也并不清楚她是出于什么原因，竟会在整个班级的孩子中立即选中了我来做她眼睛里的乖孩子。有一次，我在小操场上无聊地玩着双杠,其实我天生不协调的身体根本无法适应双杠运动,我只能手脚并用再借助屁股的一些力量,让自己的身体坐到杠杆的一边,再把两条短腿尽头不穿袜子的脚蹬在杠杆的另一边。这种做法在身体灵活的人看来很傻,但我却很喜欢在没人的时候就这样费力地爬上双杠,在它上面傻傻坐一会儿,看看学校后的小山,看看校园围墙内外梧桐树浓郁的树荫,然后再悄悄爬下来。那天我刚刚在双杠上坐下,冯敏就出现了。我没有看见她究竟是从什么地方出现的,也不知道她在走过来的过程中是否已经远远地看见了我攀登双杠的难看姿势。总之我刚刚凌空坐好,就看见她穿着米黄色的风衣走了过来,带着她的酒窝对我笑起来。她的高跟鞋踩在发硬的泥地上,弯弯的眼睛刚刚够得着我的鼻子。她仰着脸问我为什么喜欢写作文,为什么喜欢读课外书,然后在我不知道该怎么回答她的时候突然又说,如果你爸你妈不给你钱买书的话,老师给你买!最后这句话让我特别感到惊讶,以致坐在双杠上的屁股都一瞬间发起热来。因为我实在吃不准老师冯敏这句话究竟是什么意思。但是我能感到,这位新来的教语文的老师,和她的美丽一样真的很让人惊讶啊。

冯敏和她的蓝色牛仔裤与黑色高跟鞋一样,带着与乡村小学校明显格格不入的异质气息,让人既觉得好,又隐隐觉得有些不安。但所有人都并不讨厌她,反而对她充满了喜欢,如果哪一天没有在校园里迎面碰到她一次,都会觉得略略的怅然若失。她就和踩着高跟鞋踮着脚走过来时扑面而至的那阵香味一样,每一天都是新新鲜鲜的。她的蓝白条纹运动衣是这样,她的红色发卡是这样,连她嘴里飞快跳出的词也是这样,让人既新鲜又惊愕。

我第一次听到的"青春"这个词,便是从冯敏嘴里跳出来的,好像她舌头一卷,从唇齿之内吐露的是一柄闪闪发光的柳叶飞刀。那是在一节午后的音乐课上,冯敏上身穿着宽松的紫色蝙蝠衫,就像后来在张婉婷电影《秋天的童话》里看到的钟楚红那样(只有天知道,多年后我看到这部电影的一瞬间,想起的正是多年前的她啊)。一台崭新的属于她自己的红白两色键盘式手风琴闪烁着玛瑙与象牙的双重光泽,此时,这手风琴正紧紧靠着她在男孩子们眼里显得有些过于丰硕的胸脯。她白皙的手指在那些我至今仍然毫不熟悉的琴键与钢琴式键盘之间跃动着,翻飞的十片指甲在穿窗而入的阳光之下闪闪发亮。同时她又优雅自如地拉伸舒展着双臂,那风箱之间柔软的金属簧片就分外好看地一翻一卷起来。直到如今,手风琴的琴声和风箱优雅的舒卷仍是令我异常迷恋的美好事物之一。在这样的演奏者面前我会情不自禁地站起来,靠近,再靠近,并不合时宜地想伸出一只手摸摸那风琴的表面。但就在我对手风琴生出最初的迷恋与忧愁的那个时刻,冯敏从琴键上抬起右手,指着黑板上一行白色粉笔字歌词说:"同学们,青春多美好!你们知道青春是什么吗?老师现在不告诉你们。当你们以后长大了就会知道青春是什么,青春多美好。现在大家跟我一起唱!"于是我们张开乡村气息的小嘴,用方言唔啦唔啦充满迷惘地唱起来。

是的,我和我仍然在换牙的小伙伴们迅速迷恋上了这位能说出"青春"这样奇怪的词的语文老师,何况她还有那么好看的手风琴与高跟鞋,还有那么好听的歌声与普通话。秋天的时候,冯敏甚至带领我们全班学生爬到学校后面的小山上进行了两三次秋游。在一个打谷场上,她坐在一个石碾上,伸直穿白球鞋的双腿,又伸出手指梳理山风吹乱的头发。她的头其实很大,但她的头发黑油油的,又多又软又亮,还有一个过分整齐的刘海罩住了她宽宽的额头,这使她的头无论从哪个角度看起来总是刚刚好。而山风短暂地破坏了她平日的形象,让我看到了她柔软中有些刚硬的骨相。但她突然又和我说起了读书的话题。她问我读过些什么书,喜欢什么样的故事。我于是笨嘴笨舌地讲起我从上高中的小舅那里看过的《少年文艺》。冯敏就很欢喜,在回来的路上,她一路用手摸着我汗津津的头发,白球鞋踩着山间小道上的羊粪蛋,轻轻地踢着一颗一颗的小石头。

但冯敏很快便遭遇了她任职之后的第一次伤心。她的伤心与晋东南阴历三月里漫山遍野长起来的蒲公英有关。这让我在后来很长的一段时间内都对蒲公英充满厌恶,但蒲公英带来的女老师的忧伤却迅速在全村传播成一段并不好笑的笑话。那时候,我们的小学校时不时还会响应上级勤工俭学的号召,要求我们每个学生以工代读来抵销一些学杂费。而最经常的形式,便是组织学生上山挖药材。那一年,征收的是白蒿与蒲公英。于是,冯敏便自告奋勇地带领我们全班学生上了清明前后的春山,同行的还有一位师范学校前来我们这里实习的更为年轻的男性牛老师。但我们并不喜欢牛老师,因为他的灰色条纹西服总是有一股浓浓的怪味道,那味道基本上与我们身上的味道是相似的。于是我们全都围绕在一身淡蓝的冯敏身边蜂拥着出发了,留下牛老师提着他的铁铲和口袋远远地在队列之后压阵。

那天冯敏的兴致特别高,她指着好像特别熟悉的蒲公英指导我们一丛一丛地挖,并告诉我们开黄花花的就是蒲公英,于是我们四散在山野上狠命挖起来,好像每一铲都是向冯老师的献媚。最后每个人都挖满了自己的口袋和小篓。我们提着沉甸甸的果实唱着欢快的歌曲回到了学校,上缴了我们整个下午的劳动。但很快学校就传来了通知,说我们这个班级所挖的完全不是上级要收的蒲公英,而是一种晋东南方言里名叫葫芦虫的形似植物。穿一身灰色中山装且上衣口袋里总是别着一支英雄牌钢笔的朱校长专门莅临我们教室,当着所有学生的面,板着脸举着一棵蔫巴巴的蒲公英对冯敏说:"小冯,你怎么会连蒲公英都不认识!你没有学过自然吗?你带着学生挖了一下午的葫芦虫啊!你,你们真是一群的糊涂虫!"

冯敏哭了起来。她傻着眼哭开的时候,眼泪竟然那么大。她低着头,那眼泪就像从刘海深处淌下来的,而她并没有掏出她天蓝色手绢去擦一下的意思。她就那么一个人站在讲台上,一颗一颗地掉眼泪。

我们全体也都傻傻地伤心起来,直到天黑了也都坐着不愿意回家。

3

村小学外有一片苗圃,里面种满了成片成片的梧桐树苗,村里人把这片苗圃叫作"园地"。园地临着一条小小的河,那河水便是从小学校后门外更遥远的葫芦峰上流下来的。夏秋两季多雨时节,河水会很大,于是河道两边就筑着高高的石头堤坝。而冬天的时候,河道里只是结着脆弱的薄冰,我们每天放学的时候,就会爬到堤坝上,踩着巨大的石头走一段路,并往冰面上砸一些随手捡起的小石头,听那种显得遥远的噗噗的响声。实在没有意思的时候,我们便会从堤坝上翻进种满梧桐树苗的苗圃里玩耍一会。冬天,苗圃里的梧桐树苗光秃秃的,但成群结队,又像士兵的方阵。理所当然,这里也常常是我们村童拉帮结伙、互打群架的好地方。

我四年级那个冬天的一个傍晚,苗圃上空的太阳快要沉落下去了,天边抹着最后一丝残红。我把一个叫晋刚的同班孩子从堤坝上一脚踹下苗圃,又飞身而下骑到他身上左右开弓,以拳头和巴掌打歪了他的鼻子,并让他的上下嘴唇不同程度地流了血。让我如此发狠的原因,完全是因为这个叫晋刚的小孩深深地激怒了我。他总是在同学之间流传我父亲和我母亲之间的许多坏话,以致我在一段时间之内成为班里男孩嘴上的一块笑料。但我对他的殴打立即引发了两个家族之间的战争。他的父亲与母亲,带领他的四个姐姐当晚就扑到我家门上挑战,引发了半个村子的骚动。但我完全没有料到的是,第二天早上的自习课上,晋刚却没有来。但就在冯敏快要宣布放学的那一刻,教室的门突然被推开了,晋刚的父亲母亲和他的一群姐姐大义凛然杀气腾腾地出现在教室里。他们中的女人迅速地开始了哭诉,齐齐地把手指指向了坐在教室第三排右边一个角落里的我。他那群姐姐里年纪较大的两个竟突然朝我扑过来,一人拽一条胳膊将我拖到了冯敏的跟前,那种恶狠狠的架势竟让我完全忘记了反抗。晋刚的母亲则用手从后面推着我的脑袋往冯敏身上撞,嘴里还怨恨地质问:"老师,老师你说,你该怎么办?你还能让他白打了我们孩?!"

这五分钟之内突然发生的事情显然严重超出了冯敏的理解能力。她惊愕地一会看着晋刚的母亲,一会又看着晋刚满脸硬胡须的父亲。那个男人和我父亲一样都是村里八音会的骨干。但他是一个吹笙的。长年累月的吹笙让他的嘴总是撅得鼓鼓的,即使不生气的时候看上去都像在生气。现在真的生起气来,那嘴便更加朝着冯敏狠狠地凸了过去。但他和大多数晋东南男人一样,生起气来并不说话,只把发红的眼睛刀子般地对着我剜过来。冯敏于是顺着他的眼光将自己惊愕的眼睛叠加到了我身上。她先是看着我不说话,然后又转身从那群姐姐身体遮掩的深处拉出了晋刚,俯身去探查他嘴角的伤势。我也迅速地把眼神偷偷绕了过去,在晋刚经过一夜发酵而迅速肿胀起来的嘴与鼻子上撩了一下。那伤势是显然的,但让我吃惊的是,那伤处的皮肤竟然又青又蓝,而且在晨光掩映中显得闪闪发亮,竟与我记忆里姥姥家的一只清代瓷瓶弧形的表面有几分近似。但不容我玄想,冯敏已经将身体沉重而快速地转向了我。她显然是在颤抖,又显然不知道该如何在此种场合既庄重又严厉地措辞。冷场多半分钟之后,她狠狠跺了一下脚,伸出一根手指在我额头上猛地一戳,我耳边同时爆炸般地响起一声哭诉:"小阳啊,我原来想你是一只小绵羊,原来你竟然是一只大恶狼!"

我毫不羞耻地哀哀哭了。冯敏点在我额头上的食指像一根铅笔一样硬,又像冬天里融化中的冰椎一样凉,同时有着乡村不稳定的电流击身般的刺痛。

4

四年级后半学期的夏天,冯敏恋爱了。冯敏恋爱的这件事本不该是我们这些学生关心和知晓的,但我们竟然全都知晓了。这是因为我在她办公室写作文的时候听到了她与另外一位女老师的谈话。说自己恋爱情况的时候,冯敏显然十分放松,她斜靠在墙壁上,穿高跟鞋的脚轻轻地搁在一把椅子下方的横挡上,脸并不朝着坐在单人床上的女老师,也不看在她办公桌上支棱着耳朵窃听的我,而是朝着下午窗外的阳光。她充满哀怜地说:"他可瘦呢。眼也近视得厉害。他骑车带我去看电影,一路上就在墙上撞了三回。"于是她和床上的女老师一起笑起来。但冯敏又说:"他父母好像不太喜欢我啊。说我的工作不在城里。"于是,她和她便一起沉默了。

但恋爱中的冯敏显然是既幸福又兴奋的。她踩着高跟鞋走路的姿势都比前两年多了几分摇曳,她上课说话的声音里也多了一种我们以前完全不曾领会过的软绵绵的嗲气。尤其是她忽然大声笑起来的时候,嘴唇和两腮会反射出格外闪亮的光彩。

有一个下午第二节课上,教室的玻璃窗突然嘭嘭嘭响起来,我们看见一个陌生的戴眼镜的男人在窗外一闪,冯敏立刻放下课本一步跃下讲台冲了出去。我们几个男孩追着她的身影趴到窗台上看见她与那个男人一起进了她的宿舍。但几分钟之后,我们听到了冯敏远远的哭声。随即那个男人撩开宿舍门上的竹帘,快步走出了学校的大门。

我们并不知道在那间宿舍里冯敏和男人之间短暂地发生了什么。我们能够直接地体会的是,请了三天病假归来的冯老师显得凶狠起来。有一天,她竟然用竹鞭劈面敲打了一个男生的头。这个男孩的爷爷是乡村集市上提着木头盒子叫卖麦芽糖的,而他的父亲在村供销社门前摆着一个补皮鞋、钉铁掌的修鞋摊,村里人都叫他"掌鞋的"。

于是我们都叫这个男孩"县长"。"县长"学习成绩很差,但他个子高大,被学校因地取材,做了学校里敲钟的校工。于是"县长"手腕上就寄居了一块学校里发放的塑料电子手表,还享受每学期五块钱的劳务费,外加一副白线手套的劳保用品。但"县长"有时候比较迷糊,他经常在早自习课上呼呼大睡,猛然惊醒之后就会戴上白线手套拎起一截铁棍冲出教室,到校园正中吊的一段铁轨下去狠命地敲击。这导致他常常敲错时间,时早时晚,严重地干扰了全校的正常作息。那一天清早,当"县长"提着铁棍早二十分钟冲出教室门的时候,冯敏刚好从她宿舍里出来。她看了一下手表,就跑进教室拿起了竹子教鞭。那个早上,"县长"没有敲成他的铁轨,头上反被敲出了满脑袋的包。

早饭过后,当"县长"带着他"掌鞋的"父亲前来讨一个说法的时候,冯敏令我们吃惊地显示了她强硬蛮横的一面。"掌鞋的"说:"老师老师,我儿子天生就聪明明儿的,你这么一通打,要是把我儿子脑袋敲坏了可怎办?"冯敏先冷笑了一下,然后反唇相讥,说出了那句让我铭记至今的名言:"你儿子聪明明儿的?你再把他生一遍我看,看他怎么个聪明明儿的!"

5

几乎与冯敏失恋同一时期,作为一个天生的阅读者,我突然对当时流行于乡村书摊的《故事会》分外迷恋起来。在1990年某一期的《故事会》上,我读到了一篇在我看来分外有趣的故事。说是一个城里人出差到另外一座城市,晚上到小旅馆住宿。开房间的时候,老板娘带着三分诡秘七分挑逗问他:"先生,你今晚要加床垫吗?"这位先生想也没想,随口应道:"废话,不加床垫,难道让我睡光板床吗?"于是当夜,当这位先生正睡得迷迷糊糊的时候,一位半裸女子突然出现在了他的床上。先生惊醒后万分惊愕，但女子却嬉笑着说："先生不是要加床垫吗？我就是床垫啊！"

这个奇妙而不知道作者为谁的故事一霎时迅速地启发了11岁的我，使我对人世间的男女之事以及作文里隐秘的修辞手法突然之间就无师自通起来。而我那时不知为何竟毫无城府，对自己过早的开悟并不掩掩藏藏，而是通过课间讲故事的形式公然将它讲给了男孩们听。很快地，这个当初让我觉得富有象征性和无限比喻意味的奇妙故事就具备了万分邪恶的性质，它爆炸性地在校园里流传开来，引出了一连串的恶作剧。它传播的形式一般是这样的：一群男孩围住一个男孩，问他，喂，晚上睡觉加床垫吗？当那个男孩终于弄清楚"床垫"指的就是晋东南方言里的"褥"的时候，就会迷迷糊糊地答一声："加啊，狗才不加呢！"这时那群男孩就爆笑起来，扑过去拍着那个男孩的脑袋和肩膀大声告诉他"加床垫"的底细。恍然大悟后的男孩红着脸，马上就哇哇怪叫着成为下一轮的传播者。当校园里几乎所有的男孩都谙熟了"加床垫"的意义之后，这个故事又被创造性地改装，然后开始向着女生群体蔓延。一个男孩会假装无辜地接近一群女孩，很好奇地问道："喂，你们女生晚上睡觉盖被子吗？"当两三个女生莫名其妙地回答道："盖呀，不盖不是要受凉吗？"那个提问者就捂着肚子大笑起来，一群早就在旁边等待此种效果的男孩迅速做着乡村里一看就懂的猥亵手势加入了取笑之阵。

终于，一个被羞辱的女中队长将"加床垫"的故事讲给了冯敏听。冯敏当时正在讲台上开班会。女中队长迅速站起来，说："老师，最近男生们总是在讲一个加床垫的故事，他们坏透了。"冯敏失恋后本已缓和过来的脸此时显出了十分的好奇。她说："咦，加床垫？加床垫有什么？你说说究竟怎么回事？"告密者于是说："男生们就是老问，你晚上睡觉加不加床垫，你盖不盖被子，如果你回答加床垫、盖被子的话，他们就开始笑话人！"

这时戏剧性的一幕出现了。冯敏在讲台上莫名其妙地咯咯笑了起来。

她说："你们这些女生也真是的，这还有什么可说的！谁晚上睡觉不加床垫，不盖被子呢？老师我睡觉就又加床垫，又盖被子，床垫越厚越舒服！"

先是一个女生惊叫起来，继而就有几个男生把头深深埋到课桌里哧哧地窃笑不止。那个告密者这时重新昂然站起，用晋东南方言中幼稚而直白的词汇，充当起了诠释奥义的智者。那几句话里，不断地飞溅着暴力与生殖器的野蛮味道，而这股气味发自十一岁小女孩之口这一事实本身，又加强了它摧枯拉朽的破坏力度。

冯敏站在她孤独的讲台上，作为一个短暂的倾听者，她白皙的脸上的一双大眼和丰满的嘴唇清晰地展示了一台戏剧的全部细节。好奇，疑惑，深思，大悟，惊愕，愤怒，对愤怒的掩饰，掩饰不住后冲口而出的恶气一霎时完全占据了她。一个片刻之间，她显然是惊慌失措了，她茫然而焦急地看着教室的四角，用眼睛不断地寻找着什么，同时嘴里尖利地咆哮着喊："是谁？是谁？你们知道究竟是谁最开始传这个，这个可恶的加床垫！"最后她一步跳下了讲台，从炉台一角找见了那根油亮森然的竹子教鞭，高高地举着它，冲向了一刹那间万夫所指的我！

在告密者第一次站起来诉说这个故事的时候，我就预料到了我必然该得的命运。但我显然没有料到万夫所指这一可怖场景。当全班男生女生都亮出他们的食指从教室的四面八方齐齐地指向我的时候，作为一个唯一的被指证者，我真正感到了密集而深刻的恐惧。我原来还奢望那些我平日里插过香头拜过兄弟的小伙伴们替我遮掩事实，因为我的这个故事是如此热烈而精彩地带给了他们旷日持久的欢乐。如果他们在此刻集体地向着显然已经情绪失控的冯敏装傻，或者将故事的来源引向高年级的几位男孩，那么一定就会分散冯敏此刻的注意力，将她导引向一个混沌的庞然之阵。这样一来,这场调查就会显得漫长而无望,而因冯敏的当堂失言,她未必希望自己亲口说出的"床垫越厚我越舒服"越出班级门窗的范围而成为全校的一块超级笑料。

但万夫所指在一刹那间让这一事件变得直接而简单。我像一块带毒芽的土豆一样被全班的食指从麻袋底部一瞬间准确无比地翻了出来。风驰电掣般的冯敏扑过来劈面就是一竹鞭,斜斜地打在我的半边脸上。然后她用这支竹鞭一下接一下驱赶着我,将我从座位所在的角落驱赶向讲台。然后她让我伸出一只手,问一句,打一下,打一下,再问一句。

整个过程中,我的大脑都是空白的,我在冯敏扭曲的脸上寻找着她标志性的酒窝。我第一次发现,原来有好看的酒窝的人在发怒的时候竟是没有酒窝的。这个被恼怒控制了的女教师最后用竹鞭敲击着我已经高高肿胀起来的左手,问我:"你是从哪里听到这个故事的?是谁,究竟是谁讲给你的?"

我无比悲哀地说:"是从书上,我是从书上看来的。从一本《故事会》上看来的。"我开始流下了整个刑讯过程中的第一滴眼泪。而冯敏竟也有了短暂的惊愕。她好像很深远地想了一些什么,然后竖起那根竹鞭,随即又用它指着我的额头,扭身对全班宣告道:"这就是一个坏人看坏书的可耻下场!"就在我深深低下头的时候,她又扭身回来带着万分的怨愤对我一个人说:"我真后悔呀,竟然想劝你这样的小孩去看课外书!"

6

我最后一次见冯敏,是1992年冬天的一个黄昏,在大箕村穿村而过的207国道边上。三年前,正是从这里,她,一个毕业不久的师范生带着我乘上了驶往城市的班车,去参加了一场让我铭记终身的作文比赛。而在这个冬日黄昏的寒风里,裹在一件黄绿色毛领军大衣深处的冯敏显得憔悴而病弱。她的剪发头在衣领之上凌乱着,招摇着四面八方乱吹的野风。已经是乡镇中学初二学生的我迎面走过来,对这位大衣里的小学老师说:"冯老师呀,你好!"冯敏扭回头来说:"小阳啊,你放学了。"我说:"是的。"

那已是下午六点,晋东南乡村的天已经擦黑。公路西面圣母玫瑰教堂尖顶下的落日已经完全没入了晋普山后。我走了好远回身一看,冯敏还是裹在那件臃肿的军大衣里在公路边落寞地踱着步。显然,她是在等一趟从南面来的进城去的私人小巴车。

和她之间已经离得很远很远,我躲在一个拐角看了许久,也没有看清她踱来踱去的脚上,有没有穿那双高跟鞋。

我突然开始无比怀恋1989年冬天冯敏带着我在晋城省运车站走下城乡班车的一瞬间,城市以一个巨大的坡度携带着无数上下的人头撞向我乡村式的眼睛。我沿坡而下,远远看见了晋城人民广场威武矗立着的毛主席塑像,第一次看见了新华书店门外奇奇怪怪的法国梧桐树,它们有乡村树木少见的树皮。走在城市冬天灰白色的柏油马路上,在熙来攘往的人流之间,穿粉红色风雪衣的冯敏始终拉着我的一只左手。

那只手和她在后来用竹鞭死命挞伐过的手,其实是同一只手。

那次场面宏大的作文竞赛竟然延续了漫长的三天。三天里,冯敏替我买饭,买水,晚上还将我带到她的姑妈家住宿,她亲自为我铺床。因为平生第一次出远门的我,竟然没有带一分钱。

在最后一天下午的口头作文竞赛中,我的作文题目是《我的老师冯敏》。

7

后来,在小我四岁的弟弟的讲述中,冯敏回到了那几年她一直强烈要求调回的城里。而在此之前,她几乎成为小学校里最为凶猛的悍妇。而她最后之所以能够顺利调回她的城市,是因为这样一个让人惊愕的事件——

冯敏像一个女角斗士一样将另一位女老师骑在身下撕着头发猛打,那位无力地在冯敏胯下哀声尖叫着的女老师,正是当年舒服地坐在冯敏宿舍床铺上倾听她讲述恋爱情事的那一位。她们两人之间,在漫长而无聊的小学教书生涯中,一定发生了我毫不知情的恩恩怨怨。这起恩怨最后升级出一个让人啼笑皆非的斗争场面。当冯敏上课的时候,那位女老师就会调动全班学生,搬着课本到冯敏所在班级的门外齐声朗读课文,朗读声里当然可以夹杂一些叫喊与哄笑。而当这位女老师上课的时候,冯敏则会变本加厉地调出全班学生以同样的方式还以颜色。最后她甚至搬出了自己当年的键盘式红白两色手风琴,在那位女老师的教室门外给全班上起了音乐课。

任谁也调理不了她们之间的这种角斗。而最后还是冯敏自己,带着她多年来积攒的悲愤和早已荡然无存的酒窝,冲过了她1989年以来在此间生活了多年的小学校的整个院子,狠命一把,揪住了那位仇敌新烫的头发。

从李元霸到雪珂

没有确切的资料可以证明我在十岁之前真的读过些什么,当然也谈不上任何书写。我的童年阅读可以说几近空白,我是直到大学毕业参加工作的第一年,才知道世界上还有《海的女儿》这样美好的童话故事。当读到这个故事的时候我甚至想,如果十岁之前就知道《海的女儿》这样的作品,我的生命是不是会有更多的不同。我是说,我会不会做出比读这个作品时更能让人眼前一亮的某种事业。

我此刻坐下来在记忆中反复搜刮,却仍然想不起我十岁前的第一本书、第一篇文章看的究竟是什么,以及第一则日记或者作文写了什么。甚至,连这样的书、文章、日记和作文是否存在我都无法确定。我的童年,那真是一个文字和纸张都匮乏如糖块的年代。这样说,并不说明我的年龄有多么高远,但在我出生并开始学着识字的1980年代,在我生活的晋东南大箕小镇上,我真的没有见过家里有任何一本完整的书籍。

但这样的记忆似乎也并不绝对,我突然想起在我还很小的时候,常常会在我家老院子的楼上看见一些灰黑近朽的报纸,那些旧报纸折叠或卷曲着塞在一只朽坏的木箱里沾满灰尘,我凑近去看过那些报上的铅字和单色的黑白图片,但它们几乎是完全陌生的。那时我真的还很小,小到刚刚能手脚并用顺着青砖砌筑的楼梯爬上二楼。我爬上二楼也不是为了寻找报纸或别的什么,而只是想在楼梯口看着对面屋顶上飘摇的青草坐上那么一小会儿。

那些青草长在屋顶上,每逢下雨的时候草叶会冒起缕缕青烟。

楼上有大开的报纸,就基本可以证明家里有那么一位知识分子的存在。是的,我爷爷的长兄是一位赋闲的军官,他的文化程度达到了可以躺在我家的竹席上教我说英语单词的程度。我记得我四五岁刚刚学会完整说话的时候,他在午睡醒来之后打发无聊的一小段时间里,教过我猴子、驴子、老虎等英语单词。但这种陌生的出自他唇间的语言除了引发我的一阵惶惑与滑稽感之外,并没有带来任何教育效果。我几乎是一阵风一样带着那些奇怪的发音跳下炕头,奔向了后山的麦地、果树和跌宕蜿蜒的小溪。

我童年的大多数时间,就是在这些麦地、果树和跌宕着流出山间的小溪边上度过的。那些麦地上翻飞着的似乎永远捕捉不到的蝴蝶,那些苹果、梨子与柰子树上青涩的果子,以及小溪内深深的岩缝中可以挖出来捏造泥人的白色黏土,都让我深深地迷恋着。到后来,一位写作方面的前辈曾问我是不是一个自然主义者,我的回答是:"我并不十分清楚什么是自然主义,但如果不是一个自然主义者,我还能是什么呢?"

一个亲近着、阅读着土地上的一切生长起来的孩子,他的第一本书当然就是他故乡赭黄色的页岩写成的无字之书。翻一翻,里面是麦穗、蝴蝶、青果以及鸟鸣和山间小溪喧哗的喊声。

但又几乎是破壳的小鸡一般,我就像模像样地开始读书了,因为几乎是一夜之间,小镇上出现了一家租赁小人书的杂货店。这家很小的杂货店的窗口开在镇街上,或者说是年轻的店主人强行在镇街的一面墙上捣出一个大大的正方形窗口,又在这个窗后盖出了一个小小的屋子。这个屋子里的三面墙上,有两面层层叠叠地摆满了花花绿绿的小人书,第三面墙上则摆满了1980年代中后期花花绿绿的小吃。那些小吃里如今我记得的只有河南焦作市生产的豫竹牌方便面和不知道何处出产的酸梅粉。于是就有了一排小伙伴靠着镇街的一面墙壁,坐在青石条上一边翻小人书一边吃酸梅粉的快乐情景。那些小人书两分钱可以看一本,如果花上三毛五毛钱就可以看完整整一套。我小小年纪便傍上了一个大款同学——一个跑长途贩运的煤炭车主的儿子。他常常带着十块钱人民币,带领我们三五个小伙伴来到杂货店窗前,拍出那张从他父亲上衣口袋里刚刚偷窃来的沾煤粉的大钱,为我们换取出一整套的小人书和酸梅粉。多年之后,这个学习成绩远比我要好的同学学会了吸毒,并迅速走上了以贩养吸的道路。但是当年,和吸毒者肩并肩坐在阳光下的青石条上一起翻小人书的时候,我并不知道他青年以后的漫长岁月会是在一扇铁窗后度过。

我记得我当时认真翻阅并真正对书里那个世界产生出无限向往的一套小人书是《说唐》。从靠着镇街用塑料小勺吃着酸梅粉读小人书那会儿,我就知道了这个世界上原来有一个叫李元霸的少年英雄,他使一对八百斤重的金锤,单人匹马锤打十八路反王。从此之后,我的梦里就常有这么一位骑白马挂金锤的瘦子,他的马蹄踏破残雪,要摸黑过河破阵。多年以后,我还写过一篇名为《提锤者》的散文,算是纪念当年那位酸梅粉味儿的英雄李元霸。

带着小人书《说唐》的记忆,两三年之后的一天上午,我在镇中学校园里突然邂逅了一本真正的《说唐》小说。那本小说的封面是紫红色的,书页密密匝匝有一个砖头的厚度。当时它已经在无数次的翻阅中显得很旧,但我仍然像揣宝一样揣着它找到了班主任老师。我说我生病了,我刚刚在厕所里发现我竟然尿血,我必须赶紧回家去看医生。班主任显得十分紧张,赶忙把我和那本怀里揣着的小说送出了校门之外。我几乎是怀着狂喜的心情一路飞奔,跑过校门外的二里干河滩,顺着山后的水渠回到了我家。我当然知道,那两天我父母去姥姥家办事去了,家里只有爷爷和我妹妹。那两天里我心安理得,一直卧在炕上通宵达旦地读着《说唐》,读到秦琼在松林里马挂鸾铃骗了仇人靠山王杨林,我不禁拍着炕头大声叫好,好像是我自己靠着智慧做成了一件大事。

但做出大事是在第二天午后。那日中午我放下书去爷爷家吃饭,匆匆扒了几口饭就想着赶紧回家继续看书。但晕头转向间一推我家院门,我随着呼啦一声向里敞开的两扇木头大门就扑倒在了院子里。整整半个小时我昏迷不醒,还是我爷爷和妹妹随即而来,发现了晕倒在地上的我。于是在四邻中就有了我读书读晕头的传说。

后来年岁渐长,到了十二三岁,我就从上高中的小舅那里偷回了一本《小城春秋》。那时不知道为什么,我竟开始疯狂地偷书,并形成了某种隐秘的癖好。只要是亲戚家里的书,只要是我能找到的,无论是小人书,还是其他什么小说,我都会先在屋子里看,然后跑到院子里看,看着看着就悄悄装起来带回了家。我曾经用这种方式积攒出整整一纸箱的小人书。但这些书,后来全被我母亲当废纸卖掉了,但她也从来没有承认过这件事。

《小城春秋》这本小说里有个美丽而皮肤微黑的少女叫秀苇,我把她当成了小说里的主要人物,前前后后寻着与她有关的章节读来读去,好像她是为了我早到的青春期而生出来的一个姐姐式的人物。多年以后,我又专门买回了这本反映厦门革命知识分子斗争生活的小说,但放在案头一直没有重读,如今竟已不知去向。而从秀苇开始,我迅速发现了琼瑶,就一直读着《雪珂》《青青河边草》《海鸥飞处彩云飞》读到了初中毕业。

直到有一天,我妈妈发现我竟然在读这样的书,她拿着我买回来的一本《雪珂》说,啊!你竟然在看这样的书啊?然后她自己把那本书拿去悄悄读完了。

我想，那可能是我和我妈妈共同读过的唯一的一本书吧。

如今想来，李元霸与秀苇，秦琼与雪珂，这些杂七杂八构成我童年、少年时期可怜而混乱阅读史的人物，究竟有没有对我后来的写作产生过作用呢？我想，作用一定是有的，它们甚至可能构成了我的某种生命底色，那种来自中国古典的、深情的、雄浑纯朴而美丽的东西，从那时开始便深深地感染与牵系着我，一路来到了今天。

启蒙者

1

那些年，晋东南大地上的酒精突然泛滥起来。酒精河水一样一泛滥，淹死在酒河里的人也便一具一具地漂了起来。1985年的一天，一个名叫王大雷的男人抓着一个北方烧酒瓶加入了酒河上漂浮的尸体之阵，一漾一漾地浮向了他该去的幽冥之桥。但这一定是那年春夏发生的事情之一，那年春夏一定还发生了许多其他事情，不过之于我却多少显得空茫而虚幻。唯一显得真确的是，当我在那年秋收后进入小学的时候，寡妇刘贵花，已经因她的丈夫王大雷之死成为我们大箕村小学一年级的班主任，吃到了一碗公家饭。十里八乡喝死的酒鬼成群结队，但能到村小学吃上公家饭的酒鬼的寡妇却只有刘贵花一个。这里唯一的原因是，作为酒鬼的王大雷，是一个我从未谋面的小学校长。当我后来在刘贵花家里看到黑白相片上那张胖胖的戴狗皮帽的下半张脸时，埋那张脸的三尺黄土酒气早散，一蓬荆棘从土包上面黑黑地长起来，挂满了一年一年的白纸钱。

之于一个酒鬼的未亡人，刘贵花这样的乡村妇女能在男人死后成为学校里的班主任,这也算是一种乡村式的好命吧?但班主任显然是后来的叫法,当时只知道她是什么都教的"老师",除了体育,她教语文、算术和思想品德,她甚至能不太熟悉地学着拉扯一架手风琴,张开扁扁的嘴沙哑地歌唱,一直把我们这群娃娃送到了三年级。

刘贵花的上唇很短,所以两个门牙显得很大,它们一个是金色的,一个是银色的,但因为年深日久的黄,在她眯着眼拉琴歌唱的时候,一个牙展现了酱色,另一个反射着阴郁的浅蓝。它们中间是一条显得过于宽阔的牙缝,上面是紫红色的牙龈。歌唱中的刘贵花是忘情的,她眯缝着两只眼,一点都不知道我们抬高的眼睛正注视着她的牙缝。

2

冬天,冷风越过太行支脉晋普山起伏跌宕的松涛,一路跳过圣母玫瑰堂哥特式的尖顶以及顶上银光闪烁的十字架,向下朝207国道东面的半拉村子掩袭过来。村小学正东面的一溜黄色叶岩小山会把西来的寒风反击到校园里的每片灰屋瓦上。上课的时候,如果稍一走神,就能听见瓦缝之间掰折铅笔尖一样的断裂声响。这时候,三间的青砖教室就显得阔大,教室后面零散放置笤帚、水桶和铁簸箕的角落散发出的阴冷气味就似乎离每一个人都很近。冷风从刷蓝油漆的门板缝隙里扎进来,呼哧呼哧的,能把前几排的男娃娃女娃娃的手背切出一道一道的血茬茬,但每一双小手都不能捂在棉袄袖筒里,甚至不能放在抽斗里。因为刘贵花的眼睛既毫不经意又无处不在地漫射在教室的每一寸面积上,那始终带有几分怨愤的眼光里有种灰尘式的东西让孩子们觉得害怕。刘贵花让孩子们害怕的时候往往坐在一只枣色的小板凳上,这只小板凳低低的,但放小板凳的炉台却很高。这个靠着教室的一面墙壁盘制成的炉台是四方形的,刘贵花坐在炉台的小板凳上顺着墙一展胳膊，就能用手里的竹子教鞭嘣嘣嘣地敲响写满粉笔字的黑板。最常见的景象是，刘贵花在讲台上讲完课文，就踱过讲台，一撩细瘦的长腿就跨上炉台，靠墙坐在这两平方米左右的炉台上，用两只又细又长的眼向下俯视着满教室的学生。这个炉台很像农家的火炕，正中间是一个圆形的燃烧着火苗的炉口，刘贵花穿圆口布鞋的两只脚，就搁在离火炉口两揸左右的地方，蓝白色的火苗从煤眼儿里钻出来，一舔一舔地朝上跃跃欲试，好像要舔到她的鞋。在她右胳膊肘下面一点位置，竹子的教鞭头朝下斜靠在墙角。那是一根因年深日久而显得既油亮又冷硬的竹子，顶端的节，可能因敲打的人头多了而形成一个圆鼓鼓的包，远远望去，像包着一个铁质的蒜头，敲到人顶上一打一个包，一定死疼死疼。

但这根竹鞭，却从未敲到我的头上。这并不是因为我真有多乖，而是因我过早先验般地领会到了它的威力，而尽可能地对其敬而远之，以致那根竹鞭在顽劣者颅骨上敲击时回荡的每一下，都像打在我的颅顶上。

3

刘贵花对时间很敏感，当教室火炉上的一口三升米铁锅里的水咕嘟咕嘟沸腾开的时候，她就会把锅朝外挪一挪起身。刘贵花起身的时候，会先用手指细长的手向后摸到那根教鞭，然后撑着教鞭半站起身，再一步从炉子上跳下来。这大多是清晨七点一刻，乡村明明亮亮的晨曦已经带着一缕一缕的橙黄与鲜红穿窗而入。教室的窗外便是一道山梁，半山腰间挂着一道大修水利时遗留下来的青石灌溉渠。这个时候，我往往要趁满教室的慌乱偷着从课桌后两人坐的板床上猛地站一下身，将眼睛翻出窗子看一眼山腰上的水渠，然后把作业本抹一抹，准备去刘贵花那里闯关。

咳嗽一声之后，刘贵花戴上老花镜，在讲桌后的椅子上坐下来慢慢拧开她判作业用的红笔。那支红笔并不是矛形的钢笔，它的枣核形的尖端有着类似于毛笔的柔软与滑润，但同时又是锋利的。这样的笔尖蘸饱新鲜的红墨水在作业本上打起叉叉来就有了一种不容置辩的杀气腾腾，它事先就抹杀了一切与女性纤弱与温柔有关的想象，让我日后想起来总是将它与法场上那临刑抹红的一笔以及阴间判官的生死状联系在一起。这时候，男小孩和女小孩就羊一样乖乖排起队列来，挨个儿将自己送到刘贵花的红色判笔之下。他们一致地举着大大的制式作业本，眼睛紧紧地盯着其中翻开的某一页，既焦虑又急迫地等待着自己被检阅。如果从他们身后看过去，可以看到一列花花绿绿的棉袄臃肿着展开的边缘，以及作业本白花花的纸边。这时的队列是无声的，几乎所有的小孩都用尽力气收着鼻翼，双手紧紧攥着作业本的两边。讲台上端坐的刘贵花此时也是肃穆的，她的花镜支在窄窄的鼻翼上，她时而把眼光沉下去，透过花镜片扫射着作业本，时而又把眼光升上来，越过灰镜框的上边缘，落在讲台下某个小孩仰起来的脸上。这眼光的一升一降，有时会很快，有时却极慢，好像她尖尖的鼻头上设置着一架隐形的辘轳，下面挂着一只看不见的水桶，要在小孩的智力和耐性的深处不停地上下打水。等眼光升上来的时候，红笔就会凌空点点戳戳的，好像要隔桌点到一张脸面上，同时嘴唇翻动说着一些队列后面的人听不太清楚的话。但在这个被检阅过的小孩返身而回的脸面上可以看清楚刘贵花刚刚说了些什么。如果这个小孩步履轻快且喜形于色，那说明他一定过关了，马上就可以回家吃一碗小米白饭。而如果那孩子向两边咧着的嘴努力忍着受辱后的悲伤，从讲台最前段步履沉重地返回来时刚刚紧紧储蓄着的两筒鼻涕毫不羞耻地流到了嘴巴上，那就说明这个孩子一定刚被判定了不准回家吃饭必须继续留校写作业的悲惨命运。而更多的被检阅者返身回来就扑到课桌上紧张地修改，以便能在刘贵花在教室的炉台上下米煮白饭之前，二次去接受检阅，以争取回家吃饭的权利。

我在这个时候往往并不紧张，而只保持着绝对的警惕，就像露天电影里看到的一个解放军侦察兵面对他早晨时分的雷阵。这时，我也举着我的作业本，和其他孩子们一样排在刘贵花眼皮下羊一般的队列里，但只有我自己知道，我作业本上昨夜的数学题根本一道也没有做清楚，但我似乎也并不准备接受刘贵花判定的命运。我盯着我眼前的那些孩子，小心地数着他们的数目，当那些小脑袋只剩三个或者四个的时候，我就会几近于无声地惊愕一下，那低低的分贝刚好能让身前或者身后的小孩以为我一定是哪里写错了，需要赶紧返回去修改一下。于是我从队列里脱身而出，疾步朝我座位的方向走去，但我的腿往往并不真的走向我的板床和课桌，屁股更不会朝那里落座，而是两腿飞快地携着屁股拐一个弯，从另一侧过道奔向了教室前方那扇唯一半开着的门。

此时，刘贵花的注意力正在那些作业本上，她的千钧之力正落在那杆判定学生生死的可怕红笔上，而讲台下的队列正像葬礼一般紧张而悲哀，散落在教室课桌上改作业的人更是提心吊胆，他们正为各自早饭的命运而绞尽脑汁。在这个冬天早晨拉弓一般的时刻，在这间被紧张感控制的昏昏然的教室里，只有我是清醒而放松的。我举着一个满是错误的作业本一身正气大步流星从教室前门昂然而出。

不要着急，先规规矩矩走上六七步，拐一个弯就是小学校的两扇窄小而破败的后门了。一靠近后门我就狂奔起来，像被恐惧追赶的一头黑猪一样踩着满地又尖又硬的石头突上小山的半山腰。站在那一列蜿蜒向早晨深处的青石水渠上，在太阳清辉冷冷的抚摸中，我才感到了姗姗来迟的恐惧。

4

　　我恐惧的并不是刘贵花会立即发现我的蒙混而提着她的红笔前来追逃,并将我提溜回教室的最后一排示众,而是,她在判完作业之后数着小米下锅做饭的时候,会不会想到今天又少判了一份作业而在明天早上欲擒故纵,在我半渡之时狠命一击将我现场拿下?这种恐惧感就像青石水渠上尖锐地突兀起来的石头边缘一样磕着脚,烙着心,直到被一碗滚烫的小米白饭热乎乎地强压下去。

　　但在两年甚至更长的时间里,这种恐惧感却从未兑现。在它最为紧张强烈的时刻,我甚至都希望刘贵花在我举着作业本跨出教室门的那一刻大喝一声从后面揪住我的衣领。这样,我的蒙混将永久性地终止,因蒙混而到来的恐惧也将抵达终点,像一只脱钩的水桶那样扑通一声沉至井底。但刘贵花竟从没给过我这样如释重负的机会。在我记不清楚究竟有多少次蒙混过关的早上,戴着老花镜批改作业的老师刘贵花从未发现我在她眼皮子底下的脱逃。她甚至对我的母亲说过,我是一个难得的好孩子,除了数学不太灵之外,很乖。后来,我无数次想过我在刘贵花红笔下成功脱逃的幸运究竟是怎么一回事,但怎么也想不明白。直到有一天我突然想起,刘贵花除了是一个精明而严厉的女老师之外,同时还是一个孤身的寡妇,尤其还是一对儿女的母亲。她每天早上给长长一列孩子判作业的时候,可能有一多半的心思放在她小学四年级的女儿身上,她马上就会推门进来要求吃饭。那个脸色黑黑,下巴浑圆,始终有些骄傲的小姑娘,向我初步展现了刘贵花年轻时的模样与神态。她敢于当着我们所有孩子的面顶撞她的母亲。而她的哥哥,此时正因一次少年群架中并不十分严重的意外伤害而禁闭在一个很远地方的拘留所里。那是1980年代最后的那几年,有很多类似的少年因激涨的青春荷尔蒙而偿付着过分沉重的代价。

当冬天的早上刘贵花威严地坐在讲桌之后用一根红笔把持一班孩子的早饭命运的同时,她更可能正牵念那个令她心碎的儿子在早上会吃到一些什么。作为母亲的刘贵花,貌似精悍的大脑深处,事实上早已被挖出一个宽阔的空洞,而我,是唯一一个无意之中利用了这一洞隙并从其中一路穿越逃向了空旷后山的小孩。

5

  腊八是一个大日子。这个大日子喜气洋洋的意义体现在刘贵花目光笼罩下的三间教室里,就是每一个小男孩小女孩在腊八这天的早上,无论作业做得好坏,都可以提前半小时下课,回家吃热乎乎甜滋滋的腊八粥,再喝上一碗加了几滴香油的豆叶菜面汤。

  晋东南的腊八粥,是一种可以在味蕾上生根并让舌头一辈子长出倒钩的食物。作为一种1980年代里并不常见的甜食,它让缓慢地挪过了这个年代清贫的人在后来的日子里强烈而长久地怀恋,尤其是作为一个当年的小孩,会在腊八临近的日子里对它抱有难以忍耐的饥渴与盼望。但晋东南的腊八粥,其实并不叫腊八粥,甚至也不叫甜米饭,它叫"软米饭"!它可能因了过分的甜而拒绝在名称中强调一个甜字,好像加了这个甜字,就不甜了一样。这也正像一个真正的有钱人,并不屑于在自己的名字中多余地添上一个"富"字。他可能更愿意把这个多余的"富"强安在一只看门守院的大黄狗身上。

  晋东南腊八这一天的软米饭,主料用的是自家产的软米。晋东南乡人为了腊八早上这一锅软米饭,家家都会留出二分地,种上一小块软米。软米比小米颗粒要大上很多,黏性也强。腊月初七的晚上,煤炉封住,留出火苗冉冉上跃的一只煤眼儿,一口冒着白色蒸汽的大锅就架起来了,将软米和红薯、南瓜、柿饼、花生、豌豆、豇豆、小豆、黄豆同煮,再掺以不等量的红糖,让各种食料在锅里慢慢地蒸腾翻滚着,历经一夜,煮成红褐色的糊状,便做成了一锅香喷喷甜滋滋的软米饭。

腊八早上吃软米饭的幸福感是难以尽述的。它被从大铁锅里一勺一勺舀到白瓷碗中的时候是半流质的,发射着赏心悦目的糖色,且有一种扑面而来的令人一闻就想幸福地晕眩的甜感。但它非常非常烫,以致你不能大口大口地吞食,而只能溜着碗沿儿一小嘴一小嘴斯文地去吃,直到刮尽最后一颗碗沿上的软米。太甜的东西容易伤胃,尤其是腊八天气,装了软米饭的胃一出门吸溜两嘴冷风就容易积食胃疼,所以必须喝一碗豆叶菜面汤把胃气朝下压一压,才敢再出门。

但腊八这一天清早,早早放学回家的意义并不止于吃这碗软米饭,还有一项很重要的任务需要孩子们来完成。那就是找出家里最大最干净的一只碗,满满地盛一碗软米饭恭恭敬敬一路端到学校去,呈献给敬爱的老师。我没有机会考证这一习俗在晋东南乡村究竟起于何时,但我每一年的腊八都要给刘贵花端去一大碗满满溜溜的软米饭。一路上,碗很烫手,时不时需要在路边上搁一搁。那一天早上八点钟的村街上,几乎络绎不绝地走着手捧一碗软米饭的孩子,他们都是走一走,搁一搁。有不少孩子还是一只手端一碗,因为他们的年级很高,已经有了不同的代课老师各自需要一份进献。歇息中的孩子们聚集在一起,瞅着彼此碗里的软米饭,彼此交流着零碎的闲话,但即使是平日里被老师惩罚得最多的孩子,也一定没有生出过在碗里吐上一口的想法。

腊八这一天上午,面对迤逦而来的软米饭队列的刘贵花是慈祥的,她显露出一个乡村妇女的某种淳朴底色,她喜形于色,但又掩饰不住一位老师在接受学生进献时的某种心安理得。她找出一口直径两尺开外的三脚大铁锅坐在教室里的火炉上,朝里一碗一碗倾泻着她的学生们甜蜜的进献。那些稀稠不一、颜色各异的软米饭就这样被搅和在一口大锅里,搅一搅再煮一遍,成为刘贵花母女二人近一个月内的早饭。有一年，在寒假过后早春已来的清晨，我吃惊地发现刘贵花端着的碗里，仍是一碗红褐色的软米饭。她用筷子挑出一点，送进嘴里慢慢咀嚼着，眉头在早晨的阳光里清晰而缓慢地皱起来，仿佛她镶满假牙的口腔里正咀嚼着的，其实并不是什么甜蜜的事物。

　　临近腊八的这一天，当我无端地想起晋东南土地上那些赋予我此生学识，塑造了我此世灵魂底色的老师时，第一个想起的竟然是启蒙老师刘贵花，以及她踞在教室里的火炉上吃一碗腊八过去很久之后已经微微发酸的软米饭的样子。当我将这些字一个挨一个敲击在电脑屏幕上的时候，当这些字慢慢聚合成她当年的音容之时，我其实并不知她境况如何，甚至都不知她是否尚在这加速之后已经不再清晰与新鲜的人世间。这让我一霎时心跳加速，甚至都想在明天清早盛上一碗满满溜溜的软米饭，一路小跑着，进献到1980年代乡村教室火炉上那口大锅里。但我不知道，这么远的路，我该把这一碗烫手的进献，在哪里搁一搁，再搁一搁。

远去的花儿

疯女人，白花花地出现在大箕街头时还是早春。她一定已经在村东村西的山野田间游荡了许多时日，已经走丢了她的鞋，走烂了她的两脚，她真正出现在我眼前时是一个下午。那个下午，小学教师刘贵花种在烂铁盆里的老韭菜还没有长成这一春里的头茬。我盯着那一盆呈半圆不圆状的韭菜出着神，而刘贵花正用一截白粉笔在黑板上写字，来自黑板深处嘶哑的抗拒声嚓嚓嚓地磨着我们这些村童昏昏欲睡的耳膜，好像要磨平上面随春天的火气新生的一个疮疖。我们有气无力地读着课本，课本的某一页上有与春天相关的课文，这时门被若无其事地推开了。一截白腻的肉身斜着挤入了这间被黏稠的春困笼罩的教室，就像一截白色的乳膏那样，扑哧一声被挤进了嗡嗡震动的蜂巢。

一堆白花花的肉，顶着一蓬乱糟糟的黑发，就这样出现在门扇与课桌之间的一小块空地上。那一块空地正被穿窗而入的午后阳光照得一片金黄，肉身的突然介入为它带来了一段坚硬的阴影。这团肉以一个人形恍惚地立在那里，有那么一小会儿，这个显而易见是个女人的陌生来客，好像并不在她肉体所处的具体世界里。她好像走在一团玻璃深处，浑然不知自己身往何方，好像她不是要专门走进这间被人头所填满的教室，而完全像是在漫无目的的行走中一不小心就被这间屋子里村童们搅拌在一起的呼吸莫名其妙地吸入的一个无辜事物，同时还依依不舍地惦念着门外的什么东西。所以，在进来的那一瞬间，她的头脸是朝外的。进来的先是匆匆忙忙一条腿，一个肩膀，然后是一扇肥大的屁股，然后整个人便以倾斜的梦幻姿势侵入了。

她扭了身回来。她双眼微红。她一丝不挂。她有两只耷拉下来的肥大的乳房。她朝我们的课桌跃跃欲试又虚空无比扑击了一下，像一只褪光了毛的老鹰要朝下扑击一群懵懂的小鸡，但又在这个动作的半大截戛然回收了自己，然后梦醒一般，哎哟哎哟了两声，又飞快地扭身出去了，留下了一教室刚刚苏醒过来又迅疾炸裂开的哄闹。

过了几天，她又如此这般地来了一次。后来就不再来了，但依然那样白花花地在村街上茫茫然行走。看见我们这些小孩的时候，她就停下来呆呆地看，嘴里呜呀呜呀地说着什么，然后在我们脱手而出飞向她的石块里慢慢扭身走掉。

夏天的时候，花儿也用和疯女人差不多同样的仪态造访了我们同一间教室。略有不同的是，花儿在推门进来之前，好像还轻轻敲了两下那扇关不严实的门，砰砰砰的几下，然后没等有人同意就哈哧哈哧地吐着舌头驾轻就熟地走进来了。它以一条花狗的惯用姿势一跳就侵入了刘贵花的讲台，并在这块高高在上的专用领地旁若无人地以奔马双蹄齐出的姿势欢悦地跑了两圈，然后凌空一跃，落点却在课桌底下，并迅速在我们的板凳腿与裤管下的双脚之间毛茸茸地迅速掠过，一边跑一边咻咻咻咻地嗅着村童们穿塑料凉鞋的脚。那些因为哪儿断裂了而被母亲们刚刚用烧红的捅火棍焊接过的凉鞋强烈的气味好像特别刺激它的鼻子，它在窜逃间特别停留在这些改造过的凉鞋边上，使劲地嗅闻几下，然后夺路而出。

与疯女人仅有的两次造访完全不同的是，这条后来被我们一起称为花儿的生狗开始频繁地闯入、干扰、中断我们的课堂。一开始,它造成的是恐惧与慌乱,引发的是闪避、呵斥与追打,但慢慢地,它就成了一个见怪不怪的熟客,除了刘贵花,教室里没人再在乎它在课桌下、在腿脚边窜来窜去。再后来,在我们无时无刻不渴盼着闹剧发生的心里,它已不可缺少了,它甚至成为所有村童每天在每节课上都期盼着的喜剧演员。它也总是不让我们有所失望,有时候独自大摇大摆地来,有时候追着一只麻雀把它堵进教室,当这只麻雀开始满教室撞击窗户玻璃企图寻找出路的时候,花儿就喜滋滋地蹲伏到刘贵花冬天在教室里做饭的炉台上,撅着一张狗脸朝房梁上看,又忽然高高一跳下来,把企图降低姿势的那慌雀吓得叽喳一声再蹿跃起来。但更多的时候,花儿窜进教室的时候,身后总是追着小学校门房里的老贺。校工老贺当时已经五十岁多了,秃头,圆脸,有一身黑黑的肥肉和女人似的耷拉下来的胸脯。在这炎热的夏天午后,他总是趿拉着一对巨大的蓝拖鞋,一手捏着两颗木头象棋子,一手举着黑色的捅火棍,费力地挪动粗短的双腿冲入我们的教室,在三排课桌形成的通道之间追着那条他痛恨的野狗。"我打死你,我打死你,我让你再进来。"然后花儿轻轻一跃出了教室门,跟着飞出去的是老贺的一颗象棋,又一颗象棋。那些象棋子,有时候是一个黑马,有时候是一个黑象,更多的时候是一个黑炮。但老贺并不管他的象棋,他只管把那条入侵的野狗远远逐出小学校的铁门,然后才流着一身油汗软塌塌地回来找他刚刚飞打出去的象棋。如果恰好到了下课时分他还没有回来,我们就会飞跑出去,把那两颗象棋拾起来藏着,然后躲到一边看老贺找他的棋子。他左找右找找不见,在他马上就要恼羞成怒的时候,我们就会一撒手大叫一声:"哎哟,快看,这不是两颗棋吗?"

但花儿并不是一条丧家的野狗。它的脖颈上套有一个"华丽"而狰狞的颈圈。那是一截三指宽的黑色传动带,圈的外侧密密匝匝地排列着锋利的长铁钉,铁钉阵中是一个拴狗绳的铁环。这个张牙舞爪的颈圈就是花儿的身份证，说明它曾经有过一个内心狂野、眼光不凡且手艺精湛的主人。之所以说这主人眼光不凡，完全是因为花儿其实是一条威武而漂亮的狗。它有四条长腿，步伐里有英气，只要它轻轻地走上几步，再倾斜着身体像赛马那样跑上几跑，就会迅速从大箕的土狗群里把自己秀出来。这条白狗，身上是一身金黄的斑点，它的眼睛有些像狼，但神色安静秀美，它的耳朵是自幼被剪过的，又短又直，这又使它完全区别于村里那些耷拉着两只长耳朵的土狗。但是又显而易见，花儿像是疯了。它像春天里出现的那个疯女人一样，眼睛里有一种既良善又麻麻木木的东西，好像它的魂被什么东西挤走了似的，它和它的狗世界以及这世界里作为人类的我们，就远远隔着一层穿不透的距离。

但如果就这样把花儿的成分划归到疯狗群里似乎也是不合适的。因为作为疯狗它好像不太合格，它并不像村里经常出现的疯狗那样一刹那间冲出来扑向你的大腿试牙。在一个夏雨不止的黄昏，我就被这样的一条同学家的疯狗在大腿上狠狠叮了一口，留下了一排乌青的齿印。我的春娥奶奶赶紧和了一大块绿豆面，在我的伤腿处不停地搓揉了一整夜我才免于中毒，但是花儿绝不咬人，它似乎早已忘记自己还长着一张狗嘴，且生满尖利青白的狗牙。在放学后的村街上，我经常遇见它欢欢快快地摇荡着尾巴迎面跑过来，或者是从身后擦着你的腿跑过去。这时候，只要我一叫"花儿花儿你过来"，它就跑过来了，乖乖的，像个小闺女似的，羞涩地闻我的手，闻我的脚，然后在我的抚摸中受惊似的微微颤抖。我说"花儿快跟我回家"，它就一路跟上我回家。我偷偷掰一块馒头扔远了说"花儿你吃吧"，它就跳过去吃。但当我说"花儿不用出去了，就在我家看门啊"，它却不。只要你一出门，它又欢欢地跟上你的腿上街了。而后来我发现，几乎所有的伙伴都有把花儿领回家的经历，也都有过想领养花儿却以失败告终的懊丧。我们相互交流着这些，最后一致认定，这条花儿，真是疯了。

第二年的春天眨眼到了。在村街上,在水库边,在麦地里,在拖拉机车斗底下,到处可以看到一条狗用屁股拖着另一条狗在跑,或者一条扑在另一条的背上颤抖。这个时候,总有一群成年男人和半大小伙围着狗看,并不时地喊:"啊呀快看,快看啊呀。"但很快,总会有另外一个男人远远地跑过来,举着一根粗大的棒子高声咒骂着扑向那两条狗之一,用棒子在两条狗的连接部猛击,再猛击。那负痛的两条狗并不分离,而是一条拉着另外一条开始了它们你拉我就的共同奔跑,中间红红的一截闪着暗暗的春光。而那持棒的男人也一路追着,喊着,在身后巨大的轰笑声中与狗一起消失了。

但我很快在交尾的狗阵中发现了花儿,一次,又一次,再一次,它始终是另一只狗身体下的那一只。原来,它是一条母狗!真是一条母狗!它安静地站着,供一只又一只村里的公土狗张着两条前腿伏在它屁股上欢快地颤抖,供周围围着的一群村里的男人"啊呀快看,快看啊呀"。而只有在这出以它为主角的戏剧里,不会有任何一个持棒的男人从天而降,法海一样杀散这对春天里的孽障。

在春天即将结束的时候,去年春天来过的疯女人又一次出现在村庄里。那她究竟是在去年什么时候离开村庄的呢?任谁也不知道,也没有人愿意去知道。但我们很快发现这一年的疯女人穿着一对方口平底灰布鞋子,身上也套着一身半黑半红的衣裳。但她在行走中又时不时一把把上衣豁开,解放出那一对硕大肥腻的乳房,在阳光下投落两只浑圆的阴影。有一天,花儿一窜窜到了这两只阴影中,又一窜窜到了疯女人的前胸上,伸出红舌头舔了几舔。

当那个下午,疯女人远远地在小麦苗的一片浓绿中顺着灰白蜿蜒的阡陌走向南河底的群山之中时,白身黄斑的花儿一跃一跃地在她的腿下穿梭,跟随着远去了。我举着一只在水库边上倒完炉灰的空箩头,远远看着那一人一狗,任呛人的烟尘扑面而起,缓缓消散。

在村里,她们再也没有出现。

东头街

在深夜里,饥饿实在是件没办法的事情。作为一个不夜食却偏偏养成了熬夜之习的人来说,深夜时分的饥饿像块淋过雨的石头揣在怀里,湿漉漉的很沉,却搁也搁不到地上,只能那么硬硬揣着它,任它重,任他乏,然后与之一同昏昏睡去。

这饥饿,它刚露头的时候很细很软,也很犹疑,会像一条试探着出洞的蛇一样先伸出绿绿的头来,东张西望一小会儿,再朝里缩一缩,然后猛烈地一探,就硬扎扎地亮出来,就硬硬地击穿了你两条肋骨之间的某处孔洞,最后它慢慢地拱起身子,在你空空的腹腔缓缓上下游走,分叉的信子一舔一伸,就弄出九曲回肠间一串咕噜咕噜的鸣声。每当此时,我就感觉自己马上要被饥饿的虫子蛀空了,身体内正形成一个一个峥嵘的洞穴,像此时夜晚深处看不见闪光的星星一样,期待被有质量的暖光填充与照亮。

就这样,饥饿不再是两个汉字,而像两只蛇眼在每一个不眠的午夜闪烁,慢慢地萦绕周身,并稳稳地盘踞下来,最后游进大脑,逼着我一步一步退到了饥饿的某个源头。

我总觉得,种植进我身体里的饥饿感是一场秋后的大雨带来的,大雨浇淋在1980年代大箕村的东头街上，雨中一同来到东头街的似乎还有一垛一垛高耸的黄豆荚、几条被啃光的鸡骨、一小撮儿奶粉和半根纸烟。这种感觉，如今在午夜想来已既模糊又遥远，有种不同的物质在时间里相互倾轧后已经很难准确切分与重新检视的混沌感。但唯一能肯定的是，饥饿第一次像块石头被搬进我体内的那天，连绵多日的雨应该已经停了。那应该是我六岁那年的秋天吧，那个秋天里，晋东南村子里的雨水很旺，村里沿街的老房子都湿淋淋的，房檐上的屋瓦像伤心的眼睛，滴滴答答不停地在往下滴水。东头街被山上冲下来的雨水刨开，平地冲刷出纵横交错的深沟浅壑，暴露出土街底下年月悠久的苍黄内里。一个无事的闲人，如果站定在沟壑边细看，能看到一颗一颗黄褐色的沙砾以及在沙砾间盘曲延伸的乳白色树根。东头街，原来真是先人在一片沙地上踩踏出来的啊！
　　地里的黄豆荚刚刚收割回来，豆秧子都一垛一垛遮盖着牛毛毡，或者戴着谷草扎的锥形帽子，堆积在街道上等待天晴后捶打。我小小的一个人，真是小小的，穿着歪歪扭扭的黄绿布衫和歪歪扭扭的黄绿裤子，从屋子深处走出来，踩着青石廊阶边缘以一个九十度折角穿过苔藓丛生的老院子，迈出二门，下四个青石台阶，又走出两扇黑漆条条斑驳的大门，就来到了东头街上。我抬起小而青黄的脸朝上看看天，确信自己是走在一场雨与另一场雨黑云翻滚的间隙里。街道被一堆一堆戴毡帽的豆秧子分割成一块一块，我就弓着背从一堆豆秧子走向另一堆豆秧子。我总是感觉肚饥，我总是感觉自己腹腔里的胃和衣裤上的四只小口袋一样又空又瘪，又藏着一朵一朵看不见的小火苗。那个秋天下午的东头街上好像一个人都没有，男人，女人，老人和孩子好像都围在厨房的火炉边烤土豆，烤红薯，烤脱下湿鞋的两只脚，只有我一个小小的人暴露在湿漉漉的空气里，围着一堆一堆泛潮的灰黑色豆秧子发呆。
　　东头街其实很短，短得像村子多出来的一个指节，没什么用，却也砍不掉,就那么赘余在大箕村边上,慢慢繁衍出了几十户人家。这里离穿村而过的一条大箕河很远,离山却是很近。一座五指山绵延铺展,轻扣在一片起起伏伏的黄色沙土地上,远看还真像一只人手轻轻按着一只肥硕的灰鼠。年深日久,生满褶皱的指背隆成和缓的苍黄色山丘,指缝则凹成低低的绿色谷地,水流风穿,五谷生长,人和庄稼都踏踏实实的,就这样一茬一茬从古时过来。

村外有座奶奶庙,就修在五指山之无名指的指甲盖上。奶奶也就是送子娘娘,在诸神之列虽可能位份不高,但这庙却修得威武齐整,大殿高高在上,下面还引出了一个向东的阁楼,登楼就可望见村东南巍巍的群山和隐隐约约的河谷。阁楼下,是一道青砖垒成的半圆形拱门。年月悠长,包铁的木头门扇早就朽烂不见了,砖头箍成的门洞却是还在,从村外进了拱门,就是东头街,踩着光镜镜的石板一步步走过来,下一个陡陡的土坡,短短的东头街就算走到头了。

东头街的街面虽说不长,但街上老房子的年头却很长,沿着窄窄坡街而下的一溜老房子都有看得见的古色和来自年岁深处的一股味道。这股味道从各家堂屋的雕花木床底下漫出来,翻过门槛,跳下廊阶,穿过院子,再迈出二门和大门,就萦绕在几乎家家大门前都有的青石雕花上马台前。那些方柱体的上马台能有六七岁的小孩那么高,硬硬地站在大门外青石条砌筑成的门阶石两侧。门阶石上的大门槛也高高的,经过这么些个流水样日子,做门槛的木头上一条一条横斜的纹路都从里向外开裂了,像看多了伤心事,忍也忍不住要开口诉说,但体面还在,因而外形仍然齐齐整整,光滑圆润的上缘总是乌黑油亮亮的,不知有多少辈人从它上面一跨而过,出出进进,去办一些牵扯命运的大事小事。

村街窄,临街的院墙就总森森然的,一个人坐在街的这一面抬头看天,视线抬得再高,也高不过对面房檐上的一排灰瓦。能起这么高房屋的人,内心大概都是有一些尺寸和高度的吧。但,我并没有看见过当年那些起屋架梁的人，在我出生之前好多年，他们就都已经死了。

那个秋天，当我像从一团乌云中偶然降下的一个精怪，在一场雨和另一场雨的间隙里摸索在东头街上，就模模糊糊地闻到了死人的凄凉气味。那种气味，常常能够在隔段时间就出现在街道上的灵棚里面闻到。灵棚，是乡村里一个常见的终止符，它面孔死白地一亮相，作为乡村一个组成部分的某人，就已被连根拔起，就将被发送出村街，安居到五指山下的某一小片黄土里。

东头街上的灵棚，气味格外浓烈而复杂，它混合了松柏木棺材上新鲜的树液味、刚刚刷上不久的油漆味、大把大把燃烧后弥散开来的土香味、烧纸味、暖烘烘用来铺垫泥地的谷草味、花圈和纸人纸马上未干糨糊的酸臭味，以及穿越以上这些气味一路而来真正让人鼻翼翕动的各式供品味。那些花花绿绿的供品，油炸的，面蒸的，水煮的，甜的，咸的，不甜不咸的，都装在各式的白瓷碗碟里，庄严肃穆、威风凛凛地占满了一整张桌子。它们总是丰丰盛盛、巍巍峨峨地高据着灵棚的前台，与灵棚后面那具垫放在两条板床之上的新鲜棺木隔一张草帘对峙。这些诱人的供品，往往颜色鲜艳，它们金黄，它们洁白、它们苍翠，它们粉红，一律散发着毛茸茸的香甜气味。稍微有些突兀的是，一幅放大的黑白照片，装在木头相框里斜立在碗碟中间，照片里的男人，苍白的脸上发散着暴露在遥远前世里的笑容，努力而暧昧地注视着这些阳间早与他无关的美食。但对于一个站在灵棚边上守候着那些供品的孩子来说，照片里男人的面容是可以视而不见的，一整个守灵待发的夜晚，八音会锣鼓、唢呐和二胡卖力的聒噪以及孝子贤孙们干燥的哭嚎也是可以忍受的，你只需要忍着瞌睡守候，只需要吞咽着满嘴的口水等待，只需要熬过一整个翻来覆去的夜晚，并在第二天上午重新来到这里，早早占据一个最为靠前的位置，就有可能在白衫披麻的孝子摔破满是纸灰的砂锅，阴阳先生拉长腔调大声唱出起灵的那关键一刻，一哄而上，扑向庞大而突然间歪歪扭扭的供桌，将那些香甜的供品据为己有。不，是据有其中微不足道的一小部分。

也不知道为什么，东头街上的男人总是活不过他们的女人。所以你在离开很久之后努力返回东头街，见到的总是那些活死了她们男人的老年妇人。好多年了，她们好像一直都在，好像和那些老房子一样，已经在街上生下根脚，好像岁月风霜已经很难再将她们撼动个一分半寸。这些老妇人们啊，高低胖瘦当然不同，穿鞋的脚也是有的大，有的小，灰发和白发掩映下的脸上的颜色和表情更是各式各样，但都一律睡得很晚，起得很早，她们的白天，也因而显得比手表上的时间要长出许多，有很长的一截多余出来的时间可供她们坐在村街上，或自家小小的门洞里，像一个陈旧而弯曲的影子在流连残存的光景，低头沉默，或者张嘴喋喋不休。偶尔，她们中的某一个，会朝着一面砖墙猛然咳嗽上几声，仿佛要把胸腔里一些灼热的意思，咳进那些厚厚实实的老砖头里凉上一凉。

当六岁的我揣着淋过雨的饥饿游走在东头街上的那些天，街上四奶奶家的一只老公鸡莫名其妙地死了。东头街上就是这样，一切母的东西都耐活，连打鸣的公鸡都活不过他们下蛋的母鸡。但一只公鸡死了，并没有几只母鸡和一群小鸡们替它搭灵棚、为它唱哀歌。那些母鸡和小鸡们依旧聒聒噪噪地迈着碎步兴高采烈，在沙土地的枯枝败叶里啄来啄去，寻找雨后出土的蚯蚓，或几只雨后不甘寂寞的小虫。而死掉的老公鸡早已被褪光了满身红毛，煮在了四奶奶家灶台上的一只黑铁锅里。

四奶奶是东头街上老妇人中很特殊的一个，她个子大、脸盘大，弯弯的脚却小得让人可怜。大白天，她经常坐在东头街坡下第一座房子门外的青石条上，两只深陷在皱纹里的细眼眍着坡街上头，两只手却在麻利地一甩一缠，摆弄自己的一条裹脚布。要不，就是举着半截发黑的木头梳子，贴着头皮一下一下地梳她的半把白发，感觉梳理齐整了，就用手朝后一抓，在脑后挽成一小团圆圆的发髻。她很喜欢把腔调拉得长长的说话，和坡上坡下来来往往的人说，和扛锄头出东阁外上地的人说，和挑着担子下坡担水的人说，和上学放学的小孩子们说。没人的时候，她就嘟嘟囔囔和自己说，嘴角唇边不时飞溅的，是诸如"哎呀，不好过呀""哎呀，老天爷呀""哎呀，不当活呀"之类奇怪的感叹。

四奶奶的老头，也就是四爷爷，据说是灾荒年间被山上下来的老狼吃掉的。老人们说，老头是在午后腋下夹着小锄哈腰出了东阁外，去五里外迎旭桥底的田里间快要旱死的谷苗。他蹲在地上，一锄一锄间呀间呀，就感觉天旋地转，就感觉自己也要旱死在小锄上了。朦朦胧胧间扭身一看，就看见一只流口水的狼嘴，狼嘴一张，就咬住了老头的瘦脸，又咬住了脖子，就拖下了田塄，拖着走了。老头死后几年，灾荒过去了，四奶奶就在东头街上临街养了几只猪娃，每天用米糠、麦麸和野菜煮一桶猪食，提上去猪圈里嗷唠唠地给猪们喂食。到了晚上，她也久久不睡，就一个人坐在门口的上马台上，听猪们在月亮照耀着的猪圈里心满意足地哼哼。有人说，她夜里不睡觉是怕狼从山上下来把猪拖走，也有人说，她是等夜里老狼从山上下来，好看一看自己被狼吃掉的老头是不是也变成了老狼。至于四奶奶在不眠的深夜里究竟等来没等来她的老头和狼，谁也不知道，只是后来四奶奶的鼻梁一夜之间就飞走了，嘴巴和眼睛之间，除了一个朝上翻起的肉鼻头之外，原来权充过渡的一只高鼻梁像风吹般荡然无存。又有人说，四奶奶是半夜去喂猪，被扑起来的公猪一嘴把鼻子拱掉了，也有人说，她是提着猪食桶在雨天里滑倒，鼻子磕在了青石凿成的猪食槽上。总之，四奶奶没了鼻梁，嘴巴之上就是两只细眼，成了东头街上一个特殊而怪异的老妇。

那天午后，四奶奶家窄小的门洞里放射出袅袅的香气。在雨后粘湿的空气中，这香味是如此刺激而陌生。我从豆荚堆后露出半边脑袋,看着那木门半闭的门洞,犹疑着是否应该钻进去一探究竟。但那香味在我的鼻翼里却像一只斑斓的老虎半伏着身子耸动,让我闻而却步。我不确定,那发出奇异香味的东西究竟是什么,究竟能吃到嘴里还是不能吃到嘴里,以及吃到嘴里以后又会怎样。但这一疑问在黄昏的时候被四奶奶打消了。在一团淡淡的暮色中,高大的四奶奶喜气洋洋地站在门洞外,用一个银光闪闪的小白铁盆端出几个长条状的卷白馍。她高声招呼街上闻香而出又远远躲闪着不敢近前的几个孩子:"来呀来呀,奶奶做的卷白馍,馍里卷的可是鸡肉呀!你们谁吃过鸡肉呀!来来来,奶奶给肉吃。"五六个小孩于是动开身子,涌进了四奶奶的门洞。四奶奶笑骂着,用手把一个卷白馍从中间揪开,揪出丝丝拉拉的绿豆芽,这个给半个,那个给半个,还一人给一根锅里捞出来的鸡骨头,说,吃吧吃吧!

终于轮到了我,我伸长脖子,看了看铝盆里卷满绿豆芽和鸡肉丝的白馍,又看看黑铁锅里油腻腻的汤水浸泡的鸡骨头,狠狠地吞着口水说:"奶奶,也给我一根骨头吃吃吧!"

我高高地向着四奶奶的脸前伸出了一只右手,然后抬起脸目不转睛地盯着四奶奶圆圆大脸上细成一条缝的眼睛,等待施舍。但四奶奶却好像刚刚看见我一样,用稀奇古怪的声音说:"哎呀,你怎么也进来了?不给你,不给你吃!"然后,她在黑布围裙上擦擦手,像撵鸡犬一样朝我头顶挥舞了几下,说"回哇,回哇"!但我就是不走,嘴里喊着"我要吃,我要吃",脚就向灶台跟前的黑铁锅走去。但四奶奶终究还是把我推出了门外,又一把关上门,隔着门缝喊:"回去找你妈,想吃回去找你妈!"

第二天午后,天又开始下雨,我戴着一顶草帽出了门,继续在一垛一垛的豆秧子之间空虚地游荡。我也不知道自己要做些什么,总觉得是要给自己空荡荡的胃寻到一个着落。忽然,我在一垛豆秧脚下看见了一小堆鸡骨。那些鸡骨昨天还倨傲地坐在四奶奶家灶台上的黑铁锅里滋滋润润，如今却可怜巴巴地扔在豆荚堆下淋着雨。我蹲下来，认认真真地看那些雨中的鸡骨。它们很细，有的乌黑，有的青白，但一律被不同的牙齿啃得干干净净，有的地方，连骨头都咬裂了。此刻，它们浸泡在秋天午后的雨中，滴滴答答的雨水，更让它们看上去清清白白，楚楚可怜。我伸手从水洼里捡起一根鸡腿骨，想象自己是从四奶奶的黑铁锅里捞出了它，认真看了看，又放到了自己嘴巴前。但心里想的，却是母亲昨夜和我说的那句话："她家的公鸡，是吃药毒死的，毒死的鸡谁敢吃呀！"

但手里冰凉的鸡腿骨却显得无辜而纯良，好像它从来不曾附着过皮肉，不曾沾惹过羽毛，不曾属于过一只活生生打鸣的公鸡，更不曾生病或者中毒而死，可供我放心地举在嘴巴前，想象一场酣畅淋漓的吃鸡盛宴，并虚拟丝丝缕缕的鸡肉在充分的咀嚼之后顺着食管吞咽进肠胃的感觉操演。啊，鸡肉，这种我从来还没有吃过的东西，在口腔中究竟是怎样一种滋味啊？

但我终于看见了我该看见的两只鸡爪子。那两只鸡爪子，被额外地砍伐下来，被四奶奶额外地避免煮进黑铁锅里，被额外地扔到了这一小堆鸡骨之外，好像它们以前并不曾属于那只公鸡。此刻，它们被一些散乱的豆荚半遮半掩，但爪子上黑黄的肉皮和鳞片仍然清晰可见。雨水清洗着它们，也使它们开始发肿发胀。它们被刀斧截断之处，斑斑的血迹开始变淡，但刀口处已经发黑，仍隐隐约约渗着淡淡的血一样的东西。一刹那间，我感到两只鸡爪在动，感觉它们好像要重新站立起来，好像要重新找到那只早被吃光的公鸡，重新帮助它雀跃奔跑。一刹那间，我空空胃部里一车石头般的饥饿像突然翻车一样被倾倒过来，它们山呼海啸，朝着我的喉咙和嘴巴翻涌。我赶紧闭嘴起身，捂着脸向着家门奔逃而去。

东头街上的秋雨再次停驻的时候，我的嘴吃到了奶粉。我把奶粉从那只好不容易才找出来的袋子里倒进两只手心，再把下半张脸埋到两手之间，伸长舌头狗一样飞快地把那些奶粉舔进嘴里。当然，很甜！但除了纷纷扬扬扑面而来满嘴席卷的甜之外，占据我嘴巴和喉咙的，竟还是满满当当的一股腥味。但我仍然异常欢喜，在不停地埋头舔食中，喉头与鼻孔禁不住发出了快乐的欢叫。只是，隔着一层窗户纸，院子里斜躺在椅子上晒着秋阳打盹的老头好像就要醒转了，他的呼噜声慢慢开始短促，他掩在一段毯子下的脚好像在动。我们四五个小孩，惊恐地从两只手心里抬起眼睛彼此对视，终于结束了匆匆忙忙的舔舐，终于把倒空了的奶粉袋子轻轻放进碗柜，两手捧着手心里的奶粉迅速逃离了这老头的院子。雨后的太阳晶亮亮的，照在老头架着一副黑框圆眼镜的红鼻头上。他泛着老年斑的两只瘦骨嶙峋的手里，捏着一张半新不旧的报纸。这个从城里离休回东头街修养的病老头，糊糊涂涂、怪里怪气的，他可能永远都不知道，一梦之间，自己的一袋奶粉就人间蒸发了。他可能同样不知道，他的一袋可能早已过期而忽然失踪的奶粉，竟是如此安慰了一群孩童懵懂、贫乏而羞涩的味觉，并给他们1980年代饥饿的胃肠填充了一层欢喜的乳色光亮。

奶粉带来的短暂欢乐之后，东头街上仿佛赊出来的太阳又抵押进满满的雨积云，云里又开始拧出了旺盛的雨水。坐月子的母亲，依然躺在东屋的土炕上奶养着刚刚出生不久的弟弟，我依然在午后感到肚皮里饥饿，依旧会跑出家门，在那些因为无休无止的雨水已经开始泛潮发胀的豆荚堆之间游游荡荡。

终于，有一天，我开始偷窃。

我开始偷窃。我不知道我为什么会向着别人家未经捶打的豆荚下手，为什么会把那些毛茸茸的黑豆荚从豆秧子上摘下来，掰开，一粒一粒取出里面已经开始变得白胖的黄豆，为什么又要把那些黄豆一颗一颗装进自己空空的口袋里，并且上下四只口袋都装得满满当当。我只知道，自己最初是无意识地向着一堆豆荚伸出了茫然的手，只知道是想掰出一颗黄豆放进嘴里尝尝味道，只知道生黄豆在后牙的咀嚼中自有一股既生且涩的香味。但事实是，一天两天三天，我竟从东头街上装回了小半布袋的黄豆，我把它们悄悄积攒起来，藏起来，藏在阁楼上的一堆旧铁器深处。有时，我会坐在那堆铁锈斑斑的锄头、镢头和炉工钳子之间，看着那一小袋黄豆，想象如果把它们加一些红糖炒熟吃进肚子里会怎样。但我竟终于没有机会去炒，我只能再次跑出去，到东头街上的豆荚堆里，一次一次地伸手，一颗一颗地偷窃。终于，我撞见了九奶奶。

九奶奶在雨中抽着一根纸烟，亮晶晶的眼神从大而黑的两只眼里放射出来，定定地罩住了我。她就那么看了一会儿，从鼻孔里缓缓喷出两股烟雾，用软软上扬的方言问我："小阳儿，你这是干啥呢呀？"

这个九奶奶，在东头街的老妇群中也是极特别的一个人。不用开口，只用她人堆里靠前一站，你就会眼睛一亮，觉得她这个人从里到外都本不属于东头街的，只是半路上被一阵风雨移栽到了这里，像她院子里种的一株桑葚，或一丛丛月季花那样。作为女人，她身材高大，但并不像东头街本地女人那般有庄户田间磨砺出的健壮与悍勇。她是软而光鲜的，像一段被面绸子，她的手、胳膊和腿脚都软得轻巧，尤其是腰肢，有着一眼可见的无骨风韵。她走动起来的时候，腰和腰下的臀会收敛不住地摆荡，在周遭带出响动和风声。她的头显大，骨相也有些刚硬，但一双有声有色的大眼，小而尖的鼻子，又让这脸显得灵活而不叫人紧张。她那时候已六十开外，但似乎驻颜有术，满头乌发绝不显白。而一旦她开口讲话，柔和丰厚的唇舌间就像有花枝摇曳出来，话语中，陌生而遥远的滋味与腔调，和短促强直的大箕方言有着天壤之别。更讶异的是，她像男人一样常年吸烟，而且是吸白生生的纸烟。天气好的时候，她就素素净净地坐在大门前一块青石上，娴熟地翘起一条长腿吸纸烟，不时喷吐一团烟雾，然后用夹烟的一根食指轻弹烟灰，再用另一只手拂一拂裤脚。

当九奶奶在秋雨中的豆荚堆边把我堵住的时候，我的手里正捏着一枝豆荚，我的衣服口袋里满满的都是掰出来的黄豆。九奶奶朝我吐出一团悠悠烟雾，然后在烟雾那面对我笑了一笑。她说："小阳儿呀，你跟我来。"

九奶奶家在东头街上的院子叫后花园。园子已经荒废，几颗硕大的梧桐之间，点有一棵桑葚树，树下种着一丛一丛的月季花。九奶奶的厨间也收拾得整齐，隔着竹帘子，能看见雨水一滴一滴打在凋残的桑叶上，打在月季花枝间。九奶奶让我坐到炉子边烤火，自己走到屋角，弯腰从一只坛子里捞出两把红薯干，又走过来把硬硬的红薯干烤在炉子口上，等烤热烤软了，她说："吃吧，甜甜的。"我就热热地拿起一个吃，九奶奶看我慢慢咀嚼着红薯干，又说："你可再不敢去街上捞摸别人家的豆呀！"我说："嗯！"

九奶奶是山西太谷人，又曾流落南方。1940年代末，跟随当国民党上尉的九爷从太原回到东头街。据说，她回来的那天，在东头街上的男人女人眼里像一个怪物，烫卷发，戴戒指，穿旗袍丝袜，双脚蹬着尖尖的高跟鞋，嘴里吸纸烟。但她人机灵，胆大，门户看得很紧，心又善，很快就在东头街上扎下根来，养育三女一子。

只是在很久很久以后，我才偶尔听老人们闲说，九奶奶的早年是在花街柳巷的红灯下讨生活的。而在东头街雨季厨间的炉子边上，九奶奶烤软的红薯干真甜啊，甜得丝丝冒出白气，甜得润我胃肠，荡我肺腑。九奶奶还架起一只锅子，把我口袋里的黄豆加了一点红糖，慢慢炒熟了。就那样，在屋外滴滴答答的秋雨里，一个小孩，一个老妇，守着火炉，看着雨中的桑树和凋谢的月季，一颗一颗，吃完那些焦甜的炒豆。

即使在吃豆子的时候，九奶奶的唇边依旧噙着半根袅袅的纸烟，烟灰积了老长，却浑然不觉。她偶尔抬起头来，眼神缥缈，朝上穿过了东头街暗色屋顶尽头层层的雨幕。只是我当时太小，不知道她究竟看向了哪里，又看见了什么。只记得在她喷出的一片烟幕后，曾飘过轻轻几缕叹息。

老鼠夹子与出走的蜂群

记忆中的姥姥已经十分模糊了。只是当我注视此刻沙发上用手不住搓脸的母亲时，会依稀想起当年姥姥的模样。

姥姥总是穿一件灰色的手工布褂子，总是步子很快，但是有点微微的瘸。据说是在年轻时随姥爷走西口的路上，在跳跃中横跨一条沟壑时失足跌下致了毛病，但也并不妨碍行走、跑动和任何劳作。

姥姥死于1994年冬天的夜晚。死在她栖身无数年的那个小楼上。当她像每天晚上都要做的那样，俯下身去支起一只老鼠夹子的绷簧时，一根骤然破裂的脑血管使她突然仆倒在楼板上堆满杂物和五谷的角落里，从此再也没有起来。

当被人发现的时候，她已经不会说话，喉咙里呼噜呼噜的，好像死神正伸着一只手从里向外抓挠，要尽快攫走那缕残留的生气似的。她眼光发直，看着周围呼叫她的人，但并不转动。生命正以黑暗而飞快的速度，从这个一生坎坷的女人身上撤往它来时的某个地方。

半夜时分，闻讯从大箕赶去的父亲和母亲，看到的就是这个样子的姥姥。在我的母亲出现在姥姥身边的几分钟后，已经失去知觉的姥姥心有灵犀似地停止了呼吸。那种她喉咙里一连喧闹了几个小时的呼噜呼噜声隐遁了,一个家族在哭声里迅速地陷入了死寂。

伴随姥姥的死,母亲没了物质上和精神上的娘家。后来每次过年,当我有意地说起"到姥姥家去"的时候,母亲总是飞快地回应"你哪里还有姥姥"?但不知道是出于什么样的心理,在很长的一段时间内,每一次说起那个名字叫前圪套的小村子时,我都会执意地说去"姥姥家",而她也每一次都会纠正我——"你是去前圪套"。

伴随这个亲人的死,一个村落的姓名迅速地覆盖了一个亲人的称谓。而这也便是少年时代我所理解的死。其实我到如今也不清楚,母亲对姥姥究竟抱着怎样的感情。在姥姥死去后的岁月里,她曾经向我描述过姥姥的许多事情,但关于姥姥去世时的样子,她几乎一次都没有提及。

所以姥姥的死,在我而言,就成为一件没有具体印象的遥远之事。她咽气的时候,我躺在晋城二中的宿舍里正做着一个高一学生疲倦的美梦,并以考试为由,没有参加姥姥的葬礼。只是后来弟弟曾对我说,姥姥最后咽气的时候,眼珠已不会转动的眼睛里流出了一道长长的泪。弟弟还说:"当时在跟前的母亲说过,这是黄泉泪,因为姥姥还放不下很多人,尤其是小舅。姥姥咽气之前一直在输液,但是所有输进去的液体竟全部通过皮肤表层渗了出来!"

一个人就这样故去了。后来我用力去想,关于姥姥和我,竟然都想不起太多。而突然跳出记忆的,竟然是这样一件惨痛的事。有一年大箕村里唱上党梆子戏,在看夜戏的过程中,我瞌睡了,烦躁,不满,愤怒,于是全部发泄在母亲身上。戏结束回家的路上,我不停地骂母亲,连带骂应邀来看戏的姥姥。姥姥提着她的小椅子一路不言不语,但在踏进我家院门之后,她猛然关上大门,插上门闩,然后对母亲说:"这个孩子,要打!"于是姥姥和母亲两个人,把十岁的我扑翻在地,用鸡毛掸和笤帚把子死命地揍了一顿。

与母亲的坏脾气相比,姥姥的脾气其实更为暴烈。这可能来自于一个寡妇和一个改嫁的女人苦痛的心底。姥姥是从一个叫下铁南的小村子嫁到十里外的前圪套村的。我记忆中的下铁南有一条穿村而过的小河,河边有牛马驴骡以及跳跃觅食的鸡鸭。这些生灵好像并没有人在照管,而是自顾自地演绎着乡村生活的某种生动。村子里有条灰黑色的青石板铺就的街道,蜿蜿蜒蜒拐几个弯后,伸进一个类似于城门洞式的石拱,就到了姥姥娘家门前。从我记事起,姥姥娘家就只有姥舅一个人了。这位姥姥的弟弟,有着和姥姥几乎一致的脸,很高的个子,一生未婚,在村里的供销社做售货员。我对他的全部记忆是,他当时就已经患有某种肝病,家里窗台上放着当时罕见的一种红白两色的胶囊。他曾伸手指着那种胶囊对我说:"知道吗?一颗两毛五分钱呢!"而当时我想的竟然是,两毛五分钱啊!一挂一百响的浏阳牌鞭炮也卖两毛五分钱啊!

当然,与两毛五分钱一颗的胶囊相比,下铁南姥舅更让我肃然起敬的其实是,他拥有当时乡村里最早的一台14寸黑白电视机。就是这台从他老人家那里抱回家的电视机,打开了我有生以来的第一扇对外的窗子,从那块1984年布满了雪花点的屏幕上,我第一次看到了《努尔哈赤》等电视剧。而当两个舅舅领命前来将这台电视机抱走时,我大哭,大骂,在冬日的冰雪天里只穿一只鞋子追出了五里地。

对着消失的两个舅舅和那台姥舅的电视机,在村头的小桥上,我爆出了生命中最初的绝望和哭声。只觉得是心里一块刚刚擦亮的镜子一样的东西让人无端砸烂了,一地碎片怎么都合不拢的感觉。

但其实,我只是想说我的姥姥,从下铁南,嫁给了我前圪套村的姥爷。这是当时家境殷实的两家人门当户对的结合。姥姥出生在一个小地主家庭,姥爷家也是同样,家里除了种地之外,还依靠三代人之力从后山开出了一眼炭窑。但在我的印象中,姥爷的父亲却没有一丁点地主的样子。这位被我们这些晚辈称为老爷爷的长寿老人其实更像那些旧照片或画像里的前清举人。在20世纪九十年代的村落阳光中,他夹着一根光滑锃亮的竹拐杖，戴着青灰色的瓜皮小帽，穿着肥大的连襟黑棉袄裤，裤脚上扎着长长的裹腿。他坐在青石头的门墩上仰着清瘦的脸，一把银色的胡须翘翘着向着迎面而来的光。但我知道，这个喜光者其实已经看不到任何的光明，他那副乡村里难得一见的茶色圆眼镜后面，是一对已经完全陷入黑暗的青光眼。但就是这个瞎掉的老人，其实是极其具有热情与活力的，当他好像终于从瞌睡中醒转并忽然来了兴致的时候，他脚下就会迅速围拢一大群的小孩子。而他就开始清清喉咙，用那种乡村里极其陌生的文言腔调，热热闹闹地说起《西游记》来。我尤其记得他说的弼马温故事，说到高兴处，他会举着自己的拐杖在头顶上的虚空里四下挥舞，好像那猴子的灵魂突然间附到了他衰老的体内。

这个衰朽的老人，就像他幽暗的堂屋方桌上摆置的那只插了鸡毛掸子的前清花瓶，深沉，平静，闪烁幽蓝。在他蛰居的老屋子门前，他似乎每天都不缺少晚年生活的喜悦。从他那张井水一样深黑的脸上，看不到任何悲伤，但我相信，任何一个远远死在自己儿子之后的老人的内心，都是经历过风暴的残酷洗劫的。这样的洗劫甚至超过了所有时代的风雨雷电。老人死去的那个儿子，便是我的姥爷，我姥姥的男人。

姥爷死于1969年的一次矿难，爆炸的瓦斯撕裂了很多年轻的肉体。像这样的乡村小煤窑矿难，在那个年代的晋东南可谓是此起彼伏见怪不怪的，但它无一例外会激起不同的哀声，制造质地不同的悲剧。这次轮到了我的姥姥，和14岁的母亲以及三个舅舅。其中小舅舅才刚过满月，尚在姥姥的怀间嗷嗷待哺。

当姥爷残缺不全的尸身被抬进那个后来我无数次进出的石头院落时，姥姥和母亲一定迅速接受了这个霹雳一样的现实。我相信在那血色的一瞬间，对人世的坏脾气，也便种植在一大一小两个女人的心间。她们有足够的怒气，去洒向这不公的人间冥冥中的主宰和它所有的替代物。

我看过姥爷青年时的照片,他戴蓝灰色的工人制帽,认真地围着一条灰色的围巾,脸孔清隽,英俊,酷似我青年时代的大舅。我在高中学画素描的那两年,甚至反复画过这张照片,但始终没有画"像"。面对那张过早故去的脸,我始终找不到内在的骨骼和肌理。

同样,我也见过我母亲14岁前的一张合影。一条围巾里的母亲像一只刚刚洗净并削了皮的水萝卜,白嫩,丰实,有着乡村女子清晰的生活纹理,很甜蜜地微笑着,一副在憧憬什么的样子。那是姥爷仍在人世的岁月,一个女孩活在她父爱安全的光影中。但这难以改变这个女孩子少小丧父并随母改嫁的命运。

在母亲后来的诉说中,我的姥爷,也就是我姥姥的第一任丈夫,是一个很有本事的乡村男人。比如,母亲每次包饺子的时候为了刺激我连饺子皮都不会擀的父亲,总是会突然说起,姥爷包的饺子个个都像金元宝。而姥爷比包饺子更有能耐的一项绝技似乎是捕蜂。这对少年时期的我来说,是一件充满了无限想象力和刺激感的事情——在以前甜品稀缺而供不应求的时代,晋东南乡村里就有一些养蜂人家,而很多乡民也会饲养一箱或几箱蜜蜂来生产蜂蜜,然后挑着胆子四乡八镇去售卖。但养蜂是一项艰苦而富有技术含量的事业。按照蜜蜂的习性,一旦一个新的蜂王产生,老蜂王就会迅速带动一大群的蜜蜂以爆炸的姿态突然出走。这对养蜂人来说,当然是一种绝大的损失。而每当这样的事情发生时,他们就会找到我姥爷这样的捕蜂人,去寻找并领回出走的那一窝蜜蜂。于是我接受了养蜂人央告和些许甜头的姥爷,便会仔细地剃光自己的头颅,带着一小桶蜂蜜出门,踏上寻找蜂群的道路。

我想,这是一项充满了许多神秘而惊险的乡村事业,有无限来自自然的天才和技艺隐藏其中。我不知道姥爷是如何一路跋山涉水追踪那些走失的蜜蜂而去的,但他几乎每次都能神奇地出现在那些出走的蜂群附近。这时，他就会摘掉帽子，将小桶里的蜂蜜认真地涂抹在自己泛着青光的头颅上，然后他系紧衣领，抹紧袖口，突然出现在蜜蜂们中间。先是一只敏感的蜜蜂飞来了，落下来，然后是第二只，第三只，无数只蜜蜂开始飞到了姥爷的头顶上。姥爷像一个开了花的树桩子，站立，不动，等待，等待蜜蜂们一层一层地在他头顶上叠加，形成了一个摇摇欲坠、随风摇摆的巨大蜂球。当终于确信这群走失的蜜蜂几乎全部上头之后，姥爷便全力在山道上奔跑起来，一到有人烟的地方就会大喊："蜂儿来了，蜂儿来了，见光见光啊！"就这样一路跑回村子，跑进那些养蜂人的家门。

我不清楚姥爷的一生究竟领回过多少群、多少只出走的蜜蜂，也不清楚他掩盖不住的脖颈和脸孔究竟遭受过多少次带毒的蜂刺，更不清楚这种捕蜂人违背蜂群自然分裂原则的行为，是不是有悖于天理，总之，我年轻的姥爷非自然地死亡了。当霹雳一样的瓦斯爆炸点燃的怒火撕裂他的身体时，他年轻的血，像他当年追索的蜂群一样，飞速地从他周身的血管里出走了。它们离开了那条黑暗而深邃的矿井，离开了姥姥的院子，离开了母亲和三个舅舅，而永远没有一个人，能将这些走失的蜜蜂一样的血滴寻回，重组，还原成一个许多人生命中无法缺少的男人。

很多年之后，其实就在今年，当我迅速地成长为一个男孩的父亲，在巨大的喜悦袭击我每一条血管的同时，我也告诉自己要尽可能长久、尽可能健全地活着，为自己的爱人、爱子以及全部的亲人。

不久前的一个中午，抱着儿子的妻子突然在客厅里大声笑起来，因为她坐在沙发上的婆婆也就是我的母亲突然说起了我的身世，说我，这个今年已经34岁的男人，其实是五台山药王爷座下弟子转世。这让我的妻子感觉十分奇妙与可乐。而对我的一脸惊愕和迷惑不解，母亲说，这是姥姥说的。

在那只致命的老鼠夹子掉落十五年前的一个深夜里，在那座石头院落小二楼的暖炕上,我的姥姥梦见有一个降落伞式的云团从北方飞来,稳稳落在了她的院子里。在那团云状物里,她听见了婴儿的哭声。这隐隐的哭声和棉絮一样缠绕在她大脑里的团状物,让姥姥一夜难眠。于是第二天早上她顾不得梳洗就跑到村子里的神婆家讲述了这梦里的一切,神婆听完后把姥姥上下打量了一番,用赞叹的口气说:"哎呀,你还是真不简单的,竟然还能够看见这些!你知道吗,人家这是五台山药王老爷座下的弟子来你家转世了。你大箕的姑娘恐怕要生儿子了。"

三个小时之后,我翻山越岭而来的父亲将我出生的消息送到了我姥姥所在的前圪套村。于是我是五台山药王爷座下弟子转世的传说就这样产生便埋藏下来。这是1979年的四月,一个阳光明媚的春天的早上。但我奇怪的是,直到我34岁的这个2013年初冬的中午,才第一次听说自己的出生传奇。

去年和今年,我曾经两次前往五台山,拜遍了大大小小的神佛,安置了一次又一次躁动不安的灵魂。但我一直没有注意过五台山上的药王庙,而自此之后,怕是每一次上山,都要到自己曾经的座下,给祖师爷敬一炉香了。

春德与福孩

疯子就像一块疤痕顽固地长着。当你随便一摸自己记忆里的哪儿,最先摸到的总是这些磕磕绊绊让你有些难受的部分。

每年的三月十七和十月初一,大箕都要赶庙会,一赶庙会就会唱戏,而一唱戏,街上的疯子就多了起来。这些以或冷静或热烈的姿态在村街上行走的疯子,有的是原住民,更多的却是闻风前来凑热闹的外村人。

我不清楚在那些疯掉的大脑里"热闹"究竟是怎样一番景象。或许在这些因剧烈的激荡而冷热不一的颅腔里,短暂而喧闹的乡村集日就像一根高举的冰糖葫芦那样,火红而惹眼,有着一种远远一看就能迅速感知的透明的甜蜜。这让疯子们对乡村清冷常态里的热闹极其敏感。因此方圆百里之内,哪里有红火,哪里就会极其迅速地出现疯子们杂沓而急躁的脚步。

大箕一赶庙会,一唱大戏,准定出现的有这样两个疯子。其中一个便是冷静而沉默的春德。春德每次来赶会都有自己固定的职司。他总是一出现,肩膀上就长出来似的多出根担杖来,担杖的两头下垂的铁钩上各挂着一只铝皮水桶。任谁也不知道这副挑水的家什儿是从哪里来的,总之他出现在春德年轻而周正的肩膀上,春德就这样挑着一担水走进戏班子所在的厨房,揭开水缸拍子,倒了水话都不说,就转身出去挑下一担。

一缸水很快就会挑满,春德这时就把担杖往屁股底下一塞,在春天或者冬天随便哪块太阳底下一坐,嘴巴一噘,就会有大队里负责后勤的哪个人或者伙房做饭的大师傅给顶上一根不带把的纸烟。春德于是就靠墙吸着这根纸烟,等下午或者晚上开戏。等戏的过程里,也吃饭,也瞌睡,但只要戏一开锣,春德就会准时出现在黑压压的人群后头,站着像个正常人那样看戏。

夜戏散了,春德就会随便拉住哪个人说:"走,跟我走!我带你去我老丈母那儿睡去,管你吃,管你住!"被拉住的这个人无论男女,一般都会露出心领神会因此也早准备好了的笑容,款款地说:"春德,我回我自己屋儿呀,你去你丈母那儿吧,好好给人家干活啊!"一边就把自己胳膊上的那只手掰开。春德这时候就会一噘嘴,把那只手朝下一甩,恨恨地离去。

第二天早上,人们总是会在村东头老王婆家门口的青石台阶上或者门洞里面发现熟睡的春德。这时候的春德蜷缩在一件青黄色的棉军大衣里,很久不理的头发长而蓬松,一张脸上有高高的鼻梁和生满青胡茬的倔强的嘴。他的两只细长的眼睛紧紧闭着,眼皮有时候会剧烈地跳动,但是不醒,好像正跌在一个万丈深的梦坑里怎么爬都爬不出来。

一群小孩端着早饭碗围在他身边又叫又闹,慢慢就因无味而丧失了逗弄的兴趣,只把稠米粥一勺一勺地送进嘴里机械地咀嚼着。但就在这时,春德会啪的一声从他躺倒的地上坐起来,跳直,迅速抹头,摸脸颊,捏衣领,捏扣子,紧腰带,拽他破西装的下摆,跺脚,然后就直挺挺地站着。在众人惊愕而喜悦的目光中,春德会突然用爆炸般的分贝开始对着老王婆的房门大叫:"梅香,梅香,梅香——"没有任何其他话语，只有这一个富有唯美气息的名字像投掷出的手榴弹一般反复轰炸乡村早饭时刻的单调与寂静。

但几乎每次，这种呼天抢地的叩喊总是在老王婆的两个儿子提着钢钎和铁锹的追打中愕然而止。

见过的人都说，春德曾是一个英挺的复员军人，梅香是他没有过门的媳妇。但梅香的母亲老王婆不知道为什么突然中止了这桩本来可能美好的婚姻。春德于是开始他无望的求告与追逐，因而在梅香他嫁后突然失常，或者说他进入了另一个人沉默而混乱的常态，但认识他的人依旧叫着他以前的名字——春德。

因被追打而狂奔出一里地后，春德会停下来，朝后看看，然后转身走向戏班子的伙房，挑起那担水桶，去挑几十号人中午吃饭用的水。当天晚上，他会照旧去老王婆家门口守夜，会继续喊叫自己头脑里唯一深刻的名字，会被继续追打，会去继续挑水。

在大箕这个一年两次庙会的集镇上，几乎没有一个人不认识给戏班子挑水的春德。这个从外村来的沉默的疯子渐渐收获了乡民朴素的同情，于是谁家有个红白喜事或者生儿迁房的大事，都会提前捎个信，说是让春德来吃饭吧。于是在办事的那几天，就会看见穿一身迷彩服或者军大衣的春德，挑着水桶，挺着他军人一样的腰杆，一步一步地走在村街上，一步步走到井台旁，用钩担拔起他生命之井里的不知第几桶清水。

与挑水的春德这种不言不语的阴郁相比，另一个来自外村的疯子却以他癫狂式的热烈让几乎所有的孩子充满欢喜。孩子们甚至会觉得，只有这个叫老福孩的外村疯子出现在戏台旁，这才是唱戏，才是过节。如果老福孩没有来，那节日就根本不能算是正式开始了。但一点都不需要担心，因为老福孩总是会准时准点出现在大幕开张的戏台旁，并始终会以警察一样强横的姿态迅速成为所有孩子的天敌。

这个老福孩当时已经有四十多岁了，圆圆的小脸，腮帮子上有两团横肉,小眼睛里始终像点着盏电石灯那样凶凶地亮着。头发是当时乡村里少见的那种极短的茬子头,方下巴底是常年不刮的硬扎扎的黑胡须。就这么一副恶煞嘴脸,再穿上一身当时派出所里警察才穿的黄绿色制服,戴上一顶不知道从哪里捡来的大檐警察帽,套上一双翻毛的大头皮鞋,老福孩就成了他臆想中的人民公安,而整个戏台和戏台下黑压压的人群,就成了他的治安对象。

晋东南乡村戏台,面向观众的这一边是露天的,没有固定的座位。每逢唱戏的那几天,就抬过十几根长长的原木,用砖头固定到泥土地上。看戏的观众,不讲究的屁股就坐在那些原木上,讲究的屁股就会自己给自己带一把小椅子或马扎子。但是对看戏的小孩来说,屁股坐什么是不重要的,因为他们瘦小的屁股在母亲身边是几乎坐不住的。戏刚一开锣,戏台上的大幕刚一开启,大幕上头吊着的那十几盏大灯齐刷刷地倾泻出雪一样的光,孩子们就坐不住了。他们纷纷起来,顺着两侧的台阶往戏台上挤,向大幕后钻,或者就站在戏班子拉二胡吹唢呐的乐队旁边,近距离地看那些唱戏的人咿咿呀呀颤动的嘴角。戏台的高音喇叭一般也设置在这个位置,所以长时间待在这个地方,一般人的耳朵都会嗡嗡嗡的,不时就需要用小指头狠狠地掏上几下。但就在你忘乎所以地掏耳朵的时候,阴影一般的老福孩突然从不知道哪儿恶狠狠地出现了。

老福孩的出现总是伴随着孩子群里的一声慌乱的叫喊。这时的老福孩总是像一只突然冲出云层的战斗机那样喷射着怒火扑向那些四散奔逃的孩子。如果你在奔逃中扭头一看,会发现这个一身警服满脸胡子的怪物眼睛里闪烁的不是那种虚张声势的恫吓,而是一种真正的不共戴天的仇恨的怒火,一副他只要抓住你就要把你撕碎的凶恶面孔。他绝不会像一些维持秩序的大人那样只把你驱散就简单了事,他是在极其认真地追赶你,而且是一副不追上你就决不罢休的坚决姿态。老福孩的追赶往往会在孩子群里制造出一些跌倒、撞伤和惊慌失措的急停,但奇怪的是,老福孩却并不停下来折磨这些唾手可得的战利品,他猛追的是跑得最欢实、最快捷、最嚣张的那几个孩子,他提着一只明晃晃的大号手电筒或者一根黑色的用来捅火炉的钢钎,就那么用长跑的姿态不依不饶地追赶你,好像不是惩罚,而是追赶才是他真正的目的。

老福孩就这样成为恐怖的代名词,这团戏台下的乌云几乎就像神一样是无处不在的。作为一个准备在戏台上下捣蛋的孩子,你得随时准备应付老福孩的袭击。而当他突然从幕布后面扑出来,紧紧拖住他扑住的第一个小孩并把这个不幸的孩子往大幕深处狠狠拖去的时候,不是那个孩子本人,而是有幸逃脱的你,在惊慌的奔窜中幻想什么是黑,以及什么是陷落到老福孩手中的可怕。

老福孩迅速成为所有孩子的公敌和难以克服的障碍。当你蹑手蹑脚地钻到演员们换衣服的后台想一窥究竟的时候,偶尔一回身,会发现老福孩就在你屁股后面嘿嘿怪笑地站着。当你们成群结队地到戏班子的伙房偷偷给水枪灌水的时候,会发现老福孩突然从水缸后站起来,并且操起捅火的大钢钎一路怪叫着追打出来。于是就出现了二十来个七八九岁的小孩在奔逃中用随路捡拾的石头和泥块与老福孩战斗的场景。只有到这个时候,老福孩的疯癫和痴傻才显示出来,因为他似乎从来都不知道有目的性地去扑击一个敌人,而是遭受了哪个方向的攻击他就会迅速扑向哪个方向,完全像一头陷入围捕的熊瞎子。到了这个时候,就不是他在追打孩子们了,而是陷入了孩子们对他的集体戏闹。而令人吃惊的却还是,这个已经四十多岁的半大老汉能够乐而不疲,他大声叫喊,他四下奔突,而战斗到最后,先瘫软到地上爬不起的,往往是那些似乎精力无限的孩子们。

当一个孩子终于丧失和老福孩战斗的心理欲望时,他就成人了。而老福孩用他的癫狂、他的热烈,在那方戏台下陪伴了好几代孩子的成长。他和沉默的春德一起,成为乡村集镇的一个黑暗部分而沉入所有经行者的记忆之中。

白龙事件

十月的时候,跑长途车的小叔来太原送他儿子上学。闲话时母亲突然为件小事嗔怪小叔叔说:"怎么像个半信,还不如担水的春德呢!"

所谓"半信",就是晋东南乡村语词中疯子和傻子的混合体。小叔自嘲说:"我活得真不如春德呢,你看人家春德,如今能住到养老院里逍遥自在,我呢?天天开车受罪跑长途!"

与春德和老福孩那种生理上的精神失常相比,清冷常态中的乡村有时也会突然陷入一种精神上的生理失常状态。处于这种状态中的乡民,几乎每一个都成了和平日里的自己完全异样的梦中人,进而演绎出事后连自己都觉得啼笑皆非的一幕幕疯狂闹剧。

用我母亲的话说是:"好好的,不知道怎么就都半信了!"我母亲说的,其实是村里"取水"的那个事。二十年前,村里大肆开挖小煤矿,导致本来就不丰富的饮用水更加枯竭。于是取之不竭的自来水便成为乡民的日常幻想之一。而"取水"的这个事儿,最先好像是从枣花儿那开始说起的。

枣花儿是铁蛋的媳妇。铁蛋是八音会里吹笙的师傅。笙是一种黝黑的乐器。

有天深夜,村里的八音会散场,铁蛋把他的笙放在我床头的木箱盖上,转身去和我吹唢呐的父亲说话。那只闪耀着油光的笙,就那样在煤油灯冒黑烟的半明不暗中进入我瞌睡前的清醒。我仰躺着,翻转眼珠凝视箱盖上的笙,细数了几数,是十三根竹管。

这高低不一的十三根竹管就像一群背靠着背绑在一起的晋东南乡民仰面朝天的喉咙,被铁蛋捂住屁眼一吹,就会洋溢出一种完全高出乡村的优雅与清越。它甚至可以迅速越过田野逐层向上的土垅,进入某种蔚蓝色的乡村神性,并与很多说不清楚的神秘事件勾缠牵连。比如,在铁蛋外出吹笙的某个深夜,孤身在家睡觉的枣花儿做了一个单独的梦,而这个在翌日早晨被述说并传播开来的梦竟然很快成为一个村庄的神话。我固执地以为,这个梦,是从铁蛋那只笙的某根紫竹管里爬上来的。它之所以进入枣花儿的睡眠,是因为枣花儿是离笙最近的人之一。是笙,制造了乡村生理失调式的精神癫狂。

大箕村里有两座庙,一年两次赶庙会的那个庙是大庙,供着关帝,在村中间。一年一次庙会也不赶但有香火的那个小庙,供着龙王,在村东南的一座小孤山上。小庙的确不大,也就三间正房大小。"取水"这个事情发生之前,小庙里面已经没有神佛的塑像,但古旧的殿宇还在。庙下还有条已经干枯的南峪河,满河床的卵石让这座基本已经废弃的小庙更像个鳏夫那样残破而荒凉。但在做了梦的枣花儿向村里的会计王百万诉说了自己的梦境之后不久,村里就开始流传小庙下将要水喷十丈的传说。

虽然那个梦是枣花儿做成的,但传说里的一切都起源于村会计王百万。王百万虽是个半大老头子,但他长相文雅,脸容清瘦,冬天经常穿着一件黑色的毛料半截缸小大衣。王百万在听枣花儿讲完她梦境后的一天深夜里,突然不明不白地以领导的口吻开始在他自己的梦中发表讲话。他说,广大村民同志好,为了解除这一方的干旱,四月初三的晚上九点,小庙之下将会水喷十丈,喷出来的水将会像一条白色的巨龙,越过整个村子,直射在村西北小寨玫瑰教堂下的古河道里。而之所以会有这样的天外来水,是因为有一条西方的白龙,看中了我们这片风水,所以要千里迢迢迁居到我们大箕的小庙来享受香火供奉。那么既然西天白龙要迁居到这里来,既然白龙要送一股从天而降的好水给我们这个缺水的村庄,那么四乡八村的人就一定要做好迎水的工作。尤其是我们大箕村人,更需要做好接待工作。这些接待包括家家户户扯一丈红绸,买几根竹竿,做成红旗,同时要准备好香烛纸马和一挂千头响的鞭炮等。

不出三天,会计王百万的讲话就从他邻居嘴里迅速传遍了全村。而不久之后,村里竟突然出现了好几个能以特殊口吻讲话的神人。那些神人总是会突然晕倒在地上,被人弄醒以后就开始说一些我是某某人下凡来广播一件大事之类的神话。更让人感觉吃惊的是,他们这些通了神灵的人,后来竟然就白龙送水这件事情慢慢开始了互相沟通,并在会计王百万的率领下,到村外去开他们的常委会了。

在这些现代版神灵们开会后不久,因为有好事的村人悄悄跟随偷听偷看,很快,一些古代清官身边的保镖们开始在村里的壮汉们身上复活了。比如包公身边的张龙赵虎王朝马汉,比如岳飞跟前的牛皋,比如秦琼马前的罗士信,比如宋江跟前的李逵等。村里七八个五大三粗喜好喝酒干仗的莽汉迅速披上了他们古典的新装,开始出现在王百万们的队列周围。于是现代版神灵再次就白龙送水召开野外集会的时候,身边总是围绕着一群古典版的马弁。

没有任何一个村人敢于再次前去偷听这些神人们的会议。他们能够做的就是坐到自己家里通过流言的形式,一回又一回听取会计王百万的讲话。

从来没有村干部出面组织,一切都以民间流传的形式安排布置,每一户村民就都主动动起来了。没有一家一户敢坐着不动,敢不到村里的供销社扯红绸,买竹竿,买鞭炮,买纸马香烛。

为了证明白龙就要来送水的真实性,王百万会计又发表了一次重要讲话。他说:"如果谁不信白龙就在来咱们大箕的路上,他可以晚上十点去小庙下的水泥桥上看看,看看天上是不是挂着一条龙影。那就是白龙老爷的法身。他老人家很快就要来了,他问我看看谁现在还没有扯旗买鞭,谁现在还不赶紧起来迎水!"

这次讲话让村里人人都更加惶恐起来,但却极大地刺激了我们这些在中学上学的少年。一下晚自习,我们就全都兴奋起来,就相跟结伴到小庙下看龙影。有一天晚上,小庙下的炼铁炉出夜班的铁水,明艳艳的铁水映红了小庙那面墨蓝的天空。突然,我站在一根电线杆后的表哥金斗指着天说:"哎呀快看,真是一条黑龙过来了。"我们就一起朝他指的方向看,果不其然,一条黑影斜斜挂在天上,有吃饭的碗那么粗,两根竹竿那么长,仔细看,翩翩然,真有点飞升在天的势头。我们就一起"哎呀哎呀"地怪叫起来,并一路狂跑着回家上床做起关于白龙送水的美梦来。

三千面红旗飘飘扬扬地在小庙下的干河道里树起来了,一千多挂鞭炮一起热热闹闹噼里啪啦地炸起来了,一切都热腾腾地拖拉机样发动了起来,整个村庄就像一列加足了炭冒着白气向着不可知的深渊隆隆开去的火车,驶向那个早已传说但并不可知的四月初三之夜。

此刻,当我和我六十岁的母亲说起那个四月初三的夜晚,母亲便瘪着她晚饭后摘掉假牙的嘴坐在沙发上用咯咯咯咯的声音极其陌生地笑起来。等终于笑完了,她擦擦眼角笑出来的泪,把脸扭向我,说:"哎呀,那可是真热闹啊!真热闹!"是的,那是个无比热闹的夜晚,干净的黑暗里归圈的牛羊们正在满意地反刍,春天的野花们正在绽放中进入一年里最好的夏天。刚刚下过几场春雨,干枯的小河里也有了清浅的水流。村里村外刚刚长起来的那一茬姑娘和小伙们在那一夜到来前,都洗了澡,理了发,他们都把这作为一个盛大的日子,希望能在这里，发现自己人生的一场艳遇。

那个夜晚，不光是大箕人因疯狂的臆想而夜不能寐，一起蜂拥到了小庙下那条小河边，站着、坐着或者躺着，等待白龙和那股传说中的大水从天而降。不！半个泽州城的人都涌到了大箕村的小庙下面，很多外村的人是整村整村打着他们村子的旗帜，带着他们村子的社火故事前来助兴，更让人震撼的是小庙对面的乡村公路上，停靠着无数的汽车、三轮车、马车、牛车、驴车，那上面无一例外地站立着大大小小的塑料水缸和水桶。因为在传说中，这一夜喷出来的水包治百病。

所有的人就都那么等着，盼着，眼巴巴地想着白龙之水天上来。在这漫长的有些兴奋、有些焦急、有些无聊的空白时间里，一些手悄悄捏住了另一些手，一些手悄悄在一些腿上开始了游移与勘探，有些人开始从人群中离开，窜入小河后面已经长起来的麦子地。

那一夜，整个村庄都沸腾了。那一夜，村里唯独没有出现在小庙下等白龙的，是一对通奸的夫妻。一个因扭了脚而踽踽独行、姗姗来迟的老太太在终于扭到现场之后，对身边的人说："不要脸的，不要脸的，咱都在忙死忙活地迎白龙，那俩不要脸的却正在炕上痛快呢！"

那一夜，会计王百万和他的神人团一直都在小庙大殿里的一块残碑上贴硬币。这块据说已被使了魔法的残碑那一夜具有了吸附性，谁把一个硬币用大拇指摁到碑面上，就能紧紧地粘上去。会计王百万就那样一分钱一分钱地粘着那块碑。粘完了正面，他又转到碑的背面，继续粘。

天亮了，白龙并没有来，水也并没有从天而降。

小庙前的空场上，我的父亲和他八音会的兄弟们，在把自己手里的家伙什吹拉弹唱了一整夜之后，已经疲倦地躺在临时搭建的席棚里睡着了。父亲后来说，那一夜他吹唢呐，嘴和腮帮子都吹麻了！

会计王百万从他那块沾满了硬币的残碑前站起来，用一种终于睡醒了的口气对睡眼惺忪的神人团说："都回吧，都回吧，回去问问各自头顶上的'老爷',看究竟是怎么一回事。"

对那一夜白龙的爽约,王百万会计的乡村神学很快做出了符合它朴素逻辑的解释:原来竟是村里的一个疯子在暗地使坏!

这个疯子的家就在小庙底下不远的地方,而恰恰这个疯子也是那种头上顶着某位"老爷"的神人,但这位神人却偏偏拒绝王百万会计他们神人团的收编。据说,为了不让自己小庙下的房子被白龙喷出来的大水淹没,疯子日夜不息地祷告了他头顶上的神,而他的神呼朋唤友,集体施出法力,暗中驱逐了王百万会计在想象中千呼万唤的白龙。于是水始终没有来。而会计王百万的白龙斗不过大箕的地头神,于是放弃了来小庙享受香火的旅程,羞愧地前往他地修炼去了。

多年之后,当我在大学的课堂里学习希腊神话与荷马史诗,当学到《伊利亚特》里众神为了希腊人和特洛伊人而大打出手的时候,我顿时觉得这根本没什么稀奇。十多年前四月初三的夜晚,就在我的头顶上,我们大箕的地头神们就打跑了那条西方来的白龙!

用自己供奉的神驱赶了西方白龙的那个疯子,经常用他大模大样的步态一走一甩手地行进在我们乡村的集市上。经常有好事的乡人会当面截住他,故作虔诚地说:"喂,让你的老爷给咱算上一卦吧!"疯子就会极有兴趣地坐下来,亲热地握住那个人的手闭着眼说上一气。算卦的这个人和周围听的人这时就会突然摸着疯子的秃头哈哈大笑起来。

慢慢地,连疯子自己也知道别人是在戏弄他,拿他的卦象当笑话听。所以当再有人截住他让算一卦的时候,疯子就一步也不停,甩着一只手走出老远之后,才扭回头愤怒地说:"老爷城里赶庙会去了,不算不算,就是不算!"

昨天夜里突然停了一次电。当母亲点起蜡烛的时候,我突然想对窗外黑暗里的某个人说:"我并不相信世界上有所谓迷信这种东西。因为我渐渐开始确信,一切迷恋都是某种可以胜任的喜悦。不理解那种喜悦的人是无权质疑喜悦中人的。而我越来越确信,在与我们双眼齐平的一切事物之上,存在着更高的神灵,而神就在我们关注的一切事物中显现。我所坚信的这一切,使我在言及神灵的时候总是这般小心翼翼,生怕有丝毫的亵渎。而我之所以张口说出记忆里的白龙与驱走白龙的疯子和村人取水的疯事,也只是想告诉你:他们和他们的神曾经如此深刻地消耗过我,而我携带着他们的光芒与灰烬,一路走到此刻的这个点上。"

担山者白

天上掉下座太行山来，就是给了咱担山汉一口饭碗。你要能把山翻过来，它就是一口碗呀，多大的灾多大的难里，只要你寻，就都寻得出一口饭。老天爷给你这一条小命，就是让你拿碗里的饭一口一口朝嘴里头填呀。哪天肚里填满了，你的人也就老了，老了也就是死了，死了就啥也没啥了。你说这人呐，真不如这山上的一草呀一木呀，草木一年一季，绿像新生娃，黄像咽气佬，可来年风一吹，又绿煞煞地活过来了。可人不行，一蔫就黄了，一黄就臭了，就沤成了地底下的一滩粪土。这些个道理，我爸、我妈都没和我说过，是我担山的时候，一步一句，一句一步，自己肚里想出来的。肚里饥呀，一紧裤腰带，就开山放炮一样，咕隆隆咕隆隆的，就有话朝上往外冒，酸酸的，苦苦的，咱大箕担山的下苦人谁还不是个这呀？

俺们大箕，就在南太行的山腰腰上，出村往下拐三里，就能拐到南河底村边的山道上，你踩住这条青石道，一路能上到一个叫李家庄的地方，再跟住李家庄家家房顶上的炊烟，就翻上了天井关。一上天井关，人可就站在南太行的山顶顶上头了，下山就是一马平川大河南呀。古来，俺们的这条道上就有车有马的，南来北往做着煤铁茶货生意。大箕村里那些没办法的下苦人，就遛遛地跑到这山路边儿上，一根七尺担子横着，一条五尺汉站着，靠给人家担山挣一口饭吃。

能吃担山这碗饭，说起来得敬敬祖宗王泰来。这王泰来，我看他早年也是个担山汉出身。要不他怎么就能从这莽莽大山里头，找得见一条从大箕翻太行下河南的路呢？可这老祖宗命好呀！命里有，总会有，祖宗王泰来一夜之间就有了传说里的金锹和银镢。人都说，老祖宗王泰来拿着这两把金银家伙，朝土里铲铲，朝石上刨刨，土坷垃、石头蛋一时三刻就都变了黄金白银。这下人家就有钱了，有钱了他就想起担山汉们都不容易，就拿自己的真金白银换成光溜溜的青石头在这大山里铺路，给贩锅卖剪的，给下山送煤的，给走马卖茶的走，也给山下上来做买卖的河南草灰汉们走。草灰汉也是人呀，还个个都是人精！光修这条路，得花多少钱，咱如今也闹不清。可我爸说，修路的民夫当年一天就能吃一石二胡椒。你说说，一石二胡椒有多少？这得雇下多少个人头？这又得花下多少钱？王泰来的心你说能有多善？不光心善，王泰来还是个大孝子呢！他娘也是缠个三寸小脚脚，长得要多丑有多丑。但他娘心大，他娘有一天不知道怎么回事，忽然就和做梦一样说："儿呀，为娘的想上京城里的金銮殿里串一串门儿，看看景儿。"王泰来一听，心想坏了，知道这是不可能的事，皇帝家的金銮殿那是谁想上去串门就能去的？他无奈，就对娘说："娘呀你不用那么远路跑京城了，你要想看金銮殿，儿就给你照样修一座。咱不光看看，还要一辈子住到它里头去呢。"

于是老祖宗王泰来就大着胆子在大箕村外的黄沙岭上打基础，起金殿。黄沙岭上呀好风光，满山松树，风一吹人就和神仙一样样了。唉，我要能是王泰来就好了，钱多钱少就不想它了，金銮殿咱也不想它，就是老娘想吃些啥，咱就能给娘预办些啥。唉，咱虽不是王泰来，可咱也是个孝子呀。我告诉你说，孝子这东西不分大小，也不分命好不好！你要是个孝子，苦水里泡着你也能泡出个孝子！但就是老祖宗王泰来，命那么好，也没给他娘起成金銮殿呀！说起来，还是个命里作怪。

那你说我的命好不好呢？十岁前，咱是一分苦没有吃过，还天天喝糖水，红糖水、白糖水轮着喝。家里吃得也好，身上穿得也暖，还上得起书房，先生给启了蒙，《三字经》《百家姓》，咱肚里清清楚楚。家里有爸有妈，有哥有姐，啥也不用咱自己做。我下书房回来就看看闲书，耍耍黄狗，水都不用担一担。你说我的命算好的了吧？可就是十岁上那年，姐刚一出嫁，土改工作队就进了村，我爸就遛遛地摸黑跑到了口外。我爸偷跑那天晚上，我二哥也跑了。后来我听姐说，我爸是下了山，跑了绥远。我哥是跑到了山后，又去了高平，那里有老八路的队伍整编，哥就和家里划清了界限，参加了队伍，就跟人打仗去了。

三年后，我爸跑口外回来，三天头上就咽气了。他一咽气，屋里头一盏豆大的油灯跟着一扑闪也灭了。黑洞洞的，我的亲爸呀！临死，他长长出着一口阴气不往下落，尖尖的下巴上没剩下几根的胡须须朝天撅着对着屋梁，一抖一抖的，对我说："老三呀。爸这一辈子最后悔的，就是跑了口外，却没把你带出去，受罪了你，儿呀，我的聪明儿……"

我不聪明，也不笨，我是家里老三。老三嘛，老大老二出门跑外，我就是个看门养家的，爸死了咱养妈，大哥不在，咱就也养着小脚的大嫂嫂，也养着小脚的侄女翠翠。小翠翠只比我小四岁，长得要多亲有多亲，和她奶她娘一样，也缠一对小脚脚。路远走不动，我就背她。她搂住我脖子，咬在我耳朵根根上说："叔呀，我长大了谁也不跟，就跟你过呀！咱俩结婚吧？"唉，这傻翠翠！以后我要是娶媳妇，定要娶个脚大的，小脚脚走都不能走，还怎么理家做生活呢？

爸死后半年里，二哥的相片也回来了，一同回来的还有一张纸。多亏了这张一页纸的烈士证，我妈成了烈属，我和我妈就住到了二哥的房里。这房,还是我爸早以前给我二哥盖的。里外三进,有正有偏。可现在住的都是旁人了,就分下三间东屋让俺一家子住。

我爸跑口外的时候,是在前半夜,我二哥跑山后去找队伍的时候是在后半夜。我爸偷跑我睡着不知道,二哥偷跑我却知道。半夜我憋不住,起来撒尿,就看见他先在尿。他尿了好长一会儿,等尿完,勒住裤带就顺着房后上了山。我就一路撵过去,他扭回头就跟我说:"老三,快回去,咱妈今后就靠你养活了。我这一走,就再也不回来了。"话一说完,他趴地下就朝我磕了一个响头。黑洞洞的,我也看不清,就看见我二哥一抬头,眼里头亮晶晶的,活像黑夜里一揭开盖的水缸里,明明儿的,一闪一闪水汪汪的。二哥呀,你临走为甚非说一句你再也不回来了?你可真就再也没回来。

我二哥呀,真是一条好汉。庙会戏台下,一句不合和外村旁人打起架来,是个活活的红眼猛兽,任多少人他都不尿。他一手握住一块三尖八棱的石头,抡开两条长胳膊,方圆邻近的,就没人能降住他。夏天里,从地里往场里担麦,他能一根尖担两头挑磨盘大的麦捆,尖担挑折了,他还和个没事人一样。但他给我磕了响头,让我替他养活我妈。你说,我这心里啥心事?

爸一跑,哥一跑,我放下书包就去道上担山。我十一二,还不够半根扁担高呢。村里心善的汉们都说,老三呀,你还是根嫩秧秧呢,不敢把腰搣折了。先背几年锅磨磨脊背哇。我就给人家背锅去。要说背锅这事呀,还真不是人干的,可咱也得干呀,挣钱儿呢?我就先跟上东家到了南村卖锅的人家里,把大铁锅、小铁锅一口一口码到大车上,驮到骡背上。最后,东家把一口大锅捆到我背上。我就那么跟上骡帮,顺着老祖宗王泰来铺的青石道,过小箕,走道口,从坡头下到南河底,一路翻山过了天井关,一脚一脚走到沁阳城里。娘呀,我背上这口锅就是我的命,你说多重它就有多重,你想它多重它就能多重。开始我哭,可谁理你呀?谁是你妈你姐呀?后来我就骂,骂我爸，你跑甚口外呢？骂我大哥，你当兵怎么就不回来？骂我二哥，磕个响头你就跑了？唉嗨嗨，我哭，可是又有啥用？锅就像你背上长出来的罗锅儿，你就只当它天生就在那鼓鼓着哇。跟上骡子走你的路哇，翻了一山是一山，黄面窝窝头，白面大蒸馍，吃上一个是一个。再高的山，也有下山的路，再远的路，都是咱往家返的路。人一到家，眼一见妈，妈一摸我的头发，一拉住我的手抖着掉牙的嘴哭，我就啥也不说了。唉嗨嗨，我的亲妈呀！

慢慢地，我就能背动俩铁锅了。背上俩铁锅还能赶过大骡子的时候，我就感觉自己已是个汉们了。汉们就不背锅了，汉们咱担山去呀。

担山担山，就是把骡背上、大车上的铁货卸下来，让人担上山去。他娘的，要说这山路和山路也不一样，从南河底到李家庄这一段，山陡路窄，骡帮拉货出发时都是按走平路上的货，一到这山腰腰，骡腿就吃力，就磨磨蹭蹭，赶骡子的也不敢发狠打，鞭子一狠，骡子就要满山发狂撒欢去了。一头撒了欢的骡子，能把一整个骡帮连人带货冲撞到山沟沟里去，那可真不是闹着耍的。东家就得把骡背上的铁货挨个儿卸一部分下来，雇上担山汉，挑到山顶顶上。到了山顶，人肩上放下再码上骡背。唉嘿嘿，咱担山汉，就是上辈子欠下骡子一吊钱没还嘛，这辈子来替骡们省力气的嘛！

我就一根担子两条绳给人家担山。担山嘛，除了这张嘴，这颗长嘴的脑袋还是你的，你的膀子，你的腰，你的两条腿、两只脚都不是你的了。你就担着货一脚一脚往上挪哇！眼前有的是路给你走，你看看那山道上，有多少一个坑一个坑的脚印，有骡踏出来的，可担山汉脚踩出来的比骡还多。唉嗨嗨，担山汉可不就是两只脚的骡吗！

可人真不如骡呀。骡子一身毛毛，春夏秋冬不用换衣裳，人不行呀！大冬天的我担山，穿的还是单裤。一条扛不住冻，我就套两条。他娘的，上山时两条腿上的汗顺腿往鞋里流呀，下山时风一吹，我的娘，贴着腿就能结出一层冰来。唉嗨嗨。有一回，我担了山，怀里揣着俩挣来的冷蒸馍回家，一下山就看见了我姐。我姐这是从她河上村的夫家悄悄跑回来看我了呀！我姐一看见我过来，拖住我就哭。她说，老三呀，姐来给你送棉裤了。我说，姐呀，棉裤在哪呢？我姐就指着她自己身上的棉衣说，棉花都在我棉衣里。

我姐，她就坐到没人的背风处，坐到一丛酸枣枝枝里，扯开她自己身上的大红棉衣，把里头的棉花一团一团白生生地掏出来。我就那么伸直两条僵腿坐到野地上，我姐就一把一把把棉花塞到我两条单裤里，粗针大线给我缝，缝完一条腿，再缝一条腿。真暖和呀，真舒坦呀，两条腿一霎间又都回到我身上了，又都是我的了！就这么着，我穿上了一条棉裤！

收到我二哥烈士证那天，我妈一翻一滚在炕上哭得震天响，又哭得出不上气。我妈呀，早早地连媳妇都给我二哥订下了，新新的在人家家里给他攒着呢！她就等自己家老二打仗回来娶新媳妇上门呢！她能不哭吗？可我不能哭呀，我还得出门去担山，一家老小还指望着我呢！

挑着担子一上山，我就骡子一样撒了欢，发了狂，我就唱，唱《闯幽州》，唱《金沙滩》，心里头有多少兵呀将呀来来去去杀也杀不完。唱着唱着我就哭，哭着哭着我就骂，骂老二。老二呀老二，你个逞能货，活活把自己能死了。骂着骂着我就腰一软栽倒在山路上。唉嗨嗨。又赶紧给人家担起来，急急地给人家稳稳走。上了山，东家却不给钱，说磕坏了人家的锅沿儿。这我认，错在我嘛！咱大小也是个汉们！

东家不给咱担山钱，可我不能空着手回家让老娘喝西北风呀！我就又下了山，屁股坐在担子上等，我等钱来呢。可等来等去，都半后晌了，也没个生意。最后，还是等过来个挑担的河南草灰汉，是个上山买卖的小贩要翻山回家去。我就赶紧过去和人家说话，我说老哥，老哥你歇歇,我替你担上山去。草灰汉抬头吃了一惊,又看我人小,话也不说,就朝我摆摆手,看意思,他是想自己担上山去呢。可我不能答应他呀,他要自己担上山,我和我妈晚上就得饿肚了。我就赶紧过去把人家膀上的担子抢下来,嘴上说:"我来我来,给咱俩馍馍就行!"草灰汉听了又一摆手,连说:"木馍木馍!"人家那意思,是说没有馍馍给我。可我知道他怀里揣的有馍馍,就糊里糊涂回他一句:"黑馍就黑馍吧!"不等他回嘴,担上就走。

一路担到了李家庄,天也黑透了。我放下担子,拦住草灰汉和他要馍馍。这河南汉们急眼儿了,大喊大叫,说早跟你说了,"木馍木馍",怎么还要?我挺胸怒眼,朝前横住担子脸对脸跟他说:"你说的是黑馍黑馍嘛!怎么敢耍赖!唵,欺负人小吗?"草灰汉左右看看山上,一个人也没有,说:"你这小娃娃真是强横,我没有黑面馍给你嘛!"

嘿嘿,我好半天就等着他说这话呢,我就说:"没有黑馍,白面馍馍也行嘛!快快拿出来!"

就这么着,我就揣上了俩白面馍下了山。走着走着,山上黑洞洞的,我就对着满山满谷喊上了,我说二哥呀二哥,你看我,你看看我,我又给咱妈挣下了俩白面蒸馍。你死就死哇,机枪子弹打你圪脑上,你疼就疼吧。看咱妈有白面蒸馍吃,你就是疼也不疼了。

我那二哥呀,我想他也听不见,再喊他也听不见了,他一家伙跑得太远了。他被连夜不知道哪里来的兵团团围在了一座小土庙里。人家机关枪对着他们藏身的庙门和几扇窗户眼儿,还抢着火把扔过来烧庙门,要烧死他们这一伙子被围的兵。我那二哥,就头一个站起,喊了句啥,一头撞破窗户就翻到了小庙外。他英雄好汉,他学杨七郎突围闯阵搬救兵去呢!

可当头电光火闪,就是一梭子。哥呀,你疼不疼?疼不疼?

戏班记忆

关于唱戏的记忆，最初是听爷爷说起的。爷爷说起这事的时候，也不是在说唱戏，其实是说有一年腊月里他从南边牵回一只羊。羊不大，却很肥，过年时杀了吃肉，全家人吃了一个多月，吃出一身的羊膻气。

而这只羊，竟是爷爷在南边教了一月戏的工钱。

所谓南边，是指晋东南以南临近河南的地界。所谓戏，就是整个晋东南地区流行的上党梆子。至于爷爷为什么会唱戏，又为什么会去南边教戏，我就不得而知了。而村里会唱梆子的其实也不只爷爷一个，村东头，村西头，能唱的人很多，以致嗓门大的吆喝两声竟能组出一个生旦净末丑样样俱全的乡村戏班来，农闲时就当成副业，跑四乡八镇演出，赚一些钱回来贴补家用。

这是1980年代早期的事情。我四岁时，家里很穷，虽然也能吃饱，但三间东屋除了一张毛主席像，四壁都是空的，砖砌的脚地不平，沿墙一溜摆着高高低低的缸缸罐罐，除了门后那只比我高一些的水缸是满的，其余的都是空着大半截子。连两扇木头门也都朽烂了，底下关不严实，每天晚上门关起来的时候，门扇与门槛的中间部分就空出不规则的一弯月牙。我总能透过那月牙似的窟窿,先把挺大一个脑袋从门里面磨磨蹭蹭地拱出去,腰再一使劲,人的上半截儿就能爬到门外的青石廊阶上。

这般恓惶光景,也并不是说我家就特别穷困,那个时候,村里人家大多如此。以致能唱两句的男人女人,一有人叫就愿意跟上班子出去唱上几天。连不会唱戏却没事做的半大小伙和年轻闺女们,也都愿意跟上出去跑跑龙套,只当是图了个年轻的热闹吧。

我也就那样跟上了爷爷、爸爸以及戏班子里的男男女女们出去唱戏了。跑一次出去就要小半年,以至于有时出去穿的是条新裤子,回来时裤脚就吊在了拐骨上。

虽说只是一个戏班子,但却也相当于整个村子里最精明能干的劳动力倾巢出动了。老老少少六七十号,里面包括了我爷爷这样的土编导、平安爷他们这样的演员、我爸他们那样的八音会乐队,以及服装道具、灯光舞美,还有拉大幕、做饭的。总之是,该有的都有了,不该有的,也有了,像木偶戏这样的玩意儿,也整合了进去,关键时刻就会当法宝拿出来唬唬人。

村里有的人家祖孙三代都在班里,有的是夫妻俩,带着自家锅碗来的,有的是兄弟俩,裤子和鞋可以换着穿,还有的是亲姐妹四五个,更多是搞对象的男女小青年,坐在外路来接戏班的解放牌汽车后厢里,自有一番热闹景象。

现在想来,那一大群坐在箱笼和行李堆上留着八十年代乡村发型与表情的人们,简直就是一个移动着的晋东南乡村啊。

戏班里奇人很多,说藏龙卧虎也不为过。比如管道具衣装的是个老头,他和我母亲这一边还有比较密切的亲戚关系,家住大箕河南一个大院子里,所以我管他叫南院老舅。他的工作是给演员们换衣装,穿靴,戴帽,扎靠,挂髯口,都是他一个,很是繁琐而辛苦。那时候老人家就有六十多岁了,留着满脸络腮胡子,猛一看像后来画上的齐白石一样,不过却要生猛扎煞很多。据说他爸是个民国年间的镖师,曾用两条扫裆腿打出了很长的镖路,于是常年都在外路押镖行走。某年腊月回乡路上遭遇群盗,他赤手空拳难敌对方的刀械,于是就地扳断一棵胳膊粗的槐树,气雄万夫,左冲右突,把一众惯匪追得上天入地,狼奔豕突不见了踪影。

南院老舅据说曾受了家教,身手也极了得。别的功夫我倒也没有见过,想他老人家纵是武家高手,也不会在我小孩眼前使吧。但有次戏班到了一个邻县村庄,村支书很是强势,结算戏钱时吵着要和戏班子人喝酒,从午后喝到掌灯还是不止不休。南院老舅看不是个事,也不说话,闷头就进去,看看桌上,说你这点酒也叫喝酒。一个人吹掉两瓶北方烧,抹抹嘴就出去了。村支书夺气,赶忙下炕趿拉上布鞋走了。

伙房里做饭的也是个老头,五十多了,个子粗矮,像颗熄火没炸开的炮弹。一个人却能做六七十人的饭。每当戏班里吃面,他就把擀出来的面条一束一束地挂在厨房外的绳子上,风一吹,面条齐舞,远远地望过去也蔚为壮观。

拉大幕的是个大脑袋男人,人送绰号"大疙脑"。"大疙脑"的脖子很短,所以总是显得中山装的衣领很高,一颗硕大而方正的脑袋倾侧深陷在两边仿佛高耸的肩膀中间,好像他总是处在深深吸气而忘记呼气的状态里。他总是一脸天真的忠厚相,以至于生人看不出他的实际年龄,说他三十岁、四十岁、五十岁,好像都可以,而事实上他要比我爷爷还要大上三两岁。他的工作就是把舞台上的大幕拉开,再拉上,要不就是在两出戏的中间换换布景,最高难度的工作,在我看来就是举起一根长长的竹竿,在半空中吊的舞台灯之间拨来拨去,以调节光向。但就是这么一个我不太看得起的"大疙脑",他竟然有一个号称乡间赌王的父亲。据说在新中国成立前很多年,他父亲自己钻研牌技,又一个人跑下河南地,在郑州和洛阳的赌局里,靠一粒做过手脚的假骰子和偷牌神技一晚上能赢两个纸烟厂。他老人家揣着这颗骰子浪荡中原数十年，见过香艳繁华，手里出入过大宗大宗的银钱，最后却也孑然一身返乡，新中国成立后混了一个"金银地主"的诨名，被日夜批斗，没少受了教育，但竟然也晃着和他儿子相似的大脑袋活到了七十年代后期。据说赌王在乡改造期间偶尔也会一时技痒，在田间地头歇息时，会忽然叹息一声，平平伸展手掌在小石头堆里一送一搓，掌心里就会粘起几颗小石头。

乐队里的高人也有很多，其中最显眼的是倾巢出动的一家人，父子四个，外带三个儿媳妇共七个。这家人平常的营生是铁匠，老爷子年轻时能独自扳倒一头骡子来钉铁脚掌。一出去唱戏，他们家就是戏班子里的绝对骨干。老爷子掌鼓板，打梆子，老大吹唢呐，老二擂大鼓，老三鸣金敲锣。三个媳妇，就咿咿呀呀唱老旦和小旦。而最让人惊讶的，还是这家人最后培育出了一个国家级的京剧演员。他家老二的儿子受了家传，以翻跟头的绝技特招进中央戏剧学院，成为西南某省京剧院的大武生。

我们戏班去的那些地方，都是晋东南各县的乡镇，大多都很苦焦，有的甚至还不如我们村子。正是因为这些地方穷，请不来大的班子，我们这样的乡村小戏班才有了一块施展的舞台。但那时候的人都爱看戏，也把看戏当成一个很大的庄严事，爱屋及乌，就把唱戏的人当成尊贵人来待见。很多唱戏的村子没有能供戏班七八十人吃饭的大灶，就把班子里的人三三五五安排到各家去吃派饭。主人这时都会高看上一眼，捞到碗里的饭也就格外稠实些。

但1980年代的乡间自有一种隐隐然的恐怖让外出唱戏谋生的戏班众人深感不安。一个初冬，戏班子歇宿在河西地一个村庄的小学校里。一连三个晚上，戏班旦角借宿处的窗户玻璃都被莫名其妙地敲碎，无论她们换到哪间屋子，这间屋的玻璃在深夜里都总不能幸免。

砰啪一声，一地碎玻璃撒满银白的寒霜。在闻声而起的手电筒光芒的照耀下，我间或看到我爷爷、南院老舅、大疙脑以及那父子四人青色的脸。他们面面相觑，交头接耳，又仓皇不知所措。一团人就那么立着，哆哆嗦嗦在晋东南漫天的寒霜里，像一些凌晨时分沉默而卖力的角色，在演一出1980年代的乡村哑剧。

我们戏班周游的这些地方，虽然同是晋东南，但有些风物和家里却不太一样。在我四岁孩子的眼里，最稀奇的是看到了长长的铁路以及喷着白气扑沓扑沓呼啸而来的烧煤火车。在一个铁道沿线的村子，我和爷爷清早起来，就坐在主人家塌了半边的院墙上，看拉煤的火车从下面来去。那些黑皮车厢，我一节一节地数，竟然能数到四五十以上。从那时候就好奇，这些火车究竟是要去哪里啊？拉这么多的煤究竟能做多少人的饭啊？

也就渐渐有了要去火车去的地方看一看的小念头。

与看火车相比，看得最多的当然还是爷爷们唱的戏了。现在想来，当时班子里并没有写新戏的原创能力。唱的都是一些古时传下来的老曲目。老戏主要是《封神榜》《杨家将》《包公案》《狄公案》，新戏主要就是《朝阳沟》和《智取威虎山》。我最熟的是杨家将系列，无论是唱《金沙滩》还是《四郎探母》，或者《雁门关》，我都会坐在我爸爸的脚下抱着一根梆子很专注地从头看到尾。

我爸是乐队里吹唢呐和拉二胡的，身边坐着吹笙的和敲锣打镲的，身后坐着掌鼓板的忠亮叔。忠亮叔鼓敲得高兴了，就会十分兴奋，这个时候他往往会把鼓槌从我爸拉二胡的胳肢窝里长长伸过来，突然在我头上轻轻一击。

但最爱看的，还是《七狼八虎闯幽州》。这是杨家将系列里最激烈的武戏，上台的人多，难度也大，也几乎不啊啊啊地唱，就是杨老将领着八个儿子和番兵们对打，打着打着会翻起跟头，这时台上就满是灰尘，在顶灯的照耀下雾腾腾的，十分热闹。其中，唱杨老将的是我爷爷，他拿着亮晃晃的大砍刀，有一部好看的银胡子。唱杨七郎的武生是平安爷。平安爷那时候不到四十,精瘦,扮出黑红脸的杨七郎来十分威武。我记得他手里使的并不是亮银枪,而是两根枣木制的六棱大鞭,很长,也很沉。他穿着毡靴,和一群番兵们在台上推来推去地打斗。那两根大鞭上架着对方刺来的十来根红缨枪,对方齐声一发力,平安爷的脚后跟就能一直退进乐队群里来,他黑色的靠背旗就在我的头顶上卷来卷去,很痒。

这个时候我就坐不住了,就会悄悄起身,跟着退场的番兵一路飞跑过幕后,一边跑一边做着跑龙套的架势。有一次跑得过于欢实,没看见脚下绑大幕的绳子,一脚绊上去就斜着摔了出去。人砸在台板上,都短暂昏迷了。而戏比天大啊,也没闲人来救,就那样慢慢醒过来,揉着眼自己爬起,重新坐到台边上。

五岁的时候,和爸爸一起在乐队里吹唢呐的小虎伯说,这孩子大了,该上去唱一唱了。于是我就被人扮上,拉上了场。上场前两天的下午,其实也是彩排过的。我就演《四郎探母》里的小孩,父亲杨四郎,母亲辽国公主。我就坐在台前,拿个小镜子做玩耍状,时不时可以把小镜子朝舞台上的顶灯照一照,再朝台下晃一晃。这些都是大人反复嘱咐好了的。但一上场,公主到台中央一松手,我就坐下了,呆呆地坐在那里,连镜子也忘记了玩。舞台顶上的大灯雪亮地照着,蚊子在脸前飞呀飞呀。好热,什么时候你们才唱完呢?

转眼就六岁了,一身虱子地被爷爷从外面领回了家。那次回来,隐隐约约就听母亲说要送我去上学,心里就下了狠心,说什么也要跟着出去再玩上两年。终于到了那个清晨,爷爷吃了早饭说要走,又说你在家好好上学吧。我就开始哭闹,坐到地上搂住爷爷腿不让出门。但爷爷终于还是拔脚走了。母亲把门插了,很威严地坐在中堂的椅子上看我哭。我就使出惯技,把脑袋从木门下的窟窿里猛地拱了出去,也不顾擦破额头,腰再一使劲,嗨,出来了!但就在我准备起身去追赶爷爷的时候,母亲从里面猛然把门豁开了,不由分说,劈头盖脸的就是一顿痛打。

就这样，我离开了乡村戏班。身体里好像咔吧一声就断了电，那些生动的花儿们一夜之间就谢了。而一棵正儿八经的树，从装文具的黄挎包里慢慢长起来。

而很快到来的1985年，上海产凯歌牌黑白电视机开始进入晋东南乡村，爷爷的戏班子在哑巴家住的李宅西屋分了最后一次工钱，然后宣告解散。

1990年的一天，我作为五年级的小学生路过村里的大戏台，阳光很好，戏台上晾晒了满满的刀枪剑戟和各色的靠背旗，以及《智取威虎山》里的驳壳枪。那是我最后一次见与戏班子有关的旧东西。

当这些爷爷们旧日用过的道具在日落时分被拍入黑暗的大箱笼并最终在某间仓库里渐渐朽烂，属于一个孩子记忆里的那个欢闹时代就终于结束了。

至今，他其实连一句梆子都不会唱。

五指山下

　　随暮色而起的薄雾使五指山虚淡起来,并在持续的减弱中渐次陷落。而晚风有形,带来豆田近处淡黑的绿色与提纯后的草香。

　　山路在远望中似甩开的羊鞭,灰黄近白。隔山有晚归的羊叫却看不见羊。而后,那一两声咩咩咩咩也很快消失了,在看不见的山坳小径后,羊群踩着青蒿、马齿苋与覆盆子隐入它们的归途。

　　暮色加深了山树下部的阴影。那些刺槐、山榆和臭椿以及野桃只有与天际相摩的尖梢有着类似于剪纸的清晰可感,其下则逐次陷入不规则的团状混沌且伴随着撕裂形成的虚淡空洞。

　　而鸟声显得遥远,与它们凌晨时分的声音好像完全来自两个源头。在到来此处之前,它们似有比早晨更长的路要走,以致在抵达之时显得微弱、暗钝、过分曲折难行,而在袅袅娜娜地抵达的一刻,暮色已浓的山下有片时的空寂。而近处蝉噪不止,它提供了一个类似于暴风中心旋转的孔洞。山谷之夜,披着阴影之翼正从其中悄悄飞出。

　　下午,在五指山下的麦田里我又看到那些黑喜鹊,去年这个时候,我曾在诗里多次写到它们。其中的一首中我写道:"一月田野上漫步的黑喜鹊/遇见我,都不害怕/眼里的绿还是绿//我却惊了。这些黑底白胸衣的巫女/都像麦地里长出来的精灵。"但在今天下午,它们在数量上减少了许多,不再像去年那样一群一群散落在麦地里,跳着啄食麦子的青苗。但我还是在麦地里发现了三只,其中之一用两脚一左一右地踩着田垄走,另外两只则习惯性跳跃着。它们的叫声是嚓嚓嚓、吱吱吱……麦田尽头公路边的电线上也能看见它们,但这些踩着电流的黑喜鹊似乎更为敏感。它们在听到手机拍照声的一刹那便扑进了蓝天,像迸出电线的一道黑白花火,啪一下就消失了。

公路拐弯的地方,原来废弃的活性炭厂的大烟囱又升起了灰绿的浓烟。厂门前挂着某钢化玻璃的牌子。那里没有一只喜鹊,也没有任何一只鸟。我从麦田之间蜿蜒的小径走过,那些小径,像是从黑喜鹊的眼睛中延伸出来的。在另一首诗中,我曾写道:"黑喜鹊栖于槐,灰喜鹊集于桑/不惧人,不惊响/飞止随其性,起落由其身//高十丈,低三尺。将翱将翔/翼展如水,飞出阡陌纵横。"不下雪,天旱,地里麦苗像营养不良的小妮子的枯发,黄黄的,伏在田垄之间。阡陌上有许多未干的羊粪蛋子,这正是羊卧地的好时节啊。上得坡来,羊栏果然是空的,那条去年追着我狂奔的狗也不在。放羊叔领着它们上山去了。羊栏是放羊叔用原木板子钉成的,有一人半还高。远远看过去,羊栏像插在青天里,有新鲜而温热的羊粪味从缝隙间氤氲而出。在羊栏边上,我再次听见喜鹊的鸣叫。喜鹊的鸣叫在下午的时候听来像斜劈在风中的斧头,斜着向下的一串咔咔咔咔,尾声滞重、沙哑、低沉,但却十分干脆。有时那声音会突然发生儿化,听起来是尖锐的嚓儿嚓儿嚓儿,并伴以吱吱吱的余音。

我踩着羊粪来到山上,山坡是放羊叔削掉山岩开成的,窄且陡峭,但羊能上去,人就能上去。风吹过这山坡,把早晨时分的灰雾吹散,把一天的云层推开,拂乱,让头顶的云像大箕媳妇儿拆开的一床棉套,乱纷纷的,绵软得厚实而生动。

风再次吹上五指山的山冈,凉凉地摇动光秃秃的酸枣枝、白茅草、山榆树、小刺槐和黄色的开裂的页岩。那些页岩比我父亲的年龄还要久了,在六十年乃至更久远的风化中,它们有的还强硬地保持着石头的样状和冷硬的气质,但更多的已一层一层皱裂,破碎成苍黄的碎片,并继续接受山风的粉碎。我不禁想,在我儿子的生命中,这座页岩形成的山,会化为风中的粉尘吗?我的儿子会像我这样关注石头与山风的对抗与消长吗?我不敢想,也想不出更满意的答案。

我发现,大箕冬天里干枯的植物继续保持着它们的生气,像一些因饥渴而忍耐着、集聚着力量的大箕人。你看那些干枯的白茅草在风中还保持着坚韧,风从来吹不折它们多节的细茎,风紧时低低头弯弯腰,风缓时就站直身姿不动。在风吹过的秃山冈上,它们从未趴下过身体,并不比那些卓然的刺槐们逊色。

我在山棱背面稍远一些的灌木丛中,发现一棵美丽的树。它大约有十岁,或者更年轻一些,可能是沙梨一类的果树,但我不知它确切的名属。它的主干从二尺以上分成彼此对称着上升的两枝。每枝上又对称着以优美的弧度伸展出无数的细枝,茂密、苗壮而富有秩序,像我少数时候的内心。但它还十分年轻,还有更悠远的未来,如果它有幸不被山下人砍伐掉的话。

下山时,又看见黑喜鹊,它们似乎更喜欢在槐树高高的细枝上停驻,并与对面我看不见的另一只长时间对唱,而不喜欢落在梧桐成弧状而末梢留有籽粒的枝桠上。古画中常有喜鹊登枝,古语又说良禽择木而栖,看来都绝非妄笔虚言。

而去年出没在干水塘榆树丛中的另一种灰喜鹊今年已经消失了。去年时,它们常与槐树顶上的黑喜鹊一同在午后唱和,追逐,一起用展翅飞行时的腰身令我这个人类目瞪口呆,但今年,它们把冬天的这片栖息地让给了黑喜鹊。它们去了哪里?

或者说,它们能不能知道在曾经的居留地,一个叫大箕的晋东南山村,还有一个人类怀念着它们的歌声与翅膀。

而天又黑了。

今夜晴朗，五指山上的星星比昨夜稠密多了，目视有数百颗之多。它们集聚在东方，而西方要稀淡一些。星们很小，很碎，像西游的夜鱼闪光的背鳞。此时是19时一刻，大箕村的夜正从天穹中心向四面群山之后陷落。我总是觉得，山线之后的夜色要淡一些，薄一些，许是五指山的浓黑将天光反衬得明亮了些吧。群山四合，周遭静寂，此刻有羊的咩咩声不时穿出羊栏，那分明是一只羊羔的乳声。

我站在羊栏外看星星。我还不认识那些星星中的任何一颗，但我想在接下来的这个残冬以及即将到来的春天认识它们，并掌握它们彼此之间的联系。

而此刻的夜色里，羊们愈叫愈急。我甚至觉得夜晚的羊叫和多年前夏夜里疲倦下来的蛙鸣有几分相似。而那个当年满是蛙声的池塘如今就在我脚下，一半倒满了炉渣，一半长满了杂树。而树上的灰喜鹊，早不见了踪影。

好在星星还在头顶。它们是夜晚的鹊群，无声而闪耀地飞过五指山深冬夜晚的清寂。

乡村税赋

后来做梦，常梦见背着一布袋粮食在太阳下顺着青石水渠走，腿越走越重，水渠越走越长，最后一头栽到水渠下，就醒了。

背粮食，是少年时在晋东南乡下常要履行的一种家庭劳动。尤其是在夏粮从场上打下来的阴历五月底，饱满、厚实但含有水分的小麦要在早晨一袋一袋背到晒场上去晾晒脱水。麦子在晒场铺开的竹篾席上晾晒一天，晚夕时分再由女人用簸箕一翻一扬簸一簸，灌进布袋扎住口再背回粮囤。晾晒五六次后的麦子，才能装起去乡上缴公粮。

每逢麦子一晒毕，满街站立的喇叭就会广播交公粮的信息，村街上、各村通往乡里的土公路和山道上，这时就会现出一道肩挑背驮的人流。家家有人担上、推上新打下场的小麦，去乡粮站缴公粮。

大箕粮站在乡镇府背后的一个大院子里。管粮站的男人姓周，名正，也是我们大箕村人。周姓在大箕好像独此一家，但这周正高大威猛，屁股后的腰带上，吊着一大串黄铜、白铝的各式钥匙。他站在黑冷的磅秤后一手摸铁秤砣，一手提着深蓝色硬皮表格夹子，举手投足很有公家人味道，就连那看人、看麦子的眼神，都很有些铁面孔目的意思。周正的儿子与我同班，名为周进，记忆中是个勇猛而憨厚的男孩，唯两孔黄而亮的鼻涕经常性地拖在唇上，时不时吸溜吸溜地让人厌烦。周正还有个小女儿，1993年晋普山发大水，洪水蔓延进大箕干枯的河道，眨眼间卷走了两个女孩，其中之一便是周家的幼女。1997年秋天，我考上大学去乡粮站新迁的办公地办理商品粮手续，还见过日已年老的周正。当时他鬓角已斑，面上有一种伤痛过后的慈悲相。他看了我的入学通知书便有几分羡慕，很快速也很庄重地给我盖了公章，并把盖过章的纸两手朝我面前平平一推，热情地说："吃商品粮了，哈！"

但我十岁之前跟大人去缴公粮时的周正站在磅秤后，一个人与来自十几个村子的青壮后生以及大姑娘、小媳妇们搏斗着。他冷漠、威严，抓起一把麦子先用手捻一捻，再塞几颗进嘴里嚼一嚼，然后才过磅，再登记，一丝不苟，颗粒归仓，绝不敷衍。但缴公粮的人们并不惧怕或者说并不理会周正的这副公家式的面孔。他们很多人是把缴公粮当成一种赶集式的快活来享受的。他们互相交谈，扯着家常，用彼此熟悉和能懂的眼神传达着某种乡村的隐秘，或者忽然就干脆大声骂起来："日你娘的周正，这麦子还不够干？你牙口比驴还好？""今个后晌你不给我缴上去，我晚上就睡你家炕上！"就这么在一片哄闹之中，公粮便都缴上去了。

而除了缴公粮那几天，你是见不到周正的。作为一个公家人，他适时地保持了自己在乡村里应有的神秘与尊严。

缴公粮之后，会有几天闲暇。在这几天农闲，村里会集中各队劳力，去村外山岭上植树。还记得有一年，父母带着我去蝴蝶山上出工植树的情景。那一天是挖树坑，村支书把任务安排给各队队长，队长再召集户主，把各家应该承领的任务分开，然后大家伙儿就在说笑声中甩着汗水干开，但干不大一会就三三两两坐下，散漫地吃干粮，大声地喝开水，东家长西家短地说一些闲事，总归在太阳落山前，各家把各家的树坑挖出来就算交差。

在缴公粮和集体挖树坑的年月里,乡村里的基干民兵连还严密地操练着。每天我们这些孩子顺着小学校后从葫芦峰村那面延展过来的水渠回家的时候,迎面就会碰上扛着刺刀雪亮的半自动步枪,穿着蓝色衣裤,喊着响亮口号,齐刷刷地跑过来的队伍,他们矫健、飒爽,时刻要去捍卫什么的样子。而那时候大箕村四周的青石水渠还十分完好。渠里常有能没及一个成年男人大腿的水流,水底和渠壁上是滑腻腻的绿苔。跟着那青灰色的水渠,通过一个幽暗的底部铺满河沙的隧道,你就能抵达一个占地十多亩的大水库,而水库下便是一方一方的良田。

那个时代,村民向国家缴纳公粮,国家的水利就泽被你干旱的田亩。这一切,让人感到公平而安慰。那时候水库里还有鱼,水渠旁的小山下后沟里还有桃树、梨树、苹果树,每户缴纳了公粮的人,会在果子收获时节分得几斤甜蜜的滋润。

但伴随公粮制度的消失,村里一方一圆两大水库便先后干涸,而那蜿蜒的青灰色的水渠,也日渐颓败。今年过年时我还专门去看了一回,那水渠干脆已经被人填平,完全找不到当年活水滋润的痕迹了。

缴公粮,集体出工,乡村民兵连,这都是往日乡下生活中司空见惯的部分,有劳动的辛苦和战斗的荣誉感夹杂在汗水里,让参与的人有汗津津的爽快,让看的人有咸滋滋的羡慕。而作为一种往日的风景,它们更多有一种鲜活而健康的东西吹在乡村的风中,喧闹而喜乐。

现时乡村,平民百姓好像并不与税赋关联。只是乡镇上逢六赶集的时候,父亲八音会里的好友,二担伯伯和连堂爷爷会戴起褪色的红袖章,逢一个摊位便收两块钱的摊位费。这两个和我父亲一样老的老头,曲腰弓背拐着关节痛的残腿,穿行在熙熙攘攘的市声中,那苍老的背以及被午后的太阳折断在地上的影,像极了他们缴纳给苍茫岁月的一份乡村税赋。

夜夜神

乡村的夜晚是没有路灯的,但也不绝对。20世纪九十年代,晋东南乡镇的土街上,隔三五百米就会有一根水泥电线杆,杆顶吊着一个大音箱,音箱里有个喇叭,音箱外就是个白炽灯泡。灯泡扣在一个铁质的灯罩里,我们把那个灯罩叫作碗碗,把那个音箱和里面的喇叭,叫作广播。

那些广播好像泼洒汤水似的,每天中午都在空气里播散《三国演义》浓酽的气味,让放学路上饥肠辘辘的少年常常忘记了饥饿,撅着满脸的清水鼻涕就那么傻在电线杆下听袁阔成说书。

有时候那种电线杆底下会拴一只骡子,或一头叫驴。每当袁阔成说到好处,连那些驴子都会咴咴咴地高兴起来,而骡子似乎从来不叫,它站着沉默在自己因无性而终世劳苦的世界里,只是经常会在袁阔成大换气的时候一撅尾巴,从屁股后跌出一串粪球来。

一到吃过夜饭去中学里上晚自习的时候,村街上电线杆顶的灯泡们就纷纷点亮了自己。这些灯泡全掌握在一个叫李正的电工手里。李正小个子,精瘦,村里人都叫他电工正。这个电工正即使在二十多年后成为一个六十岁的老人时也一点没有发福,反倒更加瘦得像根盘条。冯小刚拍那部著名的《中国1942》时,去大箕小寨上的玫瑰天主教堂取景,电工正脱下衣服换上一身破乱儿,根本不用化妆就演了一次因饥饿而逃荒的难民。

妹妹今年来太原和我闲话电工正给冯小刚演电影的时候,我突然想起的,竟是那些电工正掌握的灯泡。

因为,让那些在夜晚亮起的灯泡重新跌回黑暗,曾是躁动的少年最爱干的事情之一。

我家住在大箕村东头,我有个邻居,叫云刚。云刚家的后墙就是我家院子的前墙。云刚的媳妇叫米香,是个很有几分姿色的外村女子。云刚的小舅子,也就是米香的小弟弟米方当时在乡中学上初三,因为借住在他姐姐家,所以每天都和我们那一片上中学的孩子相伴行走。

记忆里十四岁的米方很像苏联电影《伊万的童年》里的那个伊万,脾气不好,很拽,但长相英俊,不让人讨厌。他小小的四方脸很有棱角。两只手伸开来都很大,手指骨节分明。这家伙比我们那一片的孩子要大两岁,往他姐姐家门前一站,竟然能把我们这些小伙伴都唬住。他刚来大箕上初一的时候,就从他姐姐家出来,手里拿着一团看不清楚的东西,对着嘴巴呼呼两下吹起来,竟然是一个硕大而轻盈的白气球。他灵巧的手指在气球的吹口那里一挽,然后把女人乳头样的气球尖尖朝我们脸上一晃,再两手一抛,叫一声"飞吧",就把那气球抛到了空中,再用两手接住,就那么此起彼伏有声有色地玩着,竟然也能把我们那些孩子玩得一片痴迷且充满羡慕。

后来米方就一人送了我们一只。但他这次拿出来的气球却是装在一只小小的正方形纸袋里,纸袋四面密封,中央是透明的玻璃纸,撕开一边,就能拿出一个压得扁扁的气球来。我当时的印象是,这玩意从形式上看很像我母亲卷起来的袜子。米方很熟练,他用自己瘦而灵巧的手一揪一捻一拉,就真拉出一只袜子一样的塑料皮筒筒来,再对嘴一吹，就是灰白色的大气球了。但或是我们吹得不得法，或是那气球认生，总之是吹了两三次之后，那气球就会在你扑哧——扑哧——扑哧地猛吹的时候，突然叭的一声炸烂在你鼓起的腮帮子上。这时，当你再用期待的眼神看向米方的时候，他黑亮的小眼睛就看向了别处。当你执意要他重新给你弄一只气球玩玩的时候，他磨磨蹭蹭但终于很清楚地说："那你可以给我一毛钱吗？"

于是米方做成了他最初的几单卖气球的生意。而且，很快，他的气球生意，经过我们这几个上小学五年级的孩子的嘴和手，迅速覆盖了我们的乡中心小学。在那片小山下的校园里，任何一个孩子，只要花两毛钱，就可以从我们这些二道贩子手里买到一只气球，然后呼哧呼哧吹个不亦乐乎。

当我们那个穿一身蓝中山装的朱有德校长有一天突然发现满校园都飞舞着白色的避孕套的时候，他的头嗡的一声大了，他可能感觉这样的情景既奇妙，又嚣张。尤其是看到每一只飞起来的避孕套下都奔跑着一个或几个他治下的鲜嫩花朵，他顿时惶恐了起来，集合起所有的男女老师，拍着桌子把他们大骂一通，但从始到终，他都没有说出"避孕套"这三个字，只是把手伸到窗户外，朝天指了一回。于是一场旷日持久的收缴气球的行动迅速在每一个孩子的口袋里展开了。

小校园每天都十分蔚蓝的天空终于空洞了起来，偶尔会有几朵云经过，云下是那些急匆匆上厕所以及从厕所回教室路上的落寞的孩子。被米方的气球吹旺的那团轻盈与飞起来向着天空的明亮，迅速在乡村少年们的心头熄灭了。

生意的破灭可能激起了米方的怒火，因为在接下来的那个冬天，当我们这群小孩上了初一以后，他突然开始像当初亮出那只闪亮的气球那样，亮出了他伟大的弹弓。

这只弹弓的前身，其实是一个长相十分别致的杨树杈子。之所以说别致，是因为这个"Y"型的树杈子，朝上伸展出的两条胳膊同时也是朝后的,和下面那个手握的把子之间有一个很明显的角度。米方用很权威的口气告诉我们,这个"别"一下的角度很重要。当他把一条用车内胎皮制作的弓绳呼的一声朝后拉开,并在弓绳尾部叫"座皮"的垫皮里放上一颗石子的时候,他会很傲慢地别过脑袋,看着你的眼睛说:"喂,指个地方!"当你刚刚伸出的手指指着一个地方还没有完全展直的时候,米方手一松,你指住的那只芦花鸡的方向就发出一片仿佛被拧断了脖子似的鸡鸣声。

而有一天晚上,我突然伸出一根指头,在米方的鼻子尖前晃了晃。因为并不知道要指哪,所以我突然朝上指住了我们放学路上的一只晕黄的灯泡。那灯泡像一个傲慢而神奇的秃子,燃烧在一团黑色的背景中。它的四周仿佛飘着一丝一丝可以目视的冷气。

米方显然犹豫了一下,但很快说"哎呀我上个茅房",于是消失在街角的一堵墙后,不到一分钟,我就听见啪的一声,那段乡村土路跌回了自己干净的黑暗里。而冬虫的鸣唱也好像就在那一跌的瞬间,迅速回到了寒凉的人间。

我清楚地听到了细碎的玻璃碴落地的声音。那时十二岁的我还有一双敏锐无比的耳朵。它们捕捉并记录了米方打灭第一个灯泡时的所有细节。当米方系着裤带从那堵墙后闪出来的时候,我们好像突然亲热了几分。他伸出一条胳膊环绕住我的脖子,就那么一直搂着回到了我们前后相连的院子。

很快,这种偶然的夜间射击发展成一种青春露头时最初的狂热。在米方的周围,迅速增添了十把以上的弹弓。已经完全不用假装去墙后撒尿了,所有的人就那么围站在街灯底下,啪啪……一片射击声之后,路灯仍然亮得像个处女,然后是一片石子落地声,然后是一片恨恨的咒骂声。就在各自撅起屁股捡石子的时候,突然啪的一声,灯瞎了。黑暗里传来米方不怀好意的笑声。

和夜里打灯相比,白天上学或者中午放学回家吃饭的路上,就能看到猴子一样的电工正脚上套着那种电工穿的弯刀一般的铁鞋，一脚一脚爬上电线杆换灯泡。每当这个时候，我们就会相视一声大笑。因为第二天或者第三天，在这同一根电线杆上，就又能看到爬上爬下的电工了。

和少年的疯狂相比，电工正频繁更换的灯泡也是不够的。于是，弹弓的射击对象从街灯发展到夜间一切闪烁之物。比如乡村深夜里还没有熄灯的理发店，以及某些临街的店铺，要不就是那些停靠在公路上闪闪发亮的运输车的窗口。

有一回，理发店那扇糊着白纸的窗户上竟然清晰地闪出一对狗男女脸贴着脸的剪影。于是谁也没有说话，看，看，接着看，再看，但终于有人骂了一声，于是大伙迅速亮出了一片弹弓，其中一个随手从地上捡一块什么射向了那两只脸的正中间。一声惨叫中，四散奔逃。

后来，传说理发店的春香与当时的某个副乡长有染。因为她每周都会背着小小的理发箱子穿着高跟鞋去给副乡长理发。后来春香结婚了，而理发店的窗子再也不在夜里亮起。

和理发店窗户带给我们那一丝湿润润的恨意不同，射击老炮的商店窗户则完全是一件妙趣横生的快事。老炮是一个肥胖的小商人，以摆小摊卖瓜子和花生起家。我们从穿开裆裤那时候起，就熟悉他那张圆圆的肥脸。如果是村里唱夜戏的时候，他的摊前就会摆放两盏铝皮制作的电石灯。电石灯吐着长长的青白色的火苗，一伸一缩，甚至发出唰唰唰的轻响与一股股难闻的气味。而就在这种难闻的火苗中，老炮发家致富了。他竟然开成了一家像模像样的商店。

冬天里开了商店的老炮总是穿一件黑色的皮大衣，头上戴着毛茸茸的翻皮帽子，油胖的脸上始终带着一种要从你口袋里掏出毛票的微笑。老炮的店铺就设在我们放学回来的路上，那是一间用铁皮和油毡搭起来的临建。但这种用油漆刷得锃亮的活动房当时还因少见而极其惹眼，于是它几乎从站起来的第一天就成为我们憎恨并决意打击的目标。

几乎每一天夜里下晚自习路上,只要一发现老炮店铺的灯闪着铜臭一样的晕黄,我们便迅速弯下身子系好鞋带,然后捡起一块粗大的石子,各选角度,迅速射向窗户里隐隐约约的老炮。但几乎每一次,那一片冰雹般的石子都打在了活动房的铁壁上,发出一片叮里当啷的巨响,以及老炮"哎呀妈呀,他妈的是谁来"的怪叫。

当他终于穿上鞋提着他的两个大秤砣出来追捕的时候,只能在街道转弯的地方看到两只飞快隐遁的鞋跟。

但这种射击夜间一切明亮之物的嗜好终于在一个夜晚结束了,伴随着一串红薯干的跌落。

这几串红薯干其实是挂在四老舅二楼的窗户口。每天上学放学我们都要从这几串红薯干下路过,但任谁也没有注意过它。因为在晋东南乡村的冬天,红薯干这种东西是家家户户都有的。每天上学的路上我们都会在裤子口袋里装上一些,不时往嘴里塞上一个。一下嚼不动,就那么噙在各自的口水里泡着,慢慢那红薯干就鲜活生动了起来,就从里到外辐射出金黄的甜蜜。这时后槽牙才可以上场,对这满嘴风干过的甜蜜进行分解和吸收。

但四老舅家的楼口在某一天夜里突然出现了一只诡秘的灯泡。这只白得有些耀眼的灯泡就像只突然掉落下来的星星那样,很嚣张也很突兀地亮在那几串红薯干上,仿佛是受命前来照耀那风干的甜蜜似的。我们从那盏陌生的灯泡下经过时竟然都没怎么注意,是米方突然停了下来,他摘下自己的火车头小皮帽,重新戴上的时候帽檐子已经朝后了。他骂了一句,然后对我说,这灯泡也太"扎不下了",难道就它能耐?我们迅速会意,并迅速举起了有些寂寞的弹弓。

但这时米方又突然指住那几串红薯干,说,打灯泡也太没意思了,咱先把这几串红薯疙瘩打下来。老规矩,你们先!于是就开始一通乱射。于是开始有被击落的红薯干零零星星地落下来,然后不知道是谁一弹弓把一整串红薯干从那只灯泡下击落,于是迅速引起了一片骚动，便有几个年纪小的伙伴欢叫着扑向那串落地的红薯干。

他们并不是奔那串风干的小甜蜜而去，他们其实是想去看看自己想象中打了满环的靶纸。

但就在他们突过一堵开着小门的断墙，就要扑到那串红薯干下的时候，啪的一声，楼口上那盏灯在破碎中纷纷扬扬地掉了下来，掉进地上一整片的黑暗中。这种惯常节目式到来的黑暗并未引起那几个小伙伴的重视。他们更加富有刺激性地推搡着去捡拾，去用穿灯芯绒胖棉鞋的脚踩地上无辜的红薯干。

然后我们这些站在远处没动的大孩子就听见了"咔嚓嚓"的一阵响，然后是"扑通——哎呀"的叫喊。这是真正的落难的叫喊，在完全深刻的乡村黑夜里，在所有的灯盏都熄灭后的死寂中，这种孩童的喊叫就像碎玻璃似的让人骨头缝里冒凉气。

我的第一反应就是出事了。这时米方才大声说："哎呀就忘了，那儿是个大粪口！"

大粪口是厕所出粪的地方。平日里用一只已经不能分辨颜色的高粱秆编的拍子盖着。除了前来出粪去肥地的人，谁也没有想过要把这只拍子翻过来看一看里面的内容。但这只不被注意的拍子，包括上面那盏诡秘出现的灯泡，都更像是一个有意悬置的老鼠夹子。而此刻在粪水中挣扎的那几个小伙伴就是被崩簧打断了脊梁骨的老鼠。

若不是四老舅的窗口突然亮起了一盏灯，要不是这第一盏灯迅速叫醒了一片临近的灯火，我粪坑里的小伙伴就快要泡死在里面了。

在好像是突然出现的一大片手电光，更多是矿灯直射的强光中，一霎时我惊讶得快要瞎了。但没有大人扑打我们，他们正以白天里少有的敏捷和果敢扑下了那个黑洞洞的粪口。四老舅跳进去，一个一个把那几个老鼠一样的夜间射击者捞起，高高举出来。

在捞出受难的一切之后，四老舅朝地上唾了一口，然后笑骂道："你们这些菜疙瘩，真是臭死了！"

二十多年后初冬的午夜,我躺着,透过没有拉紧的窗帘,斜看太原五龙口的一盏终夜不灭的灯。我之所以迅速想起这些暗夜里被射灭的少年灯盏,可能是因为,我终于对那些深夜里的明亮之物充满了敬畏。

有一天早饭时,抱着我儿子的母亲突然说:"你知道吗?走夜路的人之所以能平安地回来,是因为夜夜神用眼睛在送着你。如果夜夜神在你身后闭上了他的眼,走夜路的人就回不去了。"母亲突然中止了这个话题,但她又强调了一下,"夜夜神,就是那些住在黑暗里并掌管黑暗的老爷们!"

在十月初一送寒衣那天的中午,母亲和我说起有一年,因为忘了给故去的先人送去衣物,我就莫名其妙地生病了。而在赶紧补上这份孝心之后,我又神奇地好了起来。这时母亲突然又想起什么似的说起了夜夜神。她说:"你姥爷故去后,家里就再也没有给夜夜神送饭的人了。"

我其实见识过我的姥爷和他的前圪套村人给夜夜神送灯的场景。但我奇怪的是,我的母亲竟然说,她从来都没有见过这种事情,只是听老人们说起过。但我却见过,而且一定是在秋末或者冬初的时候,因为记忆中送灯的夜里很凉,好像夜夜神冰冷的手突然从后面握住了你的脖子。

在那一天的白日里,全村的人都像过节日似的亢奋而奔忙。他们先用食油把米糠认真地搅拌、晾晒好,然后把整方的白麻纸一块一块地裁开。然后家家户户都上阵,用祖传的熟练手法,把油拌的米糠紧紧包扎在白麻纸里,然后把纸捻紧,留出一条长长的捻子。姥姥告诉我,这就是给夜夜神送的灯。而姥爷——姥姥的第二任丈夫,是指定的给夜夜神送饭的人。这种职司是一辈一辈祖传下来的,也许是祖先在夜夜神前许下过愿望,子孙们就要永远地侍奉,以便让夜夜神永远关照走夜路的灵魂。而除了专职送饭的人家外,还有送衣的、送鞋子的、送帽的。这些职司,由村子里和姥爷一样的专人来担当。

夜幕深深地降下来的时候,村子里终于响起了喧闹的锣鼓和唢呐。记忆的耳窝里,这种晋东南八音会制造出的乡村音乐出奇地喧亮。五颜六色的人群就被这种欢闹的音乐声快镜头似的一下推到记忆的村口。身材低矮的姥爷挑着两只很大的铁皮桶,桶里是姥姥特意烧出的香汤面。姥爷穿着特别的服装,黑亮的脸孔洋溢着郑重而喜乐的光芒。他的身后,是戴着一只巨大的尖顶纸帽的人,以及穿着各式奇装异服的人群。

和表弟跑在姥爷的饭桶前头,我看不到这浩大的队伍更多具体的场景,我能够看到的就是——灯,一盏一盏点亮起来的灯,一盏一盏放置在村路上、山路上、悬崖上、溪谷里、矿井口的灯。所有的人都带着一只荆条编的篮子,篮子里放满这种油糠麻纸做的小灯。所有的人,都在随手点亮小灯,随手放在自己经行的黑暗处。

——最深刻的黑暗里,住着无处不在的夜夜神。今夜,他闭着眼,今夜,他不照耀,今夜,是他的节日,他享受光明、衣食和音乐。

我的姥爷挑着饭桶,一只手举起长柄的汤勺,伸进前面的饭桶里,舀一勺泼一勺,并用我完全听不懂的话向着黑暗处念念有词。在饭桶前奔跑着,我也在一盏一盏点灯,点一盏放一盏,我只觉得快乐、兴奋、热火,我并没有看到我点起了多少给夜夜神的明亮。

只有随着队伍登上村后那座山的顶峰时,一回头,我看到了那些你只要经历过一次就永难忘怀的明亮。黑暗中,你站在山顶上,头上似乎没有星星,又似乎你到了天上,而天到了地上,所有的星星都在你眼睛下的山窝窝里列队,跺脚,静静跳跃,唱着你听不懂的歌。

一盏盏的灯火勾出了你黑暗的来路,以及你在灯火熄灭之前必经的归途。整个村落是明亮的,就像夜夜神突然睁开的泪花充盈的一只眼睛。就那么站立着,山风从背后吹来,吹拂我想不起当时究竟几岁的肩膀。我突然伸出两条胳膊,自己把自己紧紧抱住。

姥爷说我是凉了。但现在想来，我可能只是被那种充满了眼眶并照进灵魂缝隙里的光，吓了一跳。

可能就是从那时起，我成为一个见识过黑暗里闪亮之物的人。夜夜神，开始住到了我身体里最黑的地方。而就在我三十四岁的今天，我越来越发现自己喜欢上了黑暗，喜欢在无光的房间里静坐，喜欢在黎明到来之前玄想一切光明的事物。我越来越懂得，就像自由要想生根开花，必须寻找一片不自由的土地把自己埋葬进去并牺牲掉自由那样，光明也是难以恒久的，因为一切光明都是在燃烧自身。

只有黑暗无限，它是永恒的一部分，而黑暗之中必定有限的光明因燃烧自身而永远值得敬畏。

夜夜神，就是那在永恒之中燃烧自己给夜行人的灵魂以照耀的明亮。

母亲说，姥爷死后，家里再也没有个给夜夜神送饭的人了，而同时村里再也没有给夜夜神送灯的人了。那个黑暗里喧闹与光明的节日，再也不被她的前圪套村人提起。

突然间，心头跳起一句话：这是不是沉在黑暗之中的人心，对明亮之物的遗忘。

有些留恋，有些伤心，但更多的，却是害怕。

我故乡的柿子树

向晚,莫名想起了一棵柿子树。

柿子树黑黑瘦瘦,立在田埂外沿下,像汉子面山出神时的一截背影。有小孩一抱粗的主干,穿黑鳞衣甲,在三四尺之上分出个忧伤的树杈,又耿耿地向上,分出更多的树杈,顶上或东或西,或南或北,挑出三五颗零余的红柿子在高高枝头。

风一吹,红柿子就摇一摇,却不落。风再吹,红柿子就又摇一摇,还是不落。时有寒鸟过路,目标明确地飞下啄它,猛然间啄一口,它颤一颤,流血,但仍硬硬地不落,好像蒂下自有一方磐石,稳固着它与一棵树的不离不弃。

但一等时候到了,太阳从山后伸出黄白的手指虚虚一戳,那红柿子就像中了六脉神剑的红脸小儿,虚弱地一头栽下来,扑哧一声,在田垄间摔破了肚肠。

它有一肚子的红呢。

这是初冬时分晋东南我乡间柿子树的样子,黑瘦的,忧伤的,分杈的,耿耿的,零余的。为什么会是这个样子?我也说不清楚,总觉得它自己就该是这个样子。

向晚，竟莫名想起了这一棵我乡间的柿子树。其实说莫名也牵强，也许只是因为偶尔看见一位故乡的朋友在故乡的初冬爬上了一棵故乡嶙峋的柿子树，摘取了一颗枝头零余的红柿子而惹起几分乡愁吧。这场景很熟，又极远，正可供这一面的远人牵住一缕游丝，钻入记忆的一孔蚁穴，在故乡头上小蚂蚁样碰一碰久违的触须。

晚间行路，街面上袅袅升起的暖气里，路人像着衣误入了汤池，车灯四面照来，自有缥缈朦胧的一种幻化效果，而故乡柿子树的枝枝丫丫，就在这种袅袅里被一棵一棵推至眼前。

我记起某一年深秋，霜降之后家里犁地，大舅忽然指着头顶老柿子树上的几颗红柿子，让我摘下来给他吃。那几颗柿子挂在高枝的边沿上，很孤单，也很傲慢，测试着我童年小小的几分胆量。我奋勇攀缘而上，尽力伸长手臂，离它却始终尚有二尺。人悬空中，无依无着，我自然蹑足不敢前，只能朝着树下叹气，于是被大舅颇含鄙夷地痛骂几声。

大舅是一条真正晋东南汉子，勇毅，坚决，寡言语而敢担当。那日他直挺挺站在柿子树下，未必是真想吃一颗柿子，他很可能是极希望看到大外甥能长成他所设想的那个样子，胆大心烈、手长脚快的好汉吧。但我竟至于让他失望，从此留下一段小小耻辱。

又记起我晋东南乡间的柿子树会开出淡黄色小花，那小花有四方形的花冠，开口阔大，摘一朵到手心里，虚虚捂上一会。再把手掌张开，手心里就会多出一只黑黑的小飞虫，或者红色的小蚁。至于柿子树开花究竟有没有香气，却是再记不清了。但也依稀记得柿子树开花时，追逐着花季的养蜂人会将蜂箱沿路摆开，四面放出群蜂，采一季柿子的花蜜。

又记起晋东南乡间的柿子树是可以嫁接到软枣树上的，或者晋东南的软枣树是可以嫁接到柿子树上的。我家驴蹄洼六分地的田间，就曾有这么一棵树，一大半长柿子，一小半长软枣，或者一大半长软枣，一小半长柿子。软枣不是枣，它黑黑的，圆不溜秋的，小小的，把它从树上打回来，捂进一只小坛里，日久就会变软可食。吃起来有几分甜，也有几分涩，且肉薄籽大，口味不佳，但却有几分柿子的余味。

但此时母亲很严肃地说，软枣树和柿子树本就是一种树，柿子树长在软枣树上，长好了它就是柿子，长孬了它就是个软枣。她这么说的时候，我在灯影里竟忽生出几分惭愧——不知道在母亲心里，我究竟是长成了柿子呢，还是孬成了带苦涩味的一颗黑软枣。

我晋东南乡间的柿子树品种亦多，乡人眼里有笨与不笨之分，笨者结实小而近圆，皮厚肉薄；不笨者结实大而四方，皮薄而肉厚。我家的几棵柿子树皆笨，而姥姥家的柿子树皆不笨。但无论笨或不笨，青柿子黄柿子都不可生食，要热热地煨进一口小水缸里，加严盖子靠火炉放置几日，拔尽涩味后方可食用，乡间俗称"溇柿子"。但"溇柿子"的"溇"究竟是不是这样写？我亦不清楚，也许根本并无这个字，就求其音似吧。

刚从小缸里捞出来供食的柿子咬一口很脆，甜得纯正、刚硬，但余味短促，不蔓不延，正是柿子味道。

但想来我竟已有二十年未食过一颗柿子。说也奇怪，进城以来，尤其是来到这太原城中，我对柿子竟心生拒绝。每见街边水果摊头一颗颗四方形的大红柿子，我总掉头即走，像在异乡见了不该见的故人，惹起几分不快的心事。

苹果树下有人打铁

小雪前一日,晨起天色阴灰,就想坐看阴灰着的这张脸上如何一朵一朵开出小小的花来。可坐至向晚,并州城里也并没有落下预料中的白雪,待雪饮酒的人倒白白惊了一日的大风。

夜半醒来,颇觉身心寂寞,寂寞且无主。想那无信初雪,应是白绫裹身的吕布女儿吧,未及单马破围就怯怯回城去了。

他兴许就没有真的想送,只将吊桥高高扯起,托言城外刀兵盛大。

辗转反侧间,已是小雪这一天的黎明了。一个友人前日礼赠的葫芦挂在窗外的黑铁栏上,还是青黄光洁的葫芦身,臆想中期许的夜雪竟没有赠它一袭半领白袈裟。

出门西行。一夜摇落后,见满街空空的树木尽已冬天身。海棠树的寒果则挂在早晨的青天下,像一些小儿望穿白雪的黑黑眼球。隐隐然就觉得,我故乡大箕的苹果树下该有人打铁了,叮叮当当的打铁声里故乡的苹果树就该沾惹星星点点的白雪了。

果然,故乡大箕的乡野就落雪了。小雪定定落在小雪这一日。一只灰黄的小兔子欢欢跑出娘亲的怀抱,欢欢跑上五指山的山坡,在山岩与山岩的褶皱之间留下浅浅淡淡的花瓣形蹄迹,给那山下的套兔人费神追索。

一棵两棵三棵四棵苹果树,更多的苹果树,聚成五指山下小小的林子,一座抹了麦秸草泥的打铁炉子在风匣子嘎哒嘎哒的长长响声中一尺一尺吞吐青蓝火苗。一个两个三个四个脱光膀子,腰里围着帆布裙的铁匠在铁砧上卖力抡锤。

我总觉得,在我故乡大箕那样的中国民间,铁匠乃是异人,就像任何地方的铁匠都是绝非常人的异人一样。火是危险的,铁是危险的,火中锻铁的铁匠皆有血色而近于青黑的鬼神心相。鬼神心相的铁匠白日间烧火打铁,夜间就会乘风登高给素洁的月亮抹一把黑,再一翻身跨上赤焰驹,腰间摸出长枪铁斧,风驰电掣走州过府,做出些鬼神皆惊的刀兵大事来。

我又总觉得,在我故乡大箕那样的中国民间,苹果树乃是慈祥树,再年轻的苹果树亦有一番仁者心相。盘盘结结的绿枝条,酸酸甜甜的青苹果,让它盘踞住的一方山林多了几番稳固与慈悲,让那白日里打铁深夜里使用铁器的强人的硬硬肚腹间多出一份浑圆的柔软心。

我还总觉得,在我故乡大箕那样的中国民间,冬天的雪是真正的吉兆,而落在苹果林下打铁声中的白雪,是一味白药,医火灼伤,医铁器伤,医妻离子散、鳏寡孤独之心伤。

当看见苹果林里打铁声中低低飘落的一掬白雪,我无着落的乡人眼里应皆有安慰吧,就像看见了来年的麦子熟,谷子熟,新开的一小片水土熟。

叮叮当当叮叮当当,铁匠的铁锤敲在暗红色的铁块与铁条上,打得半空中火星飞溅,苹果树在打铁声里稳稳接住了小雪这一日的朵朵白雪,它青灰的枝条里正无声地呐喊,正暗暗孕育着下一春的朵朵苹果花。

不知道为什么,我总觉得中国民间所有的打铁炉外,都该像我故乡大箕五指山下的打铁炉那样围有一片小小的苹果林。而所有中国民间的苹果树一棵两棵三棵四棵的掩映中，都该有像我故乡大箕五指山下那般热热闹闹、红红火火的一座打铁炉。这样的总觉得没道理，因它只是我觉得。我只觉得苹果树下若没有一座打铁炉就会是孤独冷清的，而一座打铁炉边上若没有一片苹果林，打铁的响声就会是空落的。而若苹果林下有了座抹了麦秸草泥的打铁炉，有了日日夜夜纷飞不断的打铁声，那苹果树该会格外多结出一些苹果吧。而打铁的人在苹果树下烧火打铁，手里的锤子大概也会轻上一斤半两吧。

我又总觉得，苹果树下的一个铁匠应该有三个儿子。一个儿子拉风匣，父亲打铁，一个儿子拉风匣，父亲和一个哥哥打铁，一个儿子拉风匣子，父亲和两个哥哥打铁。在苹果树下，四个铁匠叮叮当当打铁，闻着苹果树浓郁的气息，看着白雪淡淡的颜色。就像我故乡大箕苹果树下的铁匠家一样。

我又总觉得，苹果树下的一个铁匠之家还该有个清白甜涩的女儿。天热的时候，她跳到炉前为父亲与哥哥送来一桶凉井水，下雪的时候，她又跑到炉前为父亲与哥哥送上一碗热汤水。正像我故乡大箕苹果树下的铁匠家女儿一样。

我还总觉得，苹果树下的一个铁匠之家里清白甜涩的女儿在一个下雪天疯掉了。她坐在苹果树下喃喃说着你情我爱的痴胡话，说得苹果树上的雪都停了，说得苹果树上的雪又下了，说得苹果树下打铁的父亲与三个哥哥铁打不成铁，火烧不成火。他们就一桶水浇灭打铁炉，扯出长枪铁斧，下山报冤仇。就像我故乡大箕苹果树下的铁匠家一样。

那日，大雪一直从五指山上下到五指山下的村庄里，屋屋尽白，而雪地踩的脚窝里，竟踩出了长长一路血。却不知是铁匠家的，还是铁匠仇人家的。

苹果树下有人打铁。时隔多年，小雪这天，故乡的苹果树下一定还有人打铁。叮叮当当、叮叮当当的打铁声里，四个铁匠脱光了膀子，腰间围着帆布裙，在方铁砧上卖力抡锤。

雪从苹果树的枝丫间掉在打铁炉上发出"哧哧"声时，老铁匠起身进屋，为炕头散发的女儿倒出半碗乌黑的汤药。

故乡的苹果树下有人打铁。这是我十分确信的事。也许，只是苹果树下打铁乃我此生臆想中最有兴致去做的一件事吧，就总想着先去文字里做成，就总是对故乡那苹果树下的铁匠一家人，抱着份终不忘怀的心心念念吧。

小雪这一天，小雪定淡淡落在他家的苹果树上。

致一些呼啸而过的夜晚

那些呼啸而过的夜是平躺在孤灯里的。时至今日，我依然想不清，究竟是孤灯叫醒了夜晚，还是夜晚点醒了孤灯。但总之，灯睡了，夜也就睡了。在我故乡大箕这样的乡村，在我模模糊糊的儿时，呼啸而过的夜总是平躺在一盏孤灯里，风一吹就睡着了的。

风一吹就睡着了的，大概也只有早年乡间的夜晚了。

在那样呼啸而过的夜中的一夜，我和母亲，两个人悄悄爬上了村东面的黄沙岭，砍倒了一棵十岁的瘦槐树。那该是冬天的一夜吧，那棵丈来高的槐树已在山风中摇光了一身叶子。因我此刻完全不记得那棵被母亲砍断的槐树倒伏时有饱含水分的枝叶压地的噗噗之声。所以那定是冬天干冷硬悍的夜晚，母亲用借来的斧头把槐树砍倒在山顶，又剁掉了它斜出的旁枝。我骑在树身上，用家里的一把镰刀给树刮皮，究竟刮了多长时间啊，直到刮得一根树身在暗夜里显露花花淡淡的白。

母亲和我就抬起这根收拾干净的槐树，抬到穿棉衣的肩膀上。我扛小头在前，母亲扛大头在后，母子二人就那样踩着一山松松软软但也危机四伏的落叶跌跌撞撞下了山岭。那该真是冬天的夜晚吧，迎面的风把棉衣的前襟吹得泼剌剌响动,但贴身竟然满胸满背的大汗,又有几分孤身做贼乘夜上山伐木的刺激感,让一颗心在胸腔里扑通通地跳。

只记得下山路上一抬头,远远看见山下平躺着宽衣解带后村庄的夜,以及依村而过的一条太洛公路上南来北往夜鱼过海似的车灯之流,心头竟暗暗猛吃一惊,像做错事远远被许多人的眼睛无意中瞭见,又像在床榻上无意中睁眼发现了无数人黑暗里明明灭灭的秘密。

那些举着两盏车灯趁夜翻越太行山下到大河之南长途贩运的煤车,以数十吨的庞大体积不断加深加重着村庄夜晚的浓度与分量。它们不断经过,它们不断侵入,它们像乘夜过河的龟类,缓缓地发出一阵阵沉闷的使着力气的喘息,又像一长列探出两把明亮尖刀的伪装者,在负重贴地的艰难匍匐中,将带光携刺的身体硬硬扎向更远更深的夜腹。

母亲和我深夜扛下黄沙岭的那棵槐树,最终以一根线杆的样子竖在了大箕村东的一片新开地里。木匠在杆头敲了几根钉子,拧上几个绝缘子白瓷瓶,槐树就变身成一根电线杆的样子,栽进了冬天的小麦地里。黄沙岭上的许多棵槐树,就都这样竖成了新开地里小麦苗间的线杆,一些远来的包着黑皮的电线将它们这些下了山的树一根一根缠联起来,最终在村庄人家的屋里南瓜开花样亮出一盏灯来。

后来,当我进了城,便渐渐学着城里人越来越痛恨街头巷尾四处树立的电线杆,同时越来越怜惜那些从乡下移栽进城的树木,总觉得树木尊贵而线杆子低贱。但一望早年,在大箕新开地的槐树电线杆下走来走去,看蹲伏在一丈杆头白瓷瓶上的小麻雀的时候,我却从未觉得一棵槐变成一根线杆会受多大的委屈,反而觉得,一棵树可以被栽成一根线杆,一山树能排成一排线杆,也算是树的造化吧。

因为我们东头街上的夜晚实在是太需要多出一盏电灯了。而要点电灯,就得扯电线,扯电线就得立线杆,而公家并没有多余的水泥线杆给我们东头街上的人用。东头街赘余在大箕村边上,地势高,吃水难,用电难。村里公用的电力线路,一到东头街上,就隔三岔五夜夜停电。虽然煤油灯也是可以点的,蜡烛也是可以点的,但当然还是用电好啊。一条街上的男人一碰头,就在公用线路之外,私立起了槐树线杆,从远处一个驻军点上取来了夜晚的用电。

家家几乎都是男人乘夜上山伐树,乘夜扛树下山。我家却只是母亲和我,因父亲那些年一直在城里西关的铸管厂里翻砂打工,是常年不回家的。但偶尔,他也会在深夜里推一辆二八自行车背一只鼓囊囊的帆布包回到家里。但偶尔,他也会在那些回家的深夜里和母亲因一些什么小事就吵起架来,就会又推着自行车负气出门。负气出门时就会忘记带那只帆布包,就会再大声砸门进来,却又磨磨蹭蹭不走了,就终于躺下,真的不走了。

匆匆上山砍槐树的那一夜,母亲提着斧头推着我出门,对不情愿的我说了这样一句话:"你已是个汉们了!"时至今日,我惊奇自己对母亲这句深夜摸黑说出的话竟然记得这般清晰牢靠。因母亲早年对我说过的话我几乎都已忘记了,只有这一句看不见她脸上表情的话却几近顽固地记得。"你已是个汉们了",这话有多奇怪,但却使我像受了鼓舞,又分明在当时便感到了几分悲哀与怜惜,就默默提上镰刀"汉们"一样上了山。

我们用槐树线杆从远处取来夜晚用电的那个驻军点,是两座涂抹了一些绿色的小平房子。多年来,我在这小房子里外从没看见过穿绿军装扎牛皮武装带的士兵,只有一盏深夜长明不歇的大瓦数电灯高高吊挂在房外一根杆子上,宣示着此处神奥。但那两座被电灯照亮的小绿房子里,其实也并无多少军人驻扎,所以也就并无多少值得窥看的秘密。那个据说铁定存在却深居简出的影子般的军人,常年据守此处,为的只是看管一口军用的水井。水井是大箕村里的水井,却被五十里外的一连驻军赎买,成为一口需要特别看护的军井。一天十来趟,有绿色的解放牌军卡拉着黑色的大铁皮水罐,翻山越岭顺着石子公路来拉水。水是从深井里用水泵抽上来的。抽水就得用电,村里的用电脆弱不稳,驻军就特意从空中的军用线路上扯下一根电线,接给井底的水泵,同时也接给水井上的那盏大功率电灯。

深夜不眠照着军用水井的那盏长明灯,以它的凛凛之光将呼啸而过的乡村之夜照出了一小团虚虚的白气。大箕的夜晚是平躺在这盏孤灯里的。孤灯不眠,便越醒越枯,长夜不寐,便越醒越淡。大箕村东的黎明就在夜淡灯枯时显露微微发青的枯淡之白。

天一露白,山村里所有的灯便像都被忘了。直到长夜重新回返,重新在村庄上空呼啸而过,灯才会像早晨提出去的尿盆一般,重新被乡人刷出一番新鲜光亮,短暂地照一会儿呼啸而来的长夜。

村庄就在这苍黄贫乏的一小团光亮里稳稳地躺平,灯绳一拉,又于夜风里枕山安睡。

那些呼啸而过的夜中的又一夜,村庄落下大雪,母亲的一个表弟深夜前来我家借宿。这个我该叫表舅的少年其实只比我年长四岁,正在大箕镇中学读初三。他顶着满头满肩的雪敲门进来,对披衣而起的母亲说了借宿的因由。原来是他下晚自习回家的路,被一伙邻村少年深夜劫断了。这两个村子在镇中学读书的少年们常年结仇,深夜群架,而邻村又总是沾光,只因为他们的村子在道口上,便于把表舅村里深夜下了自习的落单少年劫持在半道,摸黑打个半死。

那夜雪下得深,表舅说,姐,今夜我跑不快,就在你这里睡吧,然后就脱掉一身湿衣服,带着一身凛凛雪气同我一床睡了。

这个表舅,有着一张短而和善的小脸,脸上又总是浮现出羊羔似的既和善又简单的笑容,他还有许多连环画,所以我是不反感与他一床同睡的。反而觉得,在这样父亲不在家的大雪之夜,有一个比我年长的少年男子来到家里借宿,要比一个人平躺在木床上静听雪压房坡的声音有意思得多了。但表舅只在我家借宿了两晚便不再来了,许是雪一停,他的两条长腿就跑得快了,就能翻山越岭操小路回家,再也不惧邻村少年的围追堵截吧。反而能暗暗杀出一个回马枪,把冒进的一半个仇敌打个头破血流。

我的这个表舅是楸木洼村人。楸木洼是我们大箕村西五里处的一个小山村。我多次到过那里,但村子却并不伏在一处洼地里,反而是踞在一片不高不低的山坡上。我也从没有在那里见过一棵半棵楸木,总觉得"楸木"应该是一种十分奇怪的树种吧。但也许,村里确实有很多棵楸木,只是儿时的我还远远不到认识楸木的那种程度。

但我却在楸木洼看见过骆驼,那也是我有生以来第一次见到骆驼。那骆驼顺着山道从暮色中走近时披挂着远路而来的暗暗风尘,像一团移动着的树影,"楸木"的树影吗?牵骆驼的是一个高大僧人。僧人大步流星,一手朝后牵着那匹树影般的骆驼,一手轻轻下垂,提着一根铁禅杖。

这根铁禅杖斜靠着院墙放下时我立即上前细细看了,在表舅家厨房门前一盏电灯的照耀下,禅杖的杆子发出乌黑的冷光,而月牙形的一头则明晃晃的,下面挂着一对铁环。这根铁禅杖与拴在表舅家门前的骆驼,让我对这个远道而来走进表舅家化晚斋的灰衣僧人充满万分的好奇,又有一种莫名的对远方陌生之物的惧怕。

表舅家厨房门前的一盏电灯,那晚映照出僧人晶亮且带着戒疤的硕大头颅。僧人威猛而有礼地坐在一只小木板凳上,大口吃了两碗秋天的豆角素面,他想必已经很饿了吧,吃完后起身一合掌,提杖牵驼,向着楸木洼后面更深浓的夜色迤逦而去。

多少年来,这个偶然从楸木洼过路又向着夜色匆匆而去的僧人和他的骆驼,常常在我的记忆里出出进进,浓浓淡淡,终于化为我乡村夜晚记忆中的一团淡墨似的树影,楸木的树影吗?

在那些呼啸而过的雪夜里,半道劫路,拦我表舅他们楸木洼村上学的少年并猛打的那个邻村,是一个叫南沟的小山村。南沟似也不在一条沟底下，反而比楸木洼的地势更为高峻。村里有一座很大的水库，水里有鱼。夏秋的黄昏及夜晚，常常就有前来凫水或钓鱼的邻村孩子溺毙在水库里，于是就常有深夜点灯在水库里打捞浮尸的男人女人，他们的哀声会在水库沿上嘶喊到半夜，或者翌日的凌晨。但落水做了小鬼的孩子，几乎都不是南沟本村的孩子，南沟少年，自幼便人人习得一身好的水性。

楸木洼与南沟，这两个挨肩搭背的小村子，古时都是屯兵的军寨，曾和高高虎踞在我们大箕村西的小寨并称三寨，据说有姓卫的总兵曾于此处掌兵据守。但我并不清楚古时于此三寨聚兵守护的究竟是什么，我只知道小寨高大险峻的巨石寨墙后面有一座荷兰神父修筑的欧式教堂。教堂的钟楼上立着闪亮的白铁十字架，十字架下有一盏高高的孤灯，会在夜晚给表舅的楸木洼村少年，以及他们所仇视的南沟村少年，照出一条淡淡的回家小道。

而他们两个村庄气血翻涌的少年，雪夜摸黑在小寨巨石墙下的持械群斗，又使呼啸而来的长夜多出几分古时的铁血戾气。

呼啸而来的雪夜中，小寨像一艘破开夜浪昂首西行的捕鲸巨型黑船，而圣母玫瑰堂高高的钟楼则是这条捕鲸船上显眼的主桅，十字架下的孤灯，一只永夜不灭俯视着雪地的独眼，眼睁睁看一群少年把另一群少年的血从身体里泼洒到磐石之墙上，又一路飞溅到石墙后空荡荡一大片玉米地深处残存的秸秆上。

脚步声杂沓中嘶喊呼啸而过的血色长夜啊，你沾惹的是我一样的乡村少年的血，竟飞一样一刻不停地逝去了。

还是这个曾经雪夜借宿于我家的表舅，三年之后的一个雨夜，又敲门来我家借伞，借手电筒。他穿着双雨鞋，雨鞋之上是一套乡村派出所协警的制服。他带着一张愁苦脸面进门，坐下时又几欲流泪，和我母亲说，上面要求他们雨夜集合，出发去晋普山上搜捕一个持枪的逃犯。

我一听此言立即来了兴致,因我当时已是昂昂少年,对那个传说里携一支冲锋枪杀人潜逃的罪犯有着莫大的想象与追问的兴致。而几日前的一个黄昏,我在晋普山下的姑姑家,曾见一队荷枪实弹的武警士兵排着战斗队形疾速跑向山后,据说午后逃犯曾到山下的某一村落里觅食,被一老太婆发现。

只是在很长的时间内,虽然天网恢恢,但这个持枪犯却如人间蒸发般毫无影踪。一到深夜,方圆百里之内的村庄无一家敢点灯举火,只怕那饥饿欲狂的罪犯窥见一星半点光亮,前来敲门觅食。

只是不久后的一个深夜,竟有敲门声在我家外面不住地响起,原来却是表舅前来还借去的手电筒和雨伞。他高高兴兴地说,那个杀人犯,已经被打死在深山的一只洞窟里了。

表舅重重说出"打死"两个字的时候,我的心里不由咯噔一声,隔窗就恍见一颗血红的流星忽地一声划过秋夜的长天,不知落向何处去了。而坐地细细讲述追捕细节情由的表舅,在户外呼啸而过的漫漫长夜中,那张羊羔似的脸竟显出几分无聊了。

幻梦其三

一方镜

输掉一局围棋的小宫女深夜走出雕房北门,在竹林下用五彩丝绳绑住了北极星之尾,她深信,长年的疾病与一切灾厄会因之而免。这是八月初四,一个女子露水般的祈愿。

一刻后,这个被魔镜映照过的美丽宫女接受了釜煮之刑,据说她的内心充满了看得见的淫荡与邪恶,必须接受沸汤十日的浸煮。

咸阳宫里,魔镜宽四尺,高五尺九寸,在青玉五枝灯下,镜里的人心善恶,丝丝缕缕可见。

这块照得见人心的镜子,究竟是由怎样的一颗男人心磨成的呢?磨镜者,必是面容深刻、心深如海的男子吧?在盘坐磨镜的无数个深夜里,他的心境如何?他在不断向镜中注入着什么,又不断放弃了什么?究竟有多少次,他俯首时一次比一次更深地探测到自己内心的礁石与珊瑚?那里有怎样的大鱼露着闪光的背鳍缓缓游过?

磨镜者一定死于多年之后镜子磨就的午夜时分,彼时户外青草深处的月光宛如一匹素绸。魔镜的深处,有一段火中的枯木,不,那颗反复灼伤之心,最后冷却为一粒棋枰上的黑子,被一个女人的手指轻轻放入死穴。

在侧立的魔镜之下与老年的皇帝对弈，输或者赢，都像踩着太阳的焰轮行走。你这女子有怎样的居心叵测啊？向朕走出这一步你试探出什么？你妄想着什么？来露出心窝，让朕照照你的内心之症。

喜欢用这镜子反复映照宫女之心的老年皇帝究竟有没有想过，反转过魔镜照一照自己的内心？他因气虚长夜不眠，他已越来越发现自己凌晨时分的肥胖与筋骨衰朽。他已越来越对身后宫墙之内的事忧心忡忡。如果他揽镜对准自己的心窝，会在镜子中看到什么？一只血红的杯盏？一块毒药浸泡出的疮疤？还是一只吐丝将尽的老蚕？或者说，王者之心绝不许映照与揣摩？即使揣摩者只是一方明镜。

于王者，一块镜子的揣摩，也是有罪！故判其粉身碎骨之刑。

为皇帝诊疾开方的老仙深夜逃归深山，洞中养白鹅，洞外种菊花。菊花舒放时，折茎摘叶，杂黍米大酿菊花酒。沉醉十日，老仙气力衰败，在被海岸白虎所伤的瞬间，头顶束发的红绳依旧艳如其少年时。那一日，老仙的赤金宝刀依旧，而饮酒过度之躯不能再立兴云雾，坐成山河，遂伤于虎牙。

魂魄一缕投于人间船家，夜夜为海上木偶戏。

为皇帝入海求药的童男正是化身为白虎者之一。恨那开方的仙人，恨那磨出魔镜的磨镜者，恨老年昏聩而求长生的皇帝，想念那一年草间的蟋蟀与一同深夜扑萤的年幼女子。深夜登上桅杆顶的人啊，竟抬首成为第一个被星星摩顶的人。咸阳宫早已看不见了，能看见的是星星幻化的一张人面，在大海之鼎中闪烁浮游。

此刻的天边，一只颈部燃烧着的白鸟飞过桅顶之上的漫漫长夜，有深夜出水的亡魂在孤岛之上点燃了它们。死于沸汤之内的姐姐，那是你追赶着的魂魄吗？

与求仙船登高瞭望者形成对视的星，垂向大海正中那张隐隐闪光的童男面孔时有着怎样倾斜的慈悲啊？它闪耀时，能否感知自身的光与暖？是否有一朵花静静开在深夜眉间的欣喜？是否会被一阵风吹涨如航行中的满帆？这星星闪动的眼里，那个不眠的赤膊者在登高仰望的瞬间有着怎样的迷惘啊？那个一百尺高处的人体内又发出了怎样的轰鸣？那响动就像一只抹香鲸贴着睡梦的边缘呼啦啦游过吗？

狂风反复擦拭的大海之镜中，是否有比大抹香鲸更为庞大的事物的阴影，正被燃烧着飞过的白鸟瞬间照亮与惊醒。

明月荒城

你无法想象一座城的荒芜在月下的触目惊心。我在死后多年携月归来，就像死亡到来之前我已向着明月脱身远去。我，一个毕生研究遁形之术并在死后也从未放弃操练的王者，今夜骑一匹马的骨骼回到我荒死的城池。我不会告诉你我的来路，那是一个不可言说之境。无论你是和我一样的冥界之人，还是一个生灵世界的未亡者，我都无法向你描述那在我的来处绑缚着我的十万黑暗之锚。不，我真不能说。但我一定已经向你泄露了什么，比如深不可测的黑水上往来不息的魂灵之船，比如阴湿而浓郁的水汽尽头幽绿的火光，比如那铁一样沉重而密集的难以超脱。够了，我该对着你紧紧闭嘴，就像到处都一样的黑夜里我们必须对着月亮闭紧嘴巴。它讨厌一切津津乐道的口腔和那些欲言又止的气味。

但你应该知道，月亮其实只是一块诱使黑夜开口的香饵。但它本身已经构成了黑夜的奥秘。那些妄图洞透夜晚秘境的少数人，都希望率先进入月亮并与之形成重叠，好在那些后来的望月者眼中成为一个互相渗透的同心圆。

我也一直希望抵达明月的中心。这是自幼年以来便反反复复折磨着我的少数事情之一。其对于我内心的重要性，要比王位、爱情以及死亡的相加更令我揪心。此外的一切是无须多说的，我轻而易举地获取了那些世俗者眼中重大无比的尊贵与甜蜜，我甚至过早心甘情愿地领受了死亡。我是说在衰老抵达之前，我便越过了它而投入了死亡的怀抱。我要告诉你的是，死亡并不甜蜜，但也绝不苦涩。它只是沉甸甸的，有些阴湿，就像我少年时期纵马奔驰之后贴身汗透的一件内衣。

我领受了这一切，但我唯一无法领受的是身在月亮中心的那种神秘滋味。你知道的，每当月亮出现在河谷的尽头，以那种每月一次旁若无人的圆满升临在我皇城的上方，照彻我成千上万间宫殿的重重屋檐时，我的内心都会像琉璃一样在流泻的青光之中暗暗融化。明月照亮体外的黑暗，同时掘开内心更大的黑暗，一个王者为此深感卑微与无奈。对此，你们这些俗人，可能领会其中难以言及的苍凉？

有很多个年头，月亮成为我的一个魔咒，一个无法摆脱也无法征服的顽敌。后来，我终于省悟，终于决心一劳永逸地亲近它。这是因为，如果你深深地渴望什么同时惧怕什么，唯一的解决之道便是干脆彻底地渗入它，成为它深不可测的一个局部。于是，我选择了一个月圆之夜，在普天同庆万人空巷的喧嚣之中独自打马出城。河谷很快吞灭了我和我的马蹄，那是一个芦苇深绿的秋天，月光披拂在长长的苇叶上，随着我马蹄的节奏改变着它们闪闪烁烁的形状。

三日后，他们，我是说我的皇室以及仆从，最终在河谷之外两百里的激流之侧，发现了我的一只靴子，以及半块破碎的头骨。

但无论是在死亡抵达我的额头之前，还是多年之后我脱离死亡之锚重返河谷之时，月亮依然是明丽而空无的一个环形，中心似被白银填满。其实甚至在我纵马投入其中的那一个瞬间，我也没有真正看清它核心的奥秘。是的，之于月亮，无论是我具体而沉重的肉身，还是比肉身轻盈万倍的魂灵，都始终难以靠近，甚至都难以找见那条牵系着月轮升降沉浮的星星之链。尤其是今夜，荒城与月亮之间一无挂碍，没有任何可以攀缘而上的途径。我高高地坐在月下城头，但我依然很低，即使加上一具马骨的高度。马骨很凉，那是深秋的温度，是河谷里越流越细的水流的温度，是几只秋虫躲躲闪闪的鸣声的温度。

但我感觉得到，我内心的温度比它们还低上一倍。而那荒城之月高高的寒凉，要抵得上我一万颗内心凉薄的相加。

此刻，谁也不要遇到我，那会让你觉得月光的清寒过于凛冽，过于具体，又因过分象形而可怖。它朝下构成了我，一个人形，以及我的马的骨骼。但事实上，谁也不会遇到我，我也不会遇到谁，荒城里，我是明月下唯一的人形，与青白的马一体，与灰黑的城池一体。

是的，此夜，以及永夜，明月的中心是一座荒城，没有生气，也了无死气。它轻薄地漂浮，超越生死之间，而我是城里唯一的人形。我之所以告诉你这一点是因为，此刻月光大满，却没有任何重量。我惊觉到了月亮过于巨大，以及月亮虽然如此巨大却也难以照亮一座城池繁华的往昔，甚至，照不出一间我当年殿堂的轮廓，一张金碧辉煌的大床，一架床前袅袅的沉香炉，以及一扇镂花的窗子。那时候，我总是躺在床上，一睁眼就能看到珠帘外的明月照耀我的堂堂皇城，我皇城外的子民，以及更为辽远的河谷和河谷外群山那边更为未知的世界。然而今夜，明月下空无一物，它的中心是一座荒城，我的马蹄在月亮的边缘叩出唯一的声响。

是的，就像你后来从史书上所读到的。当那个年轻而神经质的王者偷偷打马从荒寂的河谷跑过秋天的夜晚，当他连人带马化作一团激流中绿光闪烁的幻影，月亮正从人世的城头骤然升起。

而那夜的明月，明月下芦苇的流光，以及鹅卵石上明明灭灭的星火，于今早已打马难寻。

雨迷宫

像一阵一阵落在脸上的黑雨,睡梦中硕大而密集的马蹄终于消失了。在彻底遁去之前,成群结队的蹄音还是在耳鼓之内轰击很久,好像那里有一条通向迷宫深处的长长甬道,而马群始终找不到真正的出口。

耳朵的迷宫当然是脆弱的。它的出口开启时,世界就是一个聋子。在清醒之前的一缕恍惚中,他这么想。

他在耳内的马蹄声中醒来时,殿外正下着淋淋漓漓的秋雨。从床上看不到天空的颜色和形状。世界此刻是一个豁开的门形,轮廓是阴灰的,颜色从四面向中心逐渐虚淡。雨水正从高高的屋脊上顺着他可以想象的明瓦滑落,啪嗒啪嗒地在白玉阶前摔得粉身碎骨。他看得见那些翻溅中倏忽消失在高处的水花。他又想起了那些梦中冲向了迷宫的马蹄,它们,是否也会像这些高处摔下的雨滴,最终义无反顾难以遏止地跌死在迷宫的深处。

迷宫是真正存在的。父王在死前最后那些日子里忽然温和起来,好像他整个生命中久久都在拒绝的阳光突然全部堆叠到他的脸上。他像个真正的父亲那样拉着儿子的手走进了这座从未开启过的迷宫。外面在下雨,世界是一张空洞的灰幔,中心是父王手中那柄明黄色的金丝雨伞。在进入迷宫之门时,父王合起了雨伞,他看着门外雨中的世界,那里空无一物,又像充满了无数蠢蠢欲动的事物。他说,那些王室成员,那些臣子,那些将军,他们和他们的妄想和阴谋始终都在那里,在那些大树后,那些草丛中,那些花丛的中心,你甚至连月光都不能相信,每一只鸟都该拉下来剪秃翅膀。儿子,世界虽大,却始终被他们包围着。我们统治他们,却又在他们挖好的陷阱之中。我们,是他们想象中的巨兽,同时也是他们做梦都在拉弓相峙的猎物。而这里,只有这里才属于我们,我,和你。

他用伞头指着迷宫的深处说,只有这里是安全的。作为王者,只有把自己放置在一个外人谁也难以参透的迷宫之中,才是安全的。

"迷宫是我们最后该来的地方。"

那一天,老王为儿子一盏一盏地点灯,点亮那些甬道深处的灯碗。那些一盏一盏的灯碗吐着黑暗深处的幽光聚合在身后,像一只昏黄的大手把走在前面的老王的身影拍在甬道一侧的石头墙上,硕大、浓黑、曲折而虚幻。老王拖着他的影子说了很多话,曲曲折折走了很多路。那些环形的甬道,让时为王储的他恍恍惚惚,生出幻觉,感觉自己是在自己的脑腔中摸黑行走。最后,老王好像漫不经意地推了一把黑暗,说,你看,唯一的出口其实就在这里。于是他看到了锋利的光亮,以及比光更为强烈的风声。

过了不久,老王就死了。老王到死都没有等来那个雨季结束之后的阳光。那场雨下得太久了,以致阳光已在人的意识之中模糊不清,以致宫殿的墙壁都生出隐隐的绿毛,以致在为父王送葬时他看不到那些王室成员,那些大臣、将军以及男女奴隶们是在真正地哭泣,还是只是在擦拭额头与脸颊上的雨水。他无法从动作和表情中判定他们的内心是不是也藏着对父王那样的妄想与阴谋。

此刻,世界的秋天又在下雨。他也迎来了自己统治王朝以来最长的一个雨季。但他不知道这是不是自己生命中最后一个漫长的雨天。一下雨，世界就迷茫不清。一下雨，世界的尽头就像竖满了影影绰绰的墓碑。他不清楚，那里是不是也有自己的一块。那上面应该镌刻些怎样的文字？他不清楚，他知道那是别人的事。

他只想知道，这究竟是不是他生命中最后的一个雨天。他已经卧床很久。那些太医都说大王病了，但又说不出具体的病灶以及解决之法。他也觉得，自己的病只是厌倦，只是嗜好沉睡与昏梦。而清醒的时候，竟也不知自己是真的清醒，还是在迷梦中再次看到了那些明净的河水里细微的倒影。

昨日，在他清醒的时候，太史令，一个皮包骨头下巴底留着小胡子的人匍匐在床前说，大王，一切都消失了。天象，吉凶，时间，什么都消失了。我们只有雨水，又被雨水紧紧包围着，我们像一些灰布里的人，我们看不清楚外面。我们怎么办？

"哦，一下雨，世界就成了一个空洞，远处竖满了墓碑。"他想起了早已丧失了音容的父王，以及父王向他开启过的迷宫，那锐利而曲折的光亮，那扑面而来的风声。

迷宫的出口的确是存在的。当老王随手一推，当老王走了很长很长的道路后随手一推，当他紧紧跟随在老王的影子后即将陷入摇摇欲坠的瞌睡时，只见老王随手一推，黑暗突然倒塌了，一大块峥嵘的光亮从外面扑地一下跳进来，像一个穿窗而入的白色的贼。然后是尖利的风声，夹带着潮湿的雨气。他朝前迈了一步，又像光脚踩了炭火一般跳了回来。

眼前，是一壁悬崖，突兀而深邃。灰绿色的雨，正从苍茫的高处马蹄一样密集地杀向脚下的深谷。

身后，是老王枯老的笑声。

早晨的蜂蛹

早晨，像我怀间暗藏的这把新月形的刀子，锋利而弯曲。我抽出它的时候，空空的鱼皮鞘里还有残存的一寸冷光。我喜欢这份凛冽之气，喜欢对着刀子看冷钢反复折叠后形成的花纹。它们有的像鱼，有的像蛇，有的什么也不像，但更将我的忧虑引向深邃幽暗之处。我总希望我是锋利的，如果不能割破整个世界，就割破自己任意的一个局部也好。但，我甚至不能伤害自己的一小片指甲。太傅说，即使我的一星头皮，也比王国里最大的山更重。但有时候我总想，我这一生，很可能就像这把锋利而一无所用的短刀了，王宫像一个密不透风的刀鞘包裹我的锋芒，我只能在四周无人处，拔出自己，用一根一根宫女的头发，稍试锋芒。

我在韬光养晦中徒耗岁月，叹息叠加着叹息成为额头的皱纹。我有一个贴身的哑巴宫女，又聋又丑，但一头茂密而细长的头发使我对她爱惜有加。她的职责，就是在我忧闷与暴躁的早晨，吹熄灯火，同时献上自己的一缕青丝。我想，她在最后老死之前，便会提前成为一个闪亮的秃头。她光光的头颅一定使她显得更丑，同时也使我的等待更加漫长而无望。

是的，我是一个王储，一个太傅口中未来世界的继承者，一个终将被某个早晨盛大托起的太阳，一个大国密钥的掌管者，一个蜂巢里的新王。但只有我自己知道我是谁，我是一个坐在密室的黑暗里等待又一个早晨来临的失眠者，一个内衣里伏甲怀中藏有短刀的可怜虫，一个被恐怖缠身的白色蜂蛹。我已经渐渐老了，每一个早晨都会掉上一些头发，而我的父王却始终年轻。在太医和僧侣们的精心护持中，他甚至比我幼年印象中的那个单纯的父亲更为强健和伟岸。他才是超越了时间的不落的太阳，正像那些大臣们每天早晨时所称颂的那样，而我，只是太阳下的一粒尘埃，漂浮着，犹疑着，在空空荡荡中耗费自己暗淡的一生。

我是一个被时间封闭在层层白绫中的蜂蛹，黑暗中没有光明。我为此更加厌恶早晨。因为晨光中真相更为鲜明。在我还很小的时候，我曾在一个早晨偷偷跑去看过被宫监们捅落的一只蜂巢。成千上万只能飞的蜜蜂都被杀死了，侥幸不死的少数者也被赶跑。蜂巢像一颗硕大的褐色松果，被分解开之后，在最里层我看到一些被白色细膜包裹着的蜂蛹。它们比寻常的蜂蛹要大上许多，一个老宫监对我说，这是蜂巢里的王储。它们中间有一只，在老蜂王衰朽后便会被选出成为新的蜂王。而王储的陪伴者，则会被平日里照料它们的工蜂用唾液活活闷死在精心筑造的王室里。而更可能的情况是，那只最终被选中的王储，却在决斗中死于老蜂王的弯刀之下。

"殿下，你看，我们的王宫不也像一个层层叠叠的蜂巢吗？"老宫监尖细的声音听起来就像一把刀子，戳破了那个早晨混沌的晨光，于是在午时之前他便被一道白绫绞杀了，罪名是谎言欺君。

我对他的死没有太多痛感，但我暗暗感到他向我揭开了一个真相——我正是那只被选的蜂蛹，但在我真的成为新的蜂王之前，我还有太多太多个早晨来经受被唾液闷死的恐惧。那个早上，我的内心先于身体长大了。而当天午后，父王便给我派来了一个满腹经纶的太傅。

我厌恶被太傅反复称道的早晨。我不相信太阳真的在早晨虚幻的深处隐藏着一个未来的宝藏，就像我不信王储最后真的会睡到父王的床榻上。我就像一仓储备已久即将腐烂的粮食，内心生满了虫子。我就是那些虫子本身，如不蠢蠢欲动，必将死于空乏。而时间不能给予的，我只能抽出刀子，割破那青绿色的时间之墙。

　　当我在那个早晨终于对着父王抽出短刀并使它真的溅血之后，我为自己打开了那扇通向宝藏的大门，然后我貌似辉煌的正午到来了。正午是一顶沉重的黄金王冠，压得我头昏目眩。很多年就那样沉甸甸地过去了，我迎来了我的黄昏，而黄昏，像一身我急欲脱下的黄袍，下身已血迹斑斑。我厌恶它们。

　　我仍然感觉自己是那只被白绫缠身的蜂蛹。

　　尤其是在那个早上，我在偶然的睡梦中惊醒，看见我的儿子正把一条白昼那样漫长的白绫缠在我的脖颈之上。

提锤者

提着五百斤的虚空绕着立冬日的大湖疾走十里,直走得湖水微热,湖边的灯一盏一盏跳进水里,走得脊骨一节一节找到了尾椎,心也一明一灭。罢了,走得再多也只是向虚空递交一团热气,就像在人群中走来走去,无非是把与颅腔等容量的孤独放置进一大片陌生的孤独中间,就像把一只犯病的羊羔放进陌生羊圈的病羊群内。当此处的孤独与彼处的孤独彻底融于一处,一样的毛色难分彼此,我就成为那个手提虚空之锤的人。尾随一个人,又一个人,随时会从他或者她的后脑勺敲下一小块新鲜的、刚刚分泌的,尚且携带颅腔弧度的孤独回到幽暗。

我是一个消化孤独的人,以吞噬、咀嚼、排泄孤独为一种职业。我喜欢在夜晚走来走去,我是夜之子,提锤者。但这显然并不是一个名字,只约略指明一个来处。

我是谁?一个隔岸听琴、对月采花的才子,一个听到那月下琴声心头便明明灭灭一瞬之间想撞死在那琴头上的前世才子,还是那个袖里藏锤的人。锤子,是我的最爱,我爱这浑圆的短兵刃,爱这孤身破阵时的重器,而四野无人时,还可以在白茫茫雪地里独舞,舞出五百斤密不透风的大虚空。

湖边灯垂直落于水,风吹冬天的柳枝斜斜向东,灯影生出圆圆水波,新的一圈诞生时旧的一圈仍然未死。一霎时,竟想起一个人在眼前落泪时我心里久久难安的样子,水波的样子。她曾一次一次在夜里唤我的名字,唤到让她自己失望。可灯一亮,梦一断,我就听不到了。你告诉我,我是谁?是一眼看着漫山遍野的黄刺玫一眼看着花丛深处英式小帽遮去你容颜的那个人吗?是穿心弄里与你一起被身后的无形之箭洞穿前世与来生的那个人吗?是在旅途上看到一朵白月季的时候突然想起你的心一层一层咬紧的那个负心人吗?请你告诉我,我是谁?

但我无论是哪一个,我的灵魂,我时常亮出来给人看的灵魂,大概都是刚刚用完的一次性火锅底。一次性的,火锅底上那些东西,灵魂,一次一换的灵魂,你可能体验到这种东西?浸泡着肉体,在汤水之间上上下下,咕嘟咕嘟,油腻腻地朝圣,让食者的嘴唇在使用中涮啊涮啊那般肮脏。

我常常看到一个人,从我的体内轻易抽离出来,他从深夜里把自己分娩出来。他同时是一个撕裂的子宫,也是一个柔嫩的婴孩。他流血,他哭,他提着大锤,他有丰富的幻觉,在深夜黑色的棉朵里他甚至悄悄向着寒冷撒娇。他感觉自己像在夜晚的一根琴弦上弹奏着世界,又像被世界所玩弄。

他是那个在黑黑的湖边听对岸鸣琴的人吗?我踩着鹅卵石的小路竟找不到他,骑着鹅卵石尽头耸立的铜牛也找不到他。也许,我该踩着那些水中灯,像踩着冬日河里的石磴那样跳入虚空之水,拉住他的衣襟,拉他回到我的体内?

但有时候我觉得这夜晚只是一个虚空之中的裂缝,像我的母亲与所有的女人那样,一条裂缝,白天与白天之间的裂缝,生命之斧劈砍在时间木桩上的一条裂缝。我诞生于一条裂缝并活在裂缝之间寻找意义,但生命又是什么?难道它不是一小段时间?难道还存在着时间之中的时间?一个提锤者在夜晚在裂缝之中能够干什么?在所有人都躺下去寻找梦境的时候,一个人能够清醒地竖起一些什么?义旗?一个人向着白日的造反?然后死于第二个凌晨冉冉的太阳之轮下?像一个举着银针撬动磨盘的人?但那些英雄们莫不如此吧,那些一个人竖起白旗的驱鬼者,连活着的少数人都不放过,然后他很快便被太阳红色的轮子碾扁。他的尸体用来牧放麋鹿和飞鸿。这历史里翻滚的更迭啊,一条裂缝之中的血肉淋漓。

那么,是谁在唱夜晚的赞歌?是艺术之花在夜晚歌唱?那么谁是梦里种花的人?他玩弄了那些花朵,还是花朵玩弄了他。花朵之妖,总是一些既纯洁又淫荡的人吧?她们又有着怎样的膝盖,怎样的脚踝?凌波微步,罗袜生尘,谁来脱掉洛神的纱裙与罗袜,将她拖入黑暗的洞窟?是那些狗叫,还是伴随狗叫蹑足而来的人。而我,只是一个冷面提锤者,一个夜之子,只负责行走与尾随的才子,左耳寻觅琴声,右耳听月光说话,任它们进进出出。不记录,不思考,不询问,手里的锤子时刻准备着,敲向新鲜的孤独,我也并不负责回答。而夜晚,我的母亲,与母亲同体之父,才是永远的提问者。而答案,是他们提前订制给我的棺椁,小小的,好像我从未长大,一直只有七岁。哦,那小巧的棺椁真是可爱,它像一个精致的答案,上有七种花纹,我喜欢从左到右第三种,梅花纹,黑白相间,横斜于清浅水上。

真像那一年春雪初停的晚上,我搂着白鹤做了一夜早起种梅的梦。

炉石游戏

小法师、战士、猎人、萨满、德鲁伊、雷克萨、圣骑士、牧师以及小盗贼。在旅店壁炉前组成九种职业的牌戏,一个暴雪齿轮之后的传说。我刚刚成为年轻的小法师跳进炭火,刚开始和八种别人学着厮打,每一回合,都需要我攒足六棱钻石般的水晶球,就像扔石头给一只狗、一只猫或一只癞蛤蟆的小孩,要攒足一条胳膊抬起的愤恨,或者快乐。

当水晶球用光成一堆炭灰的时候,我就想起旅店壁炉之外,我们生存的这个脏雪不化的世界啊,黑社会,水果小贩,农民工,夜店小姐,被惩罚而生气的警察,谁沾谁的便宜,都要先攒够人民币。

那么,谁是炉石游戏里那个发水晶球的人?我想拼光所有的底牌和三十点之外的血护甲,换掉他!就像躺在午夜滚烫的床上多次狂想,已经占有了对街的银行。不,我融化了所有的印钞机和运钞车,为我绵绵的法力。

有时候,真想把那个好发脾气,乱花钱,不听话而可爱的小姑娘,变成一只只有一点防护能力的小绵羊,脱她的衣服,听她咩咩叫。有时候,真想冻结所有越过我白头发的时间和它的胖随从,给他们每次7点打击的鳄鱼和犀牛，并像花1块钱买邮票那样致以奥术飞弹的三次疼痛。

但，我必须学会在那扇神秘之门就要着火的缝隙之间，打出一张牌。而出牌之前请忍受岁月之火所有的炙烤、羞辱与戏弄。

白日梦

一条鱼，在春天的湖冰下游泳一样梦游。这是我第一次见到一条鱼在春天的湖冰下梦游一样游泳。春天的湖冰该融而未融，像一片黏稠的幻梦，供一条黄昏时分的大鱼蛇缓慢而朦胧地游泳。隔着一层湖冰灰白的厚度，鱼像一条蛇的影子游进夜色迷梦的杯底。

我完全不知道这湖上竟有这么多柳树。这是看到一条冰下之鱼的第二天近午，湖岸上的柳树一棵一棵地压过来，像一些绿色的迷梦压向熟睡者分分合合跳动不止的眼皮。这是二月底，近午时分的柳树，飘拂摇晃的树冠蒸腾起淡淡的绿烟。绿烟总是能使人从现实中迅速抽离，迷迷糊糊幻想一些也许并不曾发生过的事与人。

就像在做梦，或者就是在做梦，柳树还是柳树，而你忽然穿着布裙和布鞋来到这湖岸上，与我一起看水，游泳，远观那些石刻的中古佛雕，又坐下来在柳林中，一起喝酒，吃一条活蹦乱跳的生鱼。就像在做梦，或者就是在做梦，我送你一把来自南方的檀木折扇，你把脸藏在折扇之后，又与春光一起露了出来，又带着春光藏了回去。

就像在做梦，或者就是在做梦，扇子合拢，你的脸，你的布裙，你的布鞋，一起消失在湖光一闪中。我感觉，在这湖岸上，我与你的相遇与相失，就是一把木扇的打开与合拢。一些外面的绿光漏了进来，一些身体里的白光飞了出去，留下灰色的骨骼，与夜间空洞回流的血液。

就像在做梦，或者就是在做梦，柳树还是柳树，木扇还是木扇，隔空抚摸那些木质的穿着无数小孔的扇骨。我再次感到，春光中轻轻到来的你，是我所丢失的那一部分石英质的自我。

那一天，我就像在做梦或者就是在做梦的那一天，你从南来的长风中降临于湖上波涛，穿着布裙与布鞋，像长腿天使一样把自己安在了我的船上。那一天，我感到了自我瞬间到来的完整因而欣喜，像一艘旧船装了崭新的快帆。但很快，我就像在做梦，或者就是在做梦，我感觉到了某种多余，天使加身一般的多余，像在已经搭好多时的积木宫殿上添置了另一小块完全多余的彩色积木。你多么聪明，你从不做梦，你始终清醒，你注视着我愁云密布的双眼，风雨雷电，迅速拿走了你自己，从我身上。

就像是在做梦，或者就是在做梦，一条鱼在春天的湖冰中游泳一样梦游。柳树淡淡的，绿烟蒸腾。

忍不住就会想起，忍不住就会想去看看，看看你，远距离送上我的一对眼睛和耳朵。你是我梦中的植物与鸟鸣。植物与鸟鸣都藏在你戴红色空镜架的眼仁里，你的眼仁藏在我的骨髓中，时不时地，在梦的花瓶里眨呀眨呀，看我。

你眨眼睛的声音，你眼睛里滴落的声音，像深夜滂滂而下暗处的水滴，撩动我春日又起的耳鸣。你在我的耳鸣里私语，一遍一遍，说忘记我，忘记我吧。

好像你是东南天上的半颗白月，天光一亮我就能淡淡地忘了。可是你忘了，我正是个天光大亮时分白日梦里的逐月人啊，在半颗淡淡白月里寻着植物与鸟鸣样的你。

云好的时候

云好的时候就想折两枝花,在黄昏之前赶去山中,带回一些消息给还关心你的少数人。

云好的时候,我才能想起你已经遁去好久了。虽然有人说,你好像从未存在,他只是在他父亲的嘴里听过你的传说。而他的父亲,也只是听他的祖父的传说才半信半疑世上曾有你这么一个人存在。而还有的人说,你去未远,他还记得你离去的那个下午,有很好的云,飘在他窗前一棵春花即将凋谢的老树上。

人世,这云下的尘与土,你搁下它们去往野外,在石头、溪水、树木与野兽之间,寻你的亲朋好友。

云好的时候,你的样子能够在一阵风中慢慢清晰。不知道为什么,我总觉得我真的见过你,就像我总觉得在哪个已经过去的时间见过后来飘在天上的很好的云。

这些你面容一样的云有时是一只鸟,向上舒展着阔大的翅膀,翅膀下会刮过一阵一阵的青绿的风;有时是一匹狂奔的马,马尾冲天的地方,有雨后赤金一般的阳光从上面射下,远望时,像一些金色箭镞搭着云的弓弦在射向大地上的猎物;而有时你分散开来,是一群即将隐没的鱼群，把白肚皮上一片一片的鳞留给我看，匆匆忙忙的，我不知道你要去哪里，更不知道你如何集合这些游上天空的水生动物，重新聚合成你的面容与姿体。

更多的时候，你什么都不像，在树梢高过屋檐的地方，在河流向着低处跃下的地方，在山与天齐的地方，你一团，一抹，或丝丝缕缕，不成样状。我知道，那是你披着粗细不同的麻衣，踩着老旧的树皮鞋，怀着一些质地不同的心情，在远处散步时向我扭过来的脸。

云好的时候，我总想你在云下想些什么，是否会和我一样在这个春天突然对一些韭菜、一些蒜苗、一些茴香、一些拱在土中尚未发芽的黄瓜与番茄以及刚刚破土的几星莜麦菜产生了兴趣，并对它们喃喃自语。我想，你或许不会，因为我喜欢的，你一定不会喜欢，而这是长久以来我一直把你当成朋友的唯一原因。当我厌倦了大多数事物，只有你和你腋下的一朵云，使我充满瞬间的新鲜与友情般的激动。我甚至想哭，想拔腿从你的云下掩面逃跑。

但我想，你在你的山野也有厌倦，也有困乏，也有你不愿意面对与忍受的日常。你草庐前的水流在夜晚淙淙让你厌烦吗？那些站立在早晨的枝头啼叫的布谷鸟让你心慌吗？一天比一天长的日头让你两鬓白发如新吗？但你一直都在那里，在那朵很好的坂上之云中。

但你还能转身走到哪里去呢？还有哪个足够空阔的地方能够寄托你无边的虚空和寂寞？

但在云好的时候，我总会有一种你当年的冲动，随意收拾一些什么，包在云里，让肉体，让面容，让亲人田园都随一阵小南风忽地消散。可是，我舍不得我的儿子，舍不得我的一些旧书，以及隐伏在青草丛中经常给我安慰的一对红唇。我无法像你，只要一朵白云，就能丢下一切，去看一看野外无人处的究竟。

只有云好的时候赶在黄昏之前来到山中，我才能稍微窥见你内心的一小个局部。在山中硕大的云团之下，你是无处不在的，你的气息，你的衣履，你不小心的几声咳嗽，都化作夕光里的草木、花朵与小虫来到我面前。我在一株中心空洞的枯树前看见你的眼睛，你看向这枯树伸向那团巨大之云的一抹新枝，几片新叶在山风里摇颤，挽着一些不去的光线，像你刚刚脱口的词语。

而这就够了。云好的时候，我常常就这样立在山中等到新月横出把我惊醒。你和你的云在月亮的近旁像一张巨大的新脸，送我出山，嘱下回再来。还有别忘带两枝你离去前手植的鲜花。

但在这个世上，已经无人能识那些花朵的姓名，无人能领会它们的色与味，连我竟也不能。

这让在出山的道路上，长长的羞愧始终像月下抡圆的皮鞭，一回一回抽打我出汗的脊背。

小　丑

　　我想我就是你们眼里的那个小丑。在这方噪声不断的舞台上我本反穿着尖头皮鞋逗乐，但在你们的一阵笑声中我忽然找不见其中的一只黑鸟样的42号皮鞋。它脱脚飞去，而我，其实还没有学会光着一只脚在人前走路。

　　我涂满了油彩的脸晾在大雪一样的灯光下像只热腾腾的彩陶刚刚出炉，我伸在半空中的手杖不知该继续举着还是适时放下。在我愣神的工夫我感觉这支道具手杖对我的手和整条胳膊提出了强烈的抗议。它认为我侮辱了它作为道具的意义。而既然我不让它作为道具在这个舞台上呼呼生风，那么，还不如让它立地生根，开出幽蓝的花朵。

　　于是这根廉价的黑漆手杖凌空长成一棵铁树。但不是我，而是那只突然飞走的皮鞋让手杖产生了幻术。台下一阵骚动继而哄然大笑。那一刻，我知道了我真是一个小丑。而一个小丑的可笑之处在于，连他的不知所措在那些台下罗列的眼睛看来，竟也是预先设计好的笑料之一。只不过，它丑得旁逸斜出，像一根没按计划长出的树枝竟结出了令人满意的果实。

　　我突然想拔出心中的利斧伐掉眼下自己所有的茫然与生机勃勃，

伐掉那些此起彼伏的喝彩与热腾腾的空气，回到我的穷乡僻壤和记忆中的母亲一起去种菜。

在我早已忘记怎么回去的家乡，那些我早已忘记他们怎么翻动唇舌说话的嘴也很少翻动唇舌吃菜。而在那里一棵菜也从来不觉得自己就是小丑。它们一棵一棵数得清数目，它们拼命把自己挤压进满是石头的红土里。那是它们的舞台。它们的舞台比我的艰难。我的舞台是木头搭建的，下面虚弱的根基会发出嬉笑。嬉笑有时会形成波浪，会使我的舞台像一艘破船那样飘摇在笑声的波峰与波谷，然后碎裂成一堆可怜的木片。而我作为一个舞台正中的小丑，是最先沉没在笑声风暴里的那只铁锚。

但还是要被继续打捞起来，反穿上尖头皮鞋举起手杖再次粉墨登场。这样的日子，这样的舞台，我不知道自己贡献的是什么。一个靠取悦无数眼睛使它们下面的嘴巴发出笑声的人，他自己的嘴巴里面其实也有一根失灵的弹簧。年轻的时候，我觉得这根弹簧弹得起整个世界的快乐，但头顶的灯光明灭很多年后，我清晰地知道这陈旧的弹簧甚至支不起我的口腔，让它发出一小阵会心的欢笑。

只是偶尔，当看热闹的闲人全都走掉，当舞台上的灯光彻底熄灭，当幕布拉起并被风轻轻吹动，当台上台下跌进海底一般的黑暗，当天使的脚步从天窗外以细微穿过黑暗的海面抵达海底的时候，我的内心也会叮叮咚咚地响上一阵，像一只突然显灵的音乐盒子。我的脸上也会慢慢浮现珊瑚一样丰富的表情，但没有任何声音，就像隔着玻璃鱼缸看游鱼们无声地摆尾。那是一个小丑特有的微笑。

在这样无声的微笑中，我会找到那条内心深处坑坑洼洼的小路回到风声河边的故乡，找见我黑头发的母亲，让她带我去遍布着白石头的红土山上种下日常的蔬菜。

红土多么贫瘠，母亲种下的那些作为植物的豆角，很多仅仅贡献了一只作为蔬菜的豆角便枯萎了。你看这一棵，它细瘦的身躯在石头的包围中半青半黄。它不知道是该继续生长，还是在一阵半夜时分袭来的干旱中停止呼吸。它不知道，石头其实是一个舞台，而自己只是一个小丑，台子四周端坐着无数看它笑话的眼睛。那些飞来飞去的麻雀啊鸽子啊黑喜鹊啊，都瞪着鸟类的小黑眼，等着看它一棵植物滑稽的笑话。

而它因贡献了这白石山上一只半只作为蔬菜的豆角而理直气壮地枯萎着，安安分分地举起几朵再也无力结果的惨淡小花，等待着死亡到来前每一阵热风里的干旱，而从不觉得自己是一个该死的小丑。

看着这棵作为植物的可怜的豆角我猛然哈哈大笑起来。我的笑声比风还大，还响，还持久，终于热辣辣地惊醒了舞台上睡着的自己，也惊吓了舞台下那些等着被取悦的眼睛，眼睛下面的嘴巴齐齐地闭上了，有的甚至因为过分惊愕而咬痛了舌头。那些嘴巴们其实从来没有想过，一个台上的小丑，竟然还有这样放肆的笑声。

黑 獾

"一个叙述者,必须承担其讲述被误读后的孤独,以及孤独之境中隐隐的羞耻。是的,每一次剑走偏锋的爱情就是一次叙述的冒险,每个心藏桃花的单恋者都是一个偷偷摸摸厌世的叙述者。事实上,被误读是厌世者叙述行为必然的命运,也是他片面爱情行为必然的结局。因为与心不在焉的倾听者不同的是,他越专注的异性倾听者越警惕地举着意识流水里的钢叉。她锋利地等待着他叙述之田里偶现的黑獾,并以此验证自己的智力与经验,以及奋力一刺的勇气。"

由于爱情领域大量捕獾者的存在,我已越来越厌恶叙述这种单方面敞开的种瓜行为。

尤其是在冬天之后,春天之前。这是一段锋利、暧昧、相思成灾的锯齿样的岁月。她离开了你,把你丢在五百公里外高速公路上血红硕大的夕阳边上。夕阳照着你,像母亲摸着你剃得干干净净的头颅,从遥远的加油站后面对你说:"孩子,没什么,再多走几步,就找得到她穿新鞋子的脚跟了。"

但是妈妈,那些加了油的汽车像它们开来时一样飞快地喷着尾气开走了。那些女人多么性感,她们打开车门,伸出一条黑色的长腿,又伸出另一条长腿。是不是每扇油亮的车门后都有两条好看的阴性的长腿？然后汽车带走了她们，她们的黑色长发与闪亮背影，以及因她们的到来而一块一块温馨开来的空气。妈妈，我在她们留下的气息中停留了一会儿，像停留在一阵一阵的惆怅的母乳中。妈妈，我还不会开四只轮子的汽车，我37岁了，我双手紧紧举着自己的方向盘婴儿一样学着走路。但妈妈，我要离开了。但我不知道这是要回家，还是更远地出门在外。所有的路看起来都是一样，当我失去了夕阳下的方向。夜晚的指示牌是无意义的，像性爱指南中毫无用处的诸般招数。我需要方向，哪怕是一个自慰的方向。

"阴与阳，像两根交错的柱子，支撑着晕头转向的每一天，又像旋转门一样在河冰上朝你缓缓敞开。往事与流水，融化期的河冰与荒芜的草丛，仿佛都在夕阳下诉说。你经过这河上车来车往的永恒一般的大桥，忽然希望它从中断掉，像她用高跟鞋尖强行中断一次叙述，一次爱情。解冻后的流水一轮一轮缓缓漫过，一些枯黄近白的草茎站在水流中随风摇动，像她濡湿的口唇中你的手指。这是大脑中记忆流淌开来的象形。你注视这片冬天末尾、春天之前的湿地，就像检阅着自己被折磨了整个冬天的大脑。你快步进入这扇门的同时也进入了一个透明而相对封闭的空间。你身在其中，你期待着它重新向你反向开启，期待自己走进门的另一面，进入她意识深处的广阔厅堂，但就这样，毫无例外，你的脚步依然以一个圆形，转出了爱的话题之外。"

湖冰正在融化，它们一条一条撕裂出来，像某些黑暗而锐利时刻的人类精神深处条状的裂口，难以缝合。这是冬天之后、春天之前的夜晚，白日最高气温11度，已有南来的风，像一些跨江而来的信使传来梅花消息。

夜行扑面不寒，让人来得及在疾行中想起许多，像湖岸的灯光落下时，冰块上颗粒状的反光，湿湿润润的，像要一跃而起的回忆。再次想起一双眼，弯月银质的眼，黑暗中披拂的柳条，像她悲伤时刻倒垂的睫毛。

　　是的。妈妈说的没错。总有使人暗自悲伤的事物，就像总有使冰块融化的温度，缓缓地到来。是的。还有一些谎言需要继续说下去，比如我爱你，比如我还爱你。还有一些贫穷需要忍受，比如你爱我吗？你还爱我吗？

　　是的。妈妈说的没错。"谎言是穷人的货币。"穷人永远不可能在爱情中休息得很好。他们的房子、床铺与被单，都是租来的，就像冰块，是从温度中租来的。而在融冰的时刻，依然有看不见的水在结冻，就像爱情在消解时，仍然有爱情的回忆在蓝灰色冰层下悄悄凝聚。

　　一个浑身薄荷味的男人，一个黑衣服的箭头样头部的瘦男人忽然擦身而过。他的气味与外形与这个夜晚融冰的湖，一起带来了说不清的意味，又匆匆地滑过去了。

　　可我仍然无法容忍你慢慢地消逝，像白天墙壁上太阳留下的一个斑点，自己带来自己，又自己带走自己，只留下我在回忆中发着呆。我无法容忍你的昵称重新成为我人生字典里的生僻字，我要你回来，重新成为我双唇之上一个带有温度的音符，供我在这融冰的夜晚轻轻弹奏。

　　在这黑沉沉的夜空下，"你的乳房是我唯一喜欢的炸弹。"而你已不再往我的记忆中甜蜜地投掷，不再用痛苦对我轰炸，越来越少，直到彻底，不再飞来。

　　那么，在你走之后，在冬天之后，在春天之前，我究竟和谁说了什么？谁又听懂了什么？就像刚刚在一张圆形的玻璃晚餐桌上，与一位女小说家、一位男艺术品鉴赏收藏家、一位在行政岗位即将被提拔的前诗人和一位不成熟的珠宝商人的对话。他们都还很年轻，但都感觉自己已完全衰败。他们谈命运，谈失意，谈重新开始，谈唯独剩余的情欲。他们用筷子夹着一块冰企图温暖对方已经冷却下来的胳肢窝，他们在对方的心坎上一次一次划火柴，好像那里不是纯生的血肉，而是粗糙的、一擦就亮的黑磷。他们还期待其中一个的喉咙里突然长出甜蜜的乳房，流淌他婴儿期吃惯的乳汁。但他的耳朵随即品尝到的是一阵麻辣烫的电流！他怒火中烧，拍案而起，又懊丧地坐下来哀叹，无辜地断了一条大腿似的期待拯救。

他们不知道，包间外的生活已将他们统统压扁，他们不知道窗外还有一双已经盯着他们并注视了很久的严肃的带血丝的眼睛，就像注视阅片灯箱里一张X光片上的阴影一样，紧紧地皱起了眉头。

在这些夜晚，我发现，一些人已在一些盒子里腐烂，另一些人在另一些盒子里腐烂。有个声音在我耳边说："孩子，我们谁也没办法。在马耳他，或者在马耳他以外的任何地方，我们都是别人的腐烂剂。"

我发现了一个男人慢慢衰老的标志。他们因眼袋下沉而有了八字眼。就是说，他们的眼睛，大眼睛、小眼睛，开始以八字形吊在了鼻子两侧。在他们惊奇、愤怒或过分专注的时刻这一点尤为明显。而在酒醉后冲入呕吐的卫生间里，我突然发现那正是我自己的眼睛，八字形吊挂在鼻子两侧的眼睛，看着我自己在看一面深夜的镜子。

我发现，做有些暗事，就像在夜半套上自己的袜子完成一次手淫。激动未消的时候，套上了另一只。我发现这是我的新发现。

我发现，痛苦永远难以尽述，就像无法让人真正分享你大脑深处的阵阵耳鸣。永远没有办法。我发现，我在酒精之中喝不动了。我醉得连烟都抽不动了。以前我一直以为抽烟比喝酒容易。但最终酒精使我发现抽烟也是难的，需要相当的气力与体能。

性爱是我的杯中酒，爱情是我的唇边烟。你是我唯一的火柴，熄灭了，在冬天之后，春天之前，花朵一样熄灭了。

终于结束了。这夜晚喧闹孤独的酒宴，也该结束了。我提着一桶儿童积木踩着街道回家，一小块一小块的心事足以搭建成不同风格的宫殿与城堡，并敷以摩登时代的卢浮魅影，或者皇后大道上柔软洁白的雪绒花。妈妈，冬天就要过去，夜晚的街道流浪的小动物一样紧缩在双脚下，特别可怜，特别空旷，特别饿，特别低，我走在不断倾斜向下的窄窄阶梯上，进入一个被谁遗弃的洞窟。

　　妈妈，你说，生我的时候，为什么非要留下我的软肋？妈妈，遭遇冬天里的钢叉是不好受的。月光照临爱情的瓜田，要把红色藤蔓洗净。

　　我和我的黑獾是其中搓洗不净的污点，那腥气会让你皱眉的。我揉烂了它。